나의 ― 밤에 너를 초대한다

나의 밤에 너를 초대한다

1판 1쇄 찍음 2017년 11월 15일
1판 1쇄 펴냄 2017년 11월 22일

지은이 | 이은교
펴낸이 | 고운숙
펴낸곳 | 봄 미디어

기획·편집 | 김민지, 김자우, 홍주희, 김현주
표지 디자인 | 박현진

출판등록 | 2014년 08월 25일 (제387-2014-000040호)
주소 | 경기도 부천시 원미구 길주로64, 1303(굿모닝 오피스텔)
영업부 | 070-5015-0818 편집부 | 070-5015-0817 팩스 | 032-712-2815
E-mail | bommedia@naver.com
소식창 | http://blog.naver.com/bommedia

값 9,000원

ISBN 979-11-5810-406-1 03810

나의 너를 초대
의 를 한다
밤에

이은교 장편 소설

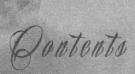

Contents

프
롤
로
그

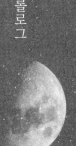

주변은 물론, 드라마나 영화에서 흔히 등장하는 일이 제 이야기가 될 줄은 꿈에도 상상해 본 적 없었다. 윤희는 눈앞에 나란히 앉아 있는 자신의 남자 친구와 난생처음 보는 여자의 존재가 어리둥절할 뿐이었다.

방금 전 태오의 말을 듣는 순간 함께한 지난 3년간, 과연 자신이 사랑했던 남자가 맞나 싶을 만큼 그가 낯설게 느껴졌다.

"정윤희, 내 말 들었어?"

독촉을 하듯 되묻는 태오의 말에 윤희가 가까스로 정신을 가다듬었다.

"그러니까 지금…… 이 여자가 네 아이를 임신했다고?"

"그래. 그러니까 우리 깔끔하게 헤어지자. 난 이 여자와 결혼하고 싶거든. 미안하다."

모든 것이 비참했다. 이런 소리를 들을 줄도 모르고 오랜만의 데이트에 설레 잔뜩 멋을 부리고 온 자신이 초라하고 원망스럽기까지 했다. 윤희는 덜덜 떨리는 손을 뻗어 물컵을 꽉 집어 들었다.

자신의 얼굴에 뿌리려는 줄 알고 태오가 움찔거리며 손으로 얼굴을 필사적으로 가렸다. 그 모습이 한심하기 그지없어 윤희는 헛웃음을 지으며 간신히 목을 축였다. 물이라도 마시지 않으면 막힌 목에서 눈물 섞인 목소리가 튀어나올 것만 같았기 때문이었다.

"오늘이 무슨 날인 줄은 알아?"

"무슨 날이더라?"

두 번이나 함께한 자신의 생일을 기억하지 못하는 태오의 모습에 윤희는 또다시 충격을 받았다. 여태 자신이 알고 있던 그의 모습들이 전부 거짓처럼 느껴졌다.

"내 생일이야, 이 자식아. 넌 생일 선물을 이딴 식으로 주니?"

"그래서 미안하다고 했잖아."

그제야 고작 '미안하다'라는 말 몇 마디로 끝내려고 드는 이기적인 태오의 얼굴에 정말로 물을 뿌리고 싶었다. 하지만 그랬다간 주변의 모든 이목이 집중되어 하나같이 저를 동정하듯 안쓰럽게 볼 것이다. 이미 바닥으로 떨어져 더 추락할 곳조차 없는 제 자존심이 더욱 비참해질 터였다. 차인 것도 서러운데, 사람들에게 동정과 주목을 받아 비참해지는 건 더더욱 싫었다.

"적어도 사람이라면 이별에 대한 예의를 지켜야 하는 거야. 그래도 한때 네가 사랑했던 사람을 이렇게 비참하게 만드는 게 얼마나 비겁하고 못난 짓인지는 알고 있니?"

태오는 아무 말 없이 아랫입술을 지그시 깨물고 있는 윤희를 응시했다.

"넌 네 추억과 시간, 그리고 감정마저 더럽힌 거야."

윤희의 말을 인정하는 것인지, 태오는 더는 아무 말도 하지 못했다.

"꺼져. 이 개자식아."

그에게 건네는 마지막 인사. 태오는 윤희의 거친 말에 잘 살아, 라는 짧은 한마디와 함께 여자와 자리에서 일어나 가 버렸다.

혼자 남겨진 윤희의 허벅지 위, 꽉 쥐고 있는 손등에 뜨거운 눈물이 후드득 떨어졌다. 분통함에 몸이 바르르 떨렸고, 피가 거꾸로 솟는 것만 같았다.

지금껏 뭘 하며 살았던 걸까. 허탈함이 밀려왔다. 이런 기분을 느끼게 한 그가 한없이 원망스럽기만 했다.

"아, 그냥 얼굴에 물이라도 뿌릴걸. 뺨이라도 시원하게 갈겨 줄걸……."

사람들에게 주목받는 것이 싫어 소리도 내지 못한 채 눈물만 뚝뚝 흘렸다. 얼마나 시간이 흘렀을까. 겨우 마음을 추스른 윤희가 자리에서 일어섰다.

"으."

뒤에서 옅은 남자의 신음이 들려왔다. 벌떡 일어나면서 뒤로 밀린 의자가 남자를 친 듯싶었다.

"죄송합니다."

뒷모습만 보이는 남자에게 사과한 후, 윤희는 황급하게 카페를 빠져나왔다. 그리고 휴대폰을 꺼내 보영에게 연락했다. 이대로 집에 들어가면 온종일 울기만 할 것 같았다.

몇 차례 신호음이 울리더니, 보영의 목소리가 들려왔다.

"보영, 나랑 술 한잔하자!"

―미안해서 어쩌지? 나 지금 가평인데. 놀러 왔어.

"가, 가평? 아…… 알았어."

전화를 끊고 낙담에 빠져 있던 윤희가 깊은 한숨과 함께 다시 걸음을 옮겼다.

✸　　　✸　　　✸

승언의 걸음이 멈춘 곳은 제법 많은 사람들로 바글거리고 있는 수제 맥줏집이었다. 별로 오고 싶지 않았던 고교 동창회에 참석을 하게 된 건, 은사님의 뒤늦은 결혼 소식을 들었기 때문이다. 청첩장을 받기 위해 가게에 들어서자 오늘의 주인공인 은사님과 동창들이 그를 반겼다.

"와, 우리 승언이는 키가 더 컸구나? 완전 남자가 됐네!"

"그러게요! 와, 승언이 넌 어째 더 잘생겨졌다!"

간단하게 인사를 한 뒤 친구들 사이에 파묻혀 맥주를 두 잔째 마시고 있을 때였다. 낯익은 여자 한 명이 비틀거리는 몸을 이끌고 안으로 들어와 테이블에 자리를 잡고 앉았다. 그때부터 계속 여자에게 신경이 쓰였다. 아니, 신경이 쓰였던 건 지금뿐만이 아니었다. 오늘 낮, 카페에서부터 눈에 밟히던 여자였다.

피곤함을 달래러 들어간 카페에서 여자는 심상치 않은 얼굴을 하고서는 맞은편에 앉아 있는 남녀를 노려보고 있었다. 당장에라도 건너편에 앉아 있는 남자를 한 대 칠 것 같은 얼굴에 호기심이 생겨 여자의 뒷자리에 앉았다.

"넌 네 추억과 시간, 그리고 감정마저 더럽힌 거야."

남자의 뻔뻔한 태도에도 침착함을 유지하던 여자는 두 사람이 사라진 후에야 참았던 서러움을 토해 냈다. 승언은 괜히 신경이 쓰였다. 일어나서 티슈라도 건넬 생각을 하고 있는데, 갑자기 그녀가 일어나면서 의자에 부딪히고 말았다.

"죄송합니다."

여자는 잡을 새도 없이 황급하게 도망치듯 카페를 빠져나갔다. 그리고 지금, 이 맥줏집에서 그 여자와 또다시 마주쳤다.

이미 취한 것 같은데 여자는 쉬지 않고 잔을 비워 내고 있었다. 그녀의 모습을 흘깃거리며 승언도 갈증이 나는 목을 축이기 위해 맥주를 마시고 또 마셨다.

동창들의 이야기에 집중이 되지 않았다. 승언의 신경은 온통 혼자 술을 마시고 있는 여자에게 쏠려 있었다. 여자는 가끔 허공에 대고 뭐라고 중얼거리기도 했고 갑자기 웃다가 울기를 반복했다. 그러다 어느새 가방을 정리하더니 자리에서 벌떡 일어났다. 들어올 때보다 더욱 비틀거리면서.

그녀의 옆 테이블에서 술을 마시고 있던 남자 세 명이 갑자기 자신들끼리 눈짓을 하더니 밖으로 향하는 여자의 뒤를 따랐다.

"3차 가는 거야, 3차!"

여자가 혼잣말로 중얼거리는 것을 정확하게 포착한 승언도 서둘러 자리에서 일어섰다. 주변의 시선이 일제히 그에게 집중되었다.

"죄송해요. 갑자기 집에 가스 불 켜고 온 게 생각이 나서."

말도 안 되는 변명이었다. 하지만 다행히도 모두 은사님의 결혼 소식에 정신이 팔려 그의 이상한 변명을 아무도 신경 쓰지 않았다.

"그래? 그럼 얼른 가 봐야지!"

"결혼 축하드립니다, 선생님. 그럼 결혼식 날 뵙겠습니다."

무슨 이유로 여자에게 관심이 가는지 알 수 없었다. 다만, 오늘 아픔을 겪었던 그녀가 불미스러운 일에 휘말리지 않길 바랄 뿐이었다. 취한 여자의 뒤를 따라 나온 남자 셋을 제치고 달려가 그녀의 어깨를 부여잡았다.

"윤희 씨, 잠깐 기다리라고 했잖아요. 혼자 멋대로 가 버리면 어떡합니까?"

오늘 카페에서 들었던 이름으로 부르자 그녀가 술에 취해 헤롱헤롱한 눈으로 그를 올려다보았다. 뒤를 따라 오던 남자들은 아쉽다는 듯이 혀를 차며 두 사람을 지나쳐 갔다. 승언이 안도의 한숨을 내쉬었다.

"네? 저를 아세요?"

이 상황을 알 리 없는 윤희가 눈을 끔뻑이며 물었다. 안다고 대답을 해야 할지, 모른다고 대답을 해야 할지 망설이고 있는데 그녀가 해맑게 웃으며 입술을 떼어 냈다.

"저 아시는 분이면 같이 술 한잔하실래요?

윤희가 어깨를 크게 들썩이며 아랫입술을 지그시 깨물었다. 눈시울이 붉어지더니 금세 투명한 눈물이 후드득 떨어져 내렸다.

"오늘 좀 외로운데……."

실연의 충격과 상처를 받은 여자를 달래 주고 싶었다. 승언이 손을 뻗어 그녀의 눈물을 부드럽게 닦아 주었다.

그때까지만 해도 그는 알지 못했다.

자신이 이 여자를 오늘 밤 품에 안으리라는 것을. 그녀로 인해 애달픔을 알게 되리라는 것도.

"그럽시다."

전혀 알지 못했다.

　　　　✵　　　　✵　　　　✵

두 사람이 자리를 옮긴 곳은 술을 마시는 것과 동시에 재즈에 맞춰 춤을 출 수 있는 스테이지가 마련되어 있는 바(Bar)였다. 일자형 테이블에 윤희와 나란히 앉은 승언은 옆에서 칵테일을 시키고 있는 그녀를 가만히 들여다보았다.

"두 잔 주세요."

손가락으로 귀엽게 'V'자를 그리며 말하는 윤희에 승언이 저도 모르게 피식, 웃어 버렸다. 분명 오늘 처음 보는 여자인데, 묘하게 끌린다. 마치 오래전부터 기다려 왔던 사람처럼 어색하거나 낯설함이 없을뿐더러, 평소의 저답지 않게 상대가 궁금하기도 했다.

"그런데 정말 날 알아요?"

칵테일을 주문한 후, 윤희가 한층 풀린 눈으로 승언을 바라보며 물었다.

"아니요. 잘 몰라요."

"그런데 왜……."

"알고 싶은 사람이라? 돌아서면 계속 두고두고 후회할 것 같아서요."

"아……."

쉽게 수긍을 하는 게, 귀여우면서도 위험해 보인다. 문득, 오늘 카페에서 있었던 일을 떠올렸다. 서럽게 울던 그녀의 모습이 내내 승언의 마음속에 박혀 있었기 때문일까. 먼저 입술을 떼어 낸 건 윤희였다.

"왜 내가 알고 싶어요?"

"정확한 이유는 나도 모르겠어요. 하지만 그쪽이 오늘 하루 종일 신경 쓰였어요."

"작업 기술이 대단하시네요."

엄지까지 치켜들고 말하는 윤희에 승언이 실없이 웃어 버렸다.

"나는 굳이 누구한테 작업 같은 거 안 거는데."

"얼굴 좀 된다고 잘난 척하시는 거예요?"

말을 하고서는 입을 삐죽거린다. 그 모습마저도 눈을 뗄 수 없을 만큼 귀여웠다.

"아니요. 아무한테나 작업을 걸 만큼 한가하지 않다는 소리예요."

"인정!"

뜬금없다. 그래도 계속 웃음이 새어 나온다.

"뭐가요?"

"잘생긴 외모 인정이요."

윤희가 별안간 손바닥으로 자신을 톡톡 가리키며 말을 이어 나갔다.

"난 웹 디자이너예요. 가끔은 판촉 디자인도 하고, 지금은 프리랜서로 일하고 있어요!"

"아, 프리랜서."

"네. 편한 일이라고 생각하고 있죠?"

"딱히 그렇게 생각은 한 적 없는데, 그런 편견이 있나 봐요."

"프리랜서가 얼마나 힘들 줄 알아요? 의뢰인들은 또 얼마나 까다로운데요!"

마침 나온 칵테일을 받은 윤희는 그것을 단숨에 들이켰다. 아무래도 목이 말랐던 모양이다.

"선 하나 바꾸는 건 손가락만 움직이면 된다고 쉽게 생각한다고요. 하지만 아니에요. 코딩부터 다시 작성해야 하고! 얼마나 할 게 많은데. 그걸 몰라, 그걸."

살짝 흥분한 얼굴로 팔을 크게 휘두르며 말을 이어 나가는 윤희를 승언은 그저 즐거운 마음으로 바라보았다.

"어? 이거 내가 좋아하는 노랜데?"

그러다 갑자기 바뀐 노래에 윤희가 호감을 보이며 자리에서 벌떡 일어났다.

"나가서 춤춰요."

"난 괜찮아요."

권하는 윤희를 거절하고 칵테일을 마시려는데, 손목이 여리고 작은 그녀의 손에 잡히고 말았다.

"같이 춰요!"

"나 춤 못 춰요."

"나도 못 춰요. 그냥 느낌 가는 대로 추면 돼요!"

결국 그녀에게 끌려 스테이지로 향하고 말았다. 마음만 먹으면 그녀의 손목 하나쯤이야 가볍게 뿌리칠 수 있었지만 승언은 굳이 그러고 싶지 않았다.

누군가와 함께 이렇게 마주 보고 있으면서 이런 기분을 느껴본 적이 있었던가?

참, 생각할수록 이상하다. 처음 보는 여잔데, 대체 왜 자꾸만 이런 마음이 드는 걸까.

윤희의 춤은 거의 흐느적거림에 가까웠다. 자아도취 상태로 열심히 추다가 앞에 있는 승언의 팔을 붙잡고 몸을 흔들었다. 그리고 웃는다. 너무나 예쁘게.

그녀가 몸을 흔들 때마다 좋은 냄새가 코끝을 스쳐 지나갔다. 기분이 좋았다.

"어어!"

열심히 춤을 추던 그녀가 다리에 힘이 빠진 모양인지 갑자기 주저앉자 승언이 얼른 윤희를 끌어안았다. 그녀와의 얼굴이 가깝게 와 닿았다. 서로를 바라보는 시선과 분위기가 묘해졌다.

달콤해 보일 정도로 붉은 그녀의 입술에선 어떤 향이 날까 궁금해졌다.

"키스하고 싶어요."

허락을 받듯 말하는 승언에 윤희가 마른침을 꼴깍 삼켜 넘기더니 천천히 고개를 끄덕였다.

승언이 천천히 그녀의 입술에 제 입술을 가져다 댔다. 예상대로 달콤한 향이 감돌았다.

단 한 번의 키스만으로도 극심한 간절함과 아쉬움이 들 정도로.

1

모자를 더욱 깊게 눌러쓰고 턱에 걸려 있던 마스크를 콧잔등까지 끌어 올려 덮었다. 마지막으로 선글라스까지 쓰면 외출 준비 끝.

이 정도면 충분하겠지. 윤희는 현관문을 살짝 열고 빠끔히 고개를 내민 채 주변을 살폈다.

없다.

하지만 언제 어디서 어떻게 튀어나올지 모를 일이니, 절대 긴장을 놓아서는 안 된다.

사람의 흔적이 느껴지지 않을 정도로 조용한 옆집을 잔뜩 경계 어린 눈빛으로 바라보며 끝까지 긴장의 끈을 놓지 않았다. 초조하게 승강기를 기다리면서 혹시나 마주치진 않을까 싶은 마음에 윤희는 결국 계단을 이용했다.

13층을 계단으로 내려오는 바람에 호흡이 거칠어졌지만, 여유를 부릴 틈 없이 빠르게 약속 장소로 향했다.

"하!"

도착한 카페에 그가 없다는 것을 확인하고 나서야 안으로 들어간 윤희는 가장 먼저 마스크를 벗었다. 그리고선 누군가를 찾아 주변을 두리번거렸다. 이내 윤희의 걸음이 다시 재빨리 옮겨졌다.

"최보!"

"정윤희?"

"친구야!"

윤희가 자신을 보고 경악을 금치 못하고 있는 보영에게로 울먹이며 달려갔다.

"너 꼴이 그게 뭐야? 이 여름에 마스크랑 옷차림은 또 뭐고?"

"사정이 좀 있어서 그래, 사정이."

뛰어오느라 목이 탄 윤희는 주문한 아이스 아메리카노를 단숨에 마셨다. 이제야 갈증이 해소되는 기분이었다.

"그 꼴 뭐냐고. 아, 창피해. 나 그냥 갈래. 전화로 얘기하자."

"어허! 여기까지 내가 어떻게 나왔는데. 그냥 그렇게 가시면 저 굉장히 섭섭해집니다, 대리님!"

판촉 디자인 작업 의뢰를 위해서 왔던 보영이 서둘러 서류를 가지고 일어나려고 하자, 윤희가 급하게 끌어 앉혔다.

"그럼 빨리 설명해. 내가 이해가 갈 만한 상황이라면 외주 맡길게."

"그게 디자인이랑 무슨 상관이지?"

"정신 상태가 별로 좋지 않아 보이시는데요. 그 정신으로 어디 괜찮은 판촉물이 나올까요? 이번에 의뢰하시는 피아니스트 고영수 씨가 굉장히 예민한 분이세요, 정윤희 씨!"

참다못해 단어마다 힘을 주어 언성을 높이는 보영에 결국 윤희는 크게 결심을 하듯 무거운 입술을 떼어 냈다.

때는 한 달 전, 인생에 길이길이 개자식으로 남게 될 전 남자 친구와 헤어지던 날에 있었던 일이다. 그날 있었던 모든 일을 윤희는 토씨 하나 틀리지 않고 울며 겨자 먹기로 고백했다.

"그러니까 그 남자랑 같이 잤는데, 하필이면 일주일 전에 너희 옆집으로 이사를 왔다고!?"

"야, 목소리 낮춰!"

행여 누군가가 들을까 싶어 윤희는 상체를 최대한 수그리고 보영에게 작은 목소리로 으름장을 놓듯 말했다.

"웬일이니. 그럼 네가 원나잇을 했다는 거야?"

여전히 조심성이 가미 되지 않은 말투였지만, 윤희는 주변에 사람이 없다는 것을 인지한 터라 조금 여유롭게 받아들였다.

"으응……."

설핏, 그날의 일이 떠올랐다.

당시 윤희는 취해 있었다. 입이 쩍 벌어질 만큼 엄청난 외모는 아니지만 대부분의 여자라면 호감을 가질 만한 얼굴이었고, 평범한 회사원이었지만 오가는 말도 잘 통하는 편이었다.

어쩌면 술이 아니라 분위기에 취한 것이었다. 처음 보는 남자이고, 앞으로 볼 일 없을 남자였기에 놓치고 싶지 않았다.

그날만큼은 누군가에게 안기고 싶었다. 지금 생각해 보면 생전 해 본 적도 없는, 심지어 상상조차 해 보지 못한 미친 충동이었다. 27년 평생 그런 일탈을 한 건 처음이자 마지막일 것이다.

"그래서 지금 이 꼬락서니로 나온 거야? 행여나 그 남자랑 마주칠까 봐?"

"못 알아보겠지?"

"못 알아보긴 하겠지만, 시선은 좀 받겠는데."

"헉? 정말?"

"웬 여자가 해괴망측한 꼴로 돌아다니는데, 그 남자 입장에선 얼마나 무섭겠니? 요즘 세상이 얼마나 흉흉한데 경찰에 신고 당하기 전에 당장 멈춰."

"다행히 아직 마주친 적은 없어."

"옆집 산다며. 언젠가는 마주치겠지."

"내가 그 남자의 패턴을 분석해 본 결과, 아침 일찍 출근을 해서 저녁 7시에 퇴근해서 오더라고. 그 이후에는 집에서 잘 안 나와."

"근데 오늘은 왜 그러고 나온 거야?"

"바보야. 주말이잖아, 주말. 혹시 모르니까."

윤희의 말에 보영은 여전히 한심스럽다는 얼굴로 고개를 내저었다. 그러다가 혼잣말로 탄식했다.

"그러고 보니 난 주말까지도 일한다고 이러고 있네."

"친구 만나서 수다 떤다고 생각해, 그냥."

보영은 딱히 위로가 안 된다는 말을 덧붙이고서는 다시 이야기를 이어 나갔다.

"그렇다 치더라도 평생 그러고 살 거야?"

"나 지금 사는 오피스텔 재계약 기간 3개월 남았거든? 그때까지만……."

"그 남자 때문에 이사까지 가려고? 그럴 필요 있니?"

이사가 어디 애 소꿉놀이도 아니고, 더군다나 근방에서 이 보증금과 월세에 지금 수준의 집을 구하기란 정말 하늘의 별을 따는 일보다 더 힘든 일이었다. 하지만 술에 취해 하룻밤을 보낸 남자와 마주하는 것 역시 쉬운 일은 아니었다. 그야말로 사면초가였다.

"그냥 딱 한 번 마주쳐 봐, 혹시 알아? 그 남자도 취해서 너 못 알아볼 수도 있잖아."

"아니, 그럴 리가…… 어? 내가 왜 그 생각을 못 했지?"

제 이마를 탁, 하고 치는 윤희를 보영이 딱한 눈길로 바라보았다.

"맞아! 그날 그 남자도 술을 마셨을 거 아냐? 그래서 취했을지도 모르지. 그럼 나 몰라볼 수도 있는데!"

"행운을 빈다, 친구야."

"아, 머리 아프다. 머리 아프니까 달달한 카페 모카 한 잔 더 시켜야겠어."

추가 주문을 하고 돌아온 윤희를 향해 보영은 그제야 접어 두었던 서류들을 펼쳐 보기 시작했다.

"그건 그렇고 너 얼굴 안색도 좀 안 좋아 보여. 뭐랄까, 좀 누렇게 뜬 것 같은데."

"그래? 화장실을 며칠 못 가서 그런가?"

"변비니?"

"알면서 뭘 물어. 스트레스를 받으면 증상이 더 심해져."

"약이라도 좀 먹어. 남자가 지금 네 얼굴 보면 그날 밤에 저지른 일에 대해 이불을 차며 후회할 정도로 상태가 많이 안 좋아."

보영의 직설적인 표현에 윤희가 눈을 새치름하게 치켜떴다.

"일 얘기는 안 하실 건가요, 대리님?"

"아차, 나 너랑 일 얘기하러 온 거지?"

"네, 그렇게 알고 있는데요."

"삐졌어? 그 몇 마디 했다고?"

"어서 일 얘기나 하시죠."

윤희의 재촉에 보영은 못 말린다는 얼굴을 하고서 서류를 꺼냈다.

"이번 판촉물 콘셉트 말이야. 의뢰인이 뭔가 모던하면서도 흔하지 않은……."

시간 가는 줄 모르고 보영과 디자인에 대한 시안을 상의했다. 커피를 각자 두 잔씩 비웠을 때쯤에야 상의는 끝이 났다.

"작업 끝나는 대로 바로 메일로 보내 줘."

"응."

"그리고 그런 모습으로 다니지 말고. 오히려 나 좀 봐 주세요, 하는 것 같으니까."

보영은 카페 앞에 주차해 놓은 차에 올라타는 마지막 순간까지도 윤희의 속을 뒤집었다.

"운전이나 조심해."

보영이 탄 차가 시야에서 완전히 사라질 때까지 지켜보던 윤희는 걸음을 돌려 집으로 향했다. 마스크를 내릴까 말까 수없이 고민하다가 도박하는 심정으로 마스크와 선글라스, 그리고 모자를 과감하게 벗어 버렸다. 마침 도착한 승강기 안으로 몸을 실어 넣은 윤희가 초조하게 모자를 매만졌다.

"그래, 인생 뭐 있어? 날 몰라볼……."

그때였다. 혼잣말로 스스로를 위안하던 윤희는 하마터면 악! 하고 고함을 질러 버릴 뻔했다. 막 닫히려던 승강기 안으로 그 남자, 류승언이 탄 것이다. 갑작스러운 그의 등장에 놀라 몸이 반사적으로 반응했다. 눈을 질끈 감고 있는데, 얼굴 위로 승언의 시선이 느껴졌다.

어떡하지? 알아본 건가?

"저기요."

승언의 부름에 윤희가 두 눈을 번쩍 뜨고 크게 팔을 내저었다.

"아닙니다!"

"네?"

당황해하며 되묻는 승언에 윤희가 다시 한번 버럭, 고함을 내질렀다.

"잘못 보셨어요!"

"아니, 버튼 안 누르세요?"

"네?"

"층수요. 몇 층 가세요?"

승언은 낯빛 하나 바뀌지 않고 침착하게 되물었다.

정말 못 알아보는 건가?

"13층이요."

윤희의 말에 남자의 기다란 손가락이 13층을 꾹 눌렀다. 밀폐된 공간에서 무거운 정적이 유영했다. 서늘한 기운으로 인해 척추를 타고 땀이 흐르는 것만 같았다.

그날의 승언을 기억한다. 술기운이 감돌아 드문드문 떠오르는 기억들이었지만, 확실히 몸을 나누던 그 순간만큼은 뇌리에 박혀 잊혀지지 않았다. 훈훈한 얼굴만큼이나 운동으로 다져진 듯한 몸이 꽤 보기 좋았다.

적당히 그을렸던 피부색과 틈틈이 박혀 있던 근육, 그리고 자신의 몸에 꽉 채워지던 그의 페니스와 격렬했던 몸짓까지도 모두 만족스러웠다.

땡!

승강기가 13층에 도착하고 문이 열리자 윤희는 자꾸만 후끈해지려는 제 몸에 손부채질을 하며 재빠르게 집 앞까지 달려왔다. 손이 너무 떨려서 비밀번호도 잘 누르지 못하고 있는 윤희의 귓전으로 그의 현관문이 열렸다.

빨리 들어가라, 빨리 들어가라, 너라도 빨리 들어…….

"저기요."

윤희의 손이 비밀번호를 다 누르지 못하고 공중에 멈췄다.

"네?"

그의 시선은 승강기에서 본 것과는 달리, 어딘가 모르게 비웃음이 차 있는 것 같기도 하고 희열에 쌓여 있는 것 같기도 했다. 몰려오는 불길함에 미동 없이 남자의 입술을 바라보고 있던 윤희는 이어지는 그의 말에 두 눈이 보름달처럼 휘둥그레졌다.

"그렇게 다니지 않아도 됩니다."

심장이 쿵, 하고 떨어지는 기분이었다.

"굳이 아는 척하고 싶은 생각 없으니까 괜히 피곤하게 그러고 다니지 마세요. 더 신경 쓰이거든요."

여유로운 얼굴과는 상반된 건조한 목소리로 말을 내뱉은 그가 문 안으로 모습을 감췄다.

너무 놀란 나머지 그 자리에 얼어붙은 윤희를 덩그러니 남겨 둔 채로.

그로부터 며칠 동안 남자의 그림자조차 보지 못했다. 아니, 보지 못한 것이 아니라 보지 않았다. 윤희는 최대한 그와 마주치지 않으려고 더욱 조심했다. 그 역시 그녀의 존재에 대해서 딱히 신경 쓰는 것 같아 보이진 않았다. 그것이 다행인 것 같으면서도 그에게 자신의 존재가 하룻밤의 쾌락으로 끝난 것만 같아서 씁쓸함이 느껴지기도 했다.

보영이 의뢰한 일을 끝낸 윤희는 자축 파티를 위해 동네 대형 마트로 향했다. 생각보다 수입이 짭짤해 큰맘 먹고 소고기로 몸보신을 할 작정이었다. 마블링이 풍부해 보이는 한우와 야채, 그리고 절대 빼놓을 수 없는 맥주를 사서 설렘을 가득 안고서 집으로 향했다.

집에 거의 도착했을 무렵, 바지에 넣어 두었던 휴대폰이 울렸다.

"어, 엄마."

ㅡ너는 어쩜 전화 한 통을 안 하니? 엄마가 먼저 안 하면 절대 안 하지?

엄마의 핀잔에 딱히 대꾸할 말이 없었다. 지난 시간 동안 서울에서 자리를 잡는다는 핑계로 연락을 소홀히 했던 건 사실이었으니까.

하지만 언제나 그런 딸을 이해해 주던 엄마는 갑자기 1년 전부터 조금만 연락이 안 돼도 이렇게 다급하게 연락을 해 짜증을 내기 일쑤였다.

그것이 자식을 사랑하는 마음이요, 부모님의 큰 사랑이라고 여기며 윤희는 늘 미안해하고 고마워했다.

"엄마, 미안. 이번엔 일이 한꺼번에 들어와서 좀 바빴어. 점심 먹었어?"

─지금 시간이 몇 신데, 점심은 진작 먹었지. 너 안 먹었어?

"아, 난 이제 먹으려고. 지금 마트 갔다가 집에 가는 길이야."

─왜 밥을 굶고 다녀? 엄마가 해 준 반찬들은 어쩌고. 정말 걱정되게 그럴 거야?

"바빠서……."

─아니, 아무리 바빠도 밥은 챙겨 먹어야지!

밥을 한 끼라도 안 먹으면 당장이라도 쓰러진다고 믿는 엄마의 예민함을 또 건드렸다는 생각에 윤희가 낮게 한숨을 내쉬었다.

"미안해, 엄마. 밥도 잘 챙겨 먹고, 연락도 꼬박꼬박할게요."

─저번에 그렇게 말해 놓고 안 했잖아.

─엄마, 여기에 있던 내 티셔츠 못 봤어?

그때 엄마의 목소리 뒤로 지금 시간에 절대 들려서는 안 될 동생의 목소리가 흘러들어 왔다.

윤희의 인상이 저절로 구겨졌다.

"뭐야? 정윤환 학교 안 가고 왜 집에 있어?"

무려 아홉 살이나 차이가 나는 동생 윤환은 고등학생으로 학교에 있을 시간이었다. 윤희의 질문에 여태 잘만 쏟아 대던 엄마의 목소리가 때를 맞춰 돌아오지 않았다.

"엄마?"

엄마의 묵묵부답에 윤희가 의아해하며 부르자 낮은 헛기침 소리가 먼저 들려왔다.

—오늘 개교기념일이래.

"아, 그래?"

—응. 아무튼 너 잘 있나 걱정돼서 전화한 거니까 이만 끊자. 밥 잘 먹고! 연락 꼬박꼬박하고!

"어? 어, 그래. 알았어."

어딘가 모를 다급함이 느껴지는 엄마와의 전화를 끊고, 막 아파트 로비로 들어섰던 윤희가 반사적으로 다시 몸을 돌려 밖으로 나왔다.

"뭐지? 왜 이 시간에 저 사람이 여기 있지?"

평일 오후 3시였다. 항상 규칙적이었던 패턴에서 어긋난 그의 행보에 윤희가 크게 당황해 어쩔 줄 몰라 했다.

승언이 승강기 앞에 서 있었다. 더는 피할 필요도 없이 그냥 자연스럽게 마주치면 되는데, 그러질 못하는 제 쿠크다스 같은 심장이 윤희는 더없이 원망스러웠다.

오랜 시간이 지났음에도 불구하고 아직도 온몸에서 느껴지는 그 밤의 생생함과 지나간 일에 대한 민망함. 동시에 자신이 그저 하룻밤 상대였을 뿐이라는 확신에서 몰려오는 초라함.

그를 마주할 수 있는 '자신감'은 단 하나도 존재하지 않았다.

"지금쯤 갔겠지?"

꽤 시간이 지났다는 생각에 윤희가 다시 걸음을 옮겼다. 다행히 그는 없었다. 때마침 도착한 승강기를 타고 13층에 도착한 윤희는 문이 활짝 열려 있는 그의 집을 보고 화들짝 놀랐다.

"아니, 왜 문을 저렇게 활짝 열고 있는 건데?"

"내 집인데, 마음대로 열지도 못합니까?"

"헙!"

혼잣말에 대답이 돌아오자 심하게 놀란 윤희가 그만 손에 들고 있던 장바구니마저 떨어뜨리고 말았다.

"들려요?"

"네. 마침 현관 앞에 있었거든요."

그가 밖으로 나와 무표정한 얼굴로 대답했다.

"죄송합니다. 그냥 혼잣말만 한다는 게……. 기분 나쁘라고 한 말은 절대 아니니까 오해는 마세요."

서둘러 떨어뜨린 장바구니를 주워 담으려는데 하필이면 쏟아진 것 중에 박스로 된 과자 하나가 윤희의 발에 치여 그의 앞까지 날아가 버리고 말았다.

굳이 그가 있는 곳까지 손을 뻗고 싶지 않았던 윤희가 몸을 돌리려는 순간, 승언이 고운 손으로 과자를 주워 내밀었다.

"감, 감사합니다."

당황한 윤희가 말까지 더듬으며 손을 뻗자 그가 내밀었던 손을 거두고는 매서운 눈길로 그녀를 바라보며 말했다.

"이제야 좀 보네? 아무래도 내가 이 과자보다 못한 놈이었나 봅니다."

어딘가 모르게 냉랭하기만 한 그의 목소리에 윤희는 잔뜩 긴장을 해야만 했다.

"도, 돌려주세요……."

이 상황에서 과자 타령을 하는 제 처지가 어이없기도 하고 칠푼이처럼 보이기도 했지만, 딱히 할 말이 없었다. 하지만 승언의 손은 여전히 움직일 기미가 보이지 않았다. 단념한 윤희가 걸음을 옮기려는 그녀의 앞을 막아 세웠다.

"왜 이러세요?"

"내가 말했죠?"

"뭘요?"

"나 피해 다니지 말라고, 그러면 더 신경 쓰인다고."

순순히 인정한 윤희가 고개를 끄덕이자 그가 면전에 대고 깊은 한숨을 내쉬었다.

"그날 내가 당신을 억지로 안았습니까?"

"네?"

"기억 안 나요? 그날."

쉽게 말이 나오지 않아 버벅거리고 있는데, 남자는 생각이 안 나서 그러는 줄 알았는지 노골적인 말과 함께 그날의 기억을 상기시켜 주었다.

"우리 처음 만나서 섹스한 날이요. 그쪽도 날 격렬하게 안았잖아요."

"아니, 뭐 그리 노골적인 단어를 막!"

"돌려서 말하는 재주 없습니다."

"저기, 그건 딱히 재주가 필요한 그런 말이 아닌데요?"

"돌려서 말하면 그쪽이 자꾸만 모른 척하니까."

할 말이 없어진 윤희는 입술을 굳게 다물어야 했다. 그날 함께했던 승언은 호감으로 똘똘 뭉친 사람이었다. 자신의 격했던 외로움과 서러움을 충분히 위로해 주었다. 저렇게 화가 잔뜩 난 눈빛으로 쏘아본 적도 없었고, 단 한순간도 지금처럼 딱딱한 목소리를 낸 적도 없었다.

그래서 어쩐지 그에게 서운해지고, 잘못한 것도 없는데 남자친구한테 혼나는 듯한 요상한 기분에 주눅이 들었다.

"아직 대답을 못 들은 것 같으니, 다시 한번 묻죠."

"……."

"그날 내가 당신을 억지로 안았습니까? 당신은 싫었는데, 나 혼자 좋았어요?"

거짓말을 능숙하게 하는 능력 따위 없다는 걸 윤희는 스스로 잘 알고 있었다. 게다가 지금 거짓말을 해 봤자 소용없을 것 같았다.

윤희가 고개를 낮게 내저었다.

"그런데 왜 자꾸 피합니까? 꼭 변태라도 만난 것처럼?"

"미안해요. 원래 숫기가 좀 없어서……."

"……."

"정말 미안……."

말을 잇던 윤희의 머리 위로 그의 미세한 웃음소리가 들리더니, 곧 복도가 떠나가라 주변을 꽉 채웠다. 느닷없이 한 손으로 벽을 짚은 채 박장대소하는 그를 윤희가 어리둥절한 눈으로 바라보았다.

한참을 혼자 웃던 승언은 진정이 되었는지, 옆에 서 있던 그녀를 향해 시선을 던졌다.

"이 와중에 무슨 숫기 타령이야?"

"그게 그렇게 웃긴가요?"

"당신 같으면 안 웃겨?"

"근데 갑자기 말은 왜 놓는 건데요?"

"생각해 보니까 그날 당신이 나한테 말 놓으라고 했었잖아."

그랬나? 잘 기억이 나지 않지만 어쩐지 반박하기가 어려웠다. 그가 상체를 깊숙이 숙여 그녀와의 간격을 좁혀 왔다. 갑자기 제게 얼굴을 들이밀며 다가온 승언의 도발적인 행동에 윤희가 놀라서 뒤로 주춤 물러섰다.

"정말 기억 안 나?"

"잠깐만요, 지금 생각하고 있는 중이에요."

윤희가 시간을 조금만 달라며 손짓까지 해 보였지만, 불길할 정도로 깊은 그의 두 눈동자에 배려는 전혀 보이지 않았다. 승언은 기어코 들썩이던 입술을 완벽하게 떼어 내고 말았다.

"내 볼에 뽀뽀하면서. 오빠, 말 놓으세요. 이랬던 거 기억 안 나?"

불에 뛰어들기라도 한 것처럼 순식간에 얼굴이 확 달아올랐다. 조각조각 찢어진 기억이 어렴풋이 떠오른 것이 첫 번째 이유였고, 그 지우고 싶은 기억 속의 남자가 지금 눈앞에 있다는 것이 두 번째 이유였다.

"그 과자, 그냥 그쪽 먹어요!"

빛의 속도로 남자를 지나쳐 비밀번호를 누르고 집으로 들어왔다. 창피함과 혼란스러움으로 몰아치는 제 마음과는 달리, 밖은 지나치게 고요했다. 그것이 어쩐지 억울하게만 느껴져서 온몸이 아우성을 쳤다.

"미쳐, 미쳐!"

행여나 그가 듣기라도 할까 봐 입 모양으로만 울부짖고 제 머리카락을 쥐어뜯으며 결심했다.

내일 당장 부동산으로 달려가야겠다고.

✳   ✳   ✳

오늘은 그가 출근하지 않는 주말이었다. 며칠 전에 있었던 승언과의 불미스러운 일로 부동산을 찾아 집을 보러 다녔던 윤희는 그 뒤로 다시는 부동산을 찾지 않게 되었다.

제 능력으로는 도저히 감당 못 할 보증금과 월세뿐임을 체감했다. 새로운 보금자리를 찾기란 역시나 어려운 일이었다. 결국 이사를 포기할 수밖에 없었다.

부동산 아저씨에게 들은 말로는 자신이 현재 살고 있는 곳도, 이미 전보다 두 배가 더 올랐다고 했다.

하지만 인심 좋은 주인아저씨가 기존 세입자에겐 오르기 전 월세를 받고 있으니, 웬만하면 그 집에 고목나무에 붙은 매미처럼 끝까지 붙어 있는 것이 좋을 거라는 조언도 들었다.

그 말에 전적으로 공감할 수밖에 없었다. 결국 승언과 계속 이런 식의 관계를 유지하며 살아야 한다는 뜻이기도 했다.

그가 집에 있을 확률이 높은 주말. 집 밖으로 절대 나가지 않으리라 결심하며 오랜만에 청소를 하기 위해 테라스를 활짝 열었다. 일을 핑계 삼아 청소를 하지 않았던 탓에 집은 꽤 지저분한 상태였다. 아마 엄마가 봤으면 뒷목을 잡고 저를 데리고 갈 남자는 절대 없을 거라며 고혈압으로 쓰러졌을지도 모를 일이었다.

윤희는 일단 이불을 털고 책상 위를 정리했다. 밀린 설거지도 하고 불필요한 쓰레기들도 죄다 밖으로 가져다 버렸다. 마지막으로 쭈그리고 앉아 열심히 걸레로 바닥을 닦고 있는데, 갑자기 몰려오는 배의 통증에 악, 하고 비명을 내질렀다.

"왜 이러지?"

뻐근하고 욱신거렸다. 급기야 식은땀까지 나기 시작했다. 며칠 전부터 느껴진 미세한 통증을 애써 무시했던 게 화근이었을까. 윤희는 자리에서 일어났지만 얼마 걷지 못하고 통증과 함께 바닥에 털썩 주저앉아 버리고 말았다.

"악!"

이로 말할 수 없는, 태어나서 난생처음으로 느껴지는 엄청난 통증에 윤희가 고통스럽게 몸부림쳤다. 호흡이 가빠지고, 땀을 너무 많이 흘린 건지 정신이 점점 혼탁해지기 시작했다. 혼자 살면서 좀처럼 느끼지 못했던 외로움과 함께 두려움이라는 감정이 혼합되어 갔다.

엄마가 보고 싶다. 살고 싶다. 누구라도 좋으니, 제발 날 좀 살려 줘…….

"무슨 일 있어?"

그때, 테라스 쪽에서 한줄기 동아줄처럼 남자의 목소리가 들려왔다. 맨 정신이었다면 절대 하지 않을 행동이었지만 지금 윤희는 똥인지, 된장인지를 구분할 여유가 없었다. 점점 혼미해지려는 정신을 악착같이 부여잡고서는 엉금엉금 기어가서 테라스를 향해 손을 휘적거렸다.

"살려 주세요……."

고개만 겨우 내밀어 뱉은 말을 마지막으로 정신을 놓아 버리고 말았다.

✻　　　✻　　　✻

코끼리 코를 끌어안은 엄마가 크게 'V' 자를 그리며 해맑게 웃고 있었다. 그 모습을 사진으로 담기 위해서 휴대폰을 꺼내 드는데, 별안간 엄마가 자신의 사진을 부여잡고 울고 있었다. 이게 무슨 일인가 싶어 혼란스러움을 느끼기도 전에 윤환이가 '누나!' 하고 울부짖으며 안으로 뛰어 들어왔다.

"나 여기 있는데? 다들 왜 그래?"

열심히 소리쳐 보았지만 아무도 제 말이 들리지 않는 듯 한쪽에 시선을 주고 있었다. 자신의 사진을 부여잡고 울고 있는 가족들 옆으로 보영이 술병을 나발로 불며 못된 계집애라고 중얼거리며 눈물을 훔치고 있었다.

하얀 국화꽃이 주변으로 눈송이처럼 떨어지고 코끝에 익숙하지 못한 향냄새가 느껴졌다. 오가는 사람들의 얼굴이 누렇게 떠서는 심심치 않은 위로를 하고, 엄마는 여전히 목을 놓아 울고 있었다.

그제야 윤희는 지금 눈앞에 펼쳐진 이 상황에 대해 인지할 수 있었다.

자신이 죽은 것이다.

믿을 수 없다는 듯 발걸음이 천근처럼 무겁기만 했다. 가장 슬퍼하고 있는 엄마의 곁으로 다가간 윤희는 무(無)의 존재가 되어 버린 제 손을 들어 엄마를 쓰다듬었다.

"미안해, 엄마. 엄마한테 좀 잘할걸. 엄마가 그렇게 가고 싶다던 태국 한 번 못 데려간 못난 딸을 용서해요. 나 먼저 가서 미안해, 엄마……."

그러나 만지고 싶었지만, 만져지지 않았다. 속이 뭉그러지는 고통이 느껴졌다. 이렇게 못 만지게 될 줄 알았으면 진작에 좀 많이 안아 드릴걸. 지난날의 모든 것들이 후회가 되어 몰려왔다.

"잠꼬대 한 번 되게 요란하게 하네. 네가 온 곳은 응급실일 뿐이니까 그만 일어나."

"으응?"

낯익은 목소리에 윤희가 두 눈을 번쩍 뜨고 자리에서 일어났다. 옆집 남자, 승언이 여전히 감정을 읽을 수 없는 무표정한 얼굴로 그녀를 내려다보고 있었다.

"당신이 여길 어떻게?"

"살려 달라며."

"그런데 결국 못 살렸잖아요……."

"잠 덜 깼나 보네. 주변을 좀 살펴보는 게 어때?"

윤희가 대꾸 없이 승언의 조언대로 조용히 주변을 살폈다. 응급실이구나. 하지만 배는 여전히 욱신거려 왔고, 온몸은 땀으로 젖어 축축했다.

"저 안 죽었나요?"

"아직은."

"그래요, 참 위로가 되는 말이네요. 그런데 병명이 뭐래요?"

한층 우울해진 윤희의 목소리가 주변 사람들의 안타까운 비명 소리에 파묻혔다.

"뭐라고?"

"무슨 병이래요? 사실 요즘 느끼긴 했어요. 제 몸이 많이 아프다는 걸."

"어디가 어떻게 아팠는데?"

"배에 통증이 좀 있었어요. 선생님 오셨다 가셨죠?"

"응."

"무슨 병이래요?"

한껏 가라앉은 윤희의 목소리에 옆에 서 있던 승언이 침대 귀퉁이에 살짝 앉아서는 그녀를 애처롭게 바라보았다.

"괜찮겠어? 많이 놀랄 텐데."

자신만큼이나 심각해진 그의 목소리에 윤희의 심장이 걷잡을 수 없이 뛰었다. 돌리고 있던 고개를 천천히 옮겨 승언에게로 고정했다.

갑자기 세상의 모든 것들이 허무해지는 기분이었다. 무엇을 위해 이렇게 열심히 살았나, 하는 회의감부터 시작해서 사랑하는 가족들에게 더 잘해 주지 못했다는 후회들이 몰려왔다.

하지만 지금 제게 주어진 현실을 끝까지 외면할 수는 없는 법.

"괜찮으니까 말해 주세요."

윤희는 마음의 준비를 해야겠다는 생각으로 두 손을 꽉 쥐고서는 호흡을 가다듬었다.

정윤희, 넌 괜찮아. 뭐든지 다 이겨 낼 수 있어. 넌 생각보다 강한 아이고, 이깟 병에 절대 굴복하지 않을 거야.

걱정 마. 너는 네가 제일 잘 알잖아.

"네 배에……."

그의 무겁게 내려앉아 있던 입술이 천천히 떨어졌다. 윤희가 희망을 잃은 듯한 눈빛으로 그를 슬프게 마주했다.

"변이 가득 차 있대."

하지만 모든 것이 산산조각 나는 데는 그다지 많은 시간이 필요하지 않았다. 윤희는 자신이 분명 잘못 들었을 거라고 확신했다.

"균이 차 있다고요? 나쁜 균이래요?"

"뭐래? 균이 아니고, 변이 차 있다고. 변 몰라?"

"제가 알고 있는 변이라면……."

"그래, 그거. 좀 더 쉬운 말로는 똥 말이야, 똥."

외모와 어울리지 않는 저급한 단어를 선택한 승언을 윤희가 멍하니 올려다보았다. 이해하기 편하라고 쉬운 단어를 선택한 그의 배려가 지금은 그렇게 거지 같을 수가 없었다.

"이거 꿈이죠?"

"관장하면 괜찮아진다니까 걱정하지 말라고, 의사 선생님께서 몇 번이나 말씀하고 가셨어. 나도 처음에 잘못 들은 줄 알고 계속 물어봤거든."

"거짓말!"

창피함에 고함을 내지르며 손으로 얼굴을 감싸 쥐었다. 하지만 손안에 얼굴이 다 담기지 않아 무척이나 난감했고 소문으로만 들었던 관장에 대한 두려움이 몰려왔다.

"이건 꿈이야! 이건 분명 꿈이야!"

하지만 관장을 하는 순간, 이것은 꿈이 아니라 정말 자신이 감당해야 할 현실이라는 것을 절실히 경험했다. 관장을 다 끝내고 핼쑥한 모습으로 나온 자신을 기다리고 있는 승언을 보며 이 세상을 더는 살고 싶지 않다는 생각이 또 한 번 절실하게 몰려왔다.

죽지 않고도 경험할 수 있는 지옥이 있다면 그것은 분명 지금, 이곳일 것이다.

의학 기술의 발달로 무거웠던 몸은 가벼워졌지만 마음만큼은 지극히도 무거워진 윤희는 택시에서 먼저 내리는 그의 뒷모습을 절망적인 눈빛으로 바라보았다.

"안 내려?"

미적거리고 있는 윤희를 향해 승언의 재촉이 들려왔다.

"내려요!"

밖은 많이 어두워져 있었다. 빨래를 널고 쓰러질 때까지만 해도 빛이 남아 있던 세상은 어느새 어둠에 완전히 잠식되어 있었다. 뭐라 형언할 수 없는 무거운 침묵을 동반하며 승강기에 올라탔다.

윤희가 힐끔 승언을 올려다보았다. 피로가 연하게 깔린 그의 얼굴이 눈에 담기는 순간, 마음이 복잡다단해졌다.

나 저 남자에게 볼꼴, 못 볼꼴 전부 다 보여 버렸구나.

남자의 머리통을 후려쳐서 기억 상실이라도 걸리게 만들고 싶은 심정이었다. 아니지, 엄밀히 따지면 저 남자는 아무 죄도 없으니, 자신의 뒤통수를 후려치는 쪽이 더 합리적일지도 모르겠다는 생각이 들었다.

다 쓸모없는 망상일 뿐이라고 여기며 윤희는 제 입술 밖으로 또 한 번 깊은 한숨을 내쉬었다.

"할 말 있어?"

앞을 바라보고 있던 승언이 갑자기 고개를 뒤로 돌려 그녀를 마주했다. 여태 몰래 그를 힐끔거리고 있던 윤희의 눈이 보름달처럼 휘둥그레졌다.

"아, 아니요! 절대 아니에요."

"근데 왜 그렇게 자꾸 쳐다봐? 신경 쓰이게."

"어떻게 알아요? 느껴져요?"

"승강기 안이 전부 거울인데, 네가 날 째려보는 모습이 안 보일까?"

"안 째려봤어요! 눈이 원래 옆으로 좀 길어서 그런 오해를 많이 받긴 하지만, 절대 째려본 거 아니에요!"

펄쩍 날뛰는 윤희를 보며 승언은 자꾸만 웃음이 새어 나오려는 것을 참았다. 좋은 말로 하면 윤희는 순수해 보이고 조금 나쁘게 말을 하자면 멍청해 보이기도 하다. 하지만 승언은 그날 밤, 그런 윤희의 모습이 좋았다.

가고 싶지 않았던 자리에 참석했던, 아니 그날 오전 카페에서 만난 그녀가 자꾸만 신경 쓰였던 때부터 윤희는 주변 상황과 어울리지 않았다. 마치 배경과 그녀가 나뉘어 있는 듯한 느낌이었다.

그래서였을까. 카페 안에서 소리도 내지 못하고 서럽게 흐느끼는 그녀의 모습은 말간 유리구슬 같았다. 어지러운 환경 속에서도 때 묻지 않은 깨끗하고 아름다운 유리구슬.

그녀의 어깨를 안았을 때, 승언은 자신도 모르게 제 몸을 억누르고 있던 경계가 풀리는 것을 느꼈다. 단지 그녀가 제 품속에 들어왔다는 이유만으로.

그 이후 승언은, 아니 두 사람은 온몸으로 서로를 느낄 수 있었다. 그녀를 끌어안고 잠들었던 그 밤, 모든 것을 위로받은 듯 마음이 편했다. 잊지 못할 사건을 겪은 이후부터 그를 괴롭히던 끔찍한 악몽을 유일하게 꾸지 않은 밤이었다.

오전 강의 때문에 바쁘게 나가야 했기에 급한 대로 연락처만 남기고 호텔을 빠져나왔지만, 그녀에게선 아무 연락이 없었다. 아쉬움과 기다림 속에서 하루에도 몇 번씩 생각하던 그녀를 마주친 건, 한 달 뒤 이사를 오게 된 집 앞에서였다.

물론 윤희는 조금 많이 이해하지 못할 모습으로 기대에 차 있던 자신의 기분을 굉장히 상하게 만들었지만, 그때 그녀에게 가졌던 호감이 꽤 깊었는지 승언은 자꾸만 윤희에게 눈길이 가고 신경이 쓰였다.

지금 이 순간에도.

"오늘 정말 감사했습니다!"

승강기에서 재빠르게 뛰어내린 그녀가 박살이 나 있는 도어록 문을 보며 놀라서는 입을 쩍 벌렸다. 대부분의 여자들은 제 앞에서 내숭 떠느라 바빴기에 승언은 저런 표정을 보는 게 생소했다.

어떻게 저런 표정이 나올 수 있는지, 새삼 신기해하면서 자신의 현관문 비밀번호를 눌렀다.

"지금 시간이 몇 시지? 9시네! 수리공 아저씨도 다 퇴근했을 텐데……."

도어록을 보며 좌절하던 윤희가 갑자기 고개를 홱 돌리더니, 그를 향해 다급하게 외쳤다.

"잠깐만요! 잠깐만 여기서 기다려 주세요."

안으로 들어간 그녀가 금세, 지갑을 챙겨서 나왔다.

"응급실 비용이랑 택시비 드릴게요. 얼마였죠?"

보아하니 지갑에 현금도 얼마 없었다. 굳이 따지자면 10만 원이 훨씬 넘는 금액이었다. 하지만 그녀의 손가락에 의해서 튀어나오는 현금은 그 액수에 터무니없이 못 미치는 금액들이었다.

"됐어."

받는 것도 민망해질 것 같아서 윤희의 제안을 무르고 현관문을 열었다.

"아니요! 빚지고 사는 거 진짜 싫어해서요. 얼만지 알려 주세요."

하지만 그녀는 고집을 꺾지 않고, 들어가려는 승언의 팔을 기어코 붙잡았다. 윤희와 눈동자를 마주하고 있던 승언의 시선이 조용히 팔로 향했다. 시선을 말없이 따라가던 윤희도 제 손이 그의 팔에 닿았다는 것을 확인한 후, 놀라서는 얼른 뒤로 물러섰다.

"돈은 됐고. 밥 잘해?"

허기가 졌지만 밥을 차려 먹기엔 너무 귀찮았다.

"밥이요?"

"너 데려다주느라 오늘 한 끼도 못 먹었어."

"아, 밥 잘해요! 이래봬도 자취 경력 7년 차거든요!"

묻지 않는 것까지 씩씩하게 대답하는 그녀의 모습이 문득 귀엽게 느껴졌다.

"그럼 밥이나 한 끼 차려 주던가."

식사가 준비되는 동안 씻고 나온 승언은 맛있는 음식으로는 꽉 차 있지만, 텅 비어 있는 자리를 허탈한 눈빛으로 바라보았다. 식탁 위에 적혀 있는 쪽지를 발견한 그의 얼굴에 허무한 미소가 설핏 어렸다가 사라졌다.

식사 맛있게 해요! 오늘 정말 고마웠어요!

"내가 말을 잘못한 거지. 그래, 내 잘못이지."

허무한 혼잣말이 허허로운 공기 중으로 금세 사라져 버렸다. 지금 승언이 이 허탈한 기분을 느끼지 않으려면 그녀에게 정확하게 얘기를 해 줬어야 했다.

함께 저녁 한 끼 먹자고.

혹시 몰라 윤희의 집을 노크해 보았지만 그녀는 흔적도 없이 사라져 버렸다.

어쩔 수 없이 다시 집으로 돌아와 그녀가 얌전하게도 차려 놓은 음식들로 식사를 했다.

"생각보다 맛있네."

자꾸만 반찬에 손길이 갈 정도로 맛있다. 그러면서도 윤희와 함께하지 못하는 지금 이 순간에 대한 격렬한 아쉬움에 승언은 제 손에 들린 쪽지만 몇 번이고 읽고 또 읽었다.

✳   ✳   ✳

뒤숭숭한 마음이 쉽게 진정이 되질 않는다. 윤희는 동네 찜질방으로 와 삶은 달걀과 식혜로 배를 채우고 따뜻한 탕 안에서 몸을 찜질하며 전에 있었던 일을 떠올렸다.

"하다 하다 이제 배 속에 있는……. 참 잘하는 짓이다, 정윤희."

윤희가 탕 안에 깊숙이 몸을 담갔다. 머리끝까지 잠긴 상태로 잠시 숨을 참았다.

식사를 준비하는 동안 들려오는 욕실 샤워기 소리가 어딘지 모르게 자극적으로 느껴졌다. 물줄기가 떨어지는 소리와 함께 탄탄했던 그의 몸매가 고스란히 떠오르면서 흥분은 더욱 증폭되었다.

윤희는 자신에게 침범한 그의 매끄러운 살결을 쓰다듬었던 제 손끝을 물끄러미 내려다보았다. 땀으로 인해 끈적였지만 보드라웠던 감촉. 움직일 때마다 굴곡졌던 그의 근육을 쓸어내리던 순간 느꼈던 희열은 여전히 짜릿함으로 남겨져 있었다.

그 살결을 다시 느껴보고 싶다는 충동이 들려던 찰나 윤희는 급하게 탕에서 나왔다.

"푸하!"

가쁜 숨을 몰아쉬는 와중에도 계속 머릿속에서 벗어나지 않은 생각에 고개를 거칠게 내저었다.

"네 음란 마귀, 이놈! 썩 물러나지 못할까아!"

그의 달뜬 신음과 그윽하게 바라보던 눈빛까지 떠오르자 윤희는 기분이 아찔해져 왔다.

"아, 못 살아!"

기억을 지우고자 머리를 다소 과격하게 때리며 탕에서 빠져나왔다.

찜질방에서 자고 일어나 이른 아침에 집으로 돌아온 윤희는 망가진 도어록을 고치고선 침대 위에 벌러덩 드러누웠다.

부모와 함께 찜질방에 온 초등학생들이 밟고 간 다리가 아직도 욱신거리는 것 같아서 손으로 주물거리고 있는데, 문득 어제의 일이 너무 창피하게 느껴졌다.

"정말 이사를 가야겠어……."

하룻밤의 일탈에 이어 그에게 치부를 들켰다는 사실에 윤희
는 한동안 허공에 대고 발길질을 해야 했다.

2

일요일이었다. 승언이 집에 있다는 뜻이자 마주칠 확률이 높다는 뜻이기도 했다. 윤희는 응급실 사건 이후, 아직 그를 마주칠 용기가 없었기에 오늘은 무슨 일이 있더라도 집 밖으로 나가지 말자고 결심했다.

하지만 인간에게는 무엇도 이길 수 없는 3대 욕구가 있었으니. 이름하여 식욕. 성욕. 수면욕. 그중에서 윤희가 가장 참기 힘든 것은 식욕이었다. 관장으로 안에 쌓여 있던 그것들을 다 빼고 나니 욕구가 한층 더 증폭되어 있었다.

거기에 냉장고 속은 텅텅 비어 있었고, 배달을 시키자니 마땅치가 않았다. 결국 윤희는 마트로 향할 수밖에 없었다.

주말이라 그런지 애매한 시간임에도 불구하고 사람들이 꽤 많았다. 윤희는 카트를 끌고 다니며 바쁘게 머릿속으로 골라 놓은 재료들을 쓸어 담았다.

"소시지에 연어, 오징어 샀고……. 오, 간만에 콘 치즈나 만들어 먹을까?"

하지만 막상 통조림 진열대로 온 윤희는 난감한 표정으로 위를 올려다보았다. 하필이면 옥수수 캔이 그녀의 키로는 도무지 닿지 않을 정도로 높은 곳에 진열이 되어 있었다.

뒤꿈치를 들고 있는 힘껏 팔을 뻗었지만 어림도 없는 일이었다.

"아니, 사라는 거야? 말라는 거야? 너무하네, 정말."

불만을 터트리며 주변 직원들에게 도움을 청하기 위해 급하게 두리번거리고 있던 그때였다. 커다란 그림자가 드리워지더니, 누군가가 가볍게 통조림을 꺼내 그녀에게 내밀었다.

"이게 그렇게 먹고 싶었어?"

귀에 익은 목소리에 화들짝 놀라 올려다보니 승언이 서 있었다.

"하긴 많이 먹어야지. 텅텅 비었을 테니까."

승언의 까맣고 선명한 눈동자가 윤희의 아랫배로 향했다. 윤희가 얼른 카트로 배를 가리며 그를 지나치려 했지만 이내 가볍게 제지당했다.

"이거 가져가야지."

"괜찮아요! 그걸 꼭 먹어야 했던 건 아니에요!"

"그래도 꺼내 준 사람의 성의가 있는데."

기어코 카트에 통조림을 내려놓는 승언이었다. 자신을 놀리는 것에 재미가 붙은 듯 보이는 그의 행동에 윤희의 눈이 새초롬해졌다.

그러든지 말든지 승언의 표정은 시종일관 여유로움이 넘쳤다.

"많이 먹어."

"아주 고맙습니다. 꺼내 줘서."

윤희가 여전히 가시지 않은 수치심을 끌어안으며 빠르게 걸음을 옮겨 그로부터 멀어졌다. 승언은 그 자리에서 움직이지 않고 넌지시 그녀를 바라보았다.

집에 음식이 떨어져 마트에 왔던 승언은 통조림 코너에서 혼자 쩔쩔매고 있는 윤희를 발견한 순간 제일 먼저 '반가움'이라는 감정을 느꼈다. 남 일에 별로 간섭을 하지 않던 자신답지 않게 그녀에게 다가가 통조림까지 꺼내 주었다.

잠시였지만 제 품에 감싸여 있던 그녀에게서 향긋한 과일 향이 났다.

그날도 이런 향기가 났었다. 익숙하면서도 승언이 참 좋아하는 냄새였다.

뭐가 그리도 싫고 바쁜지 자신의 체구만 한 카트를 끌고 빠르게 사라지는 윤희를 보며 승언은 아쉬운 마음이 들었다.

그러다 불쑥 드는 위화감에 그녀에게 두었던 시선을 얼른 떼어 냈다. 바닥에 헤, 벌린 채로 떨어져 있는 지갑을 발견했다. 열려 있는 지갑 사이로 어색하게 웃고 있는, 그래서 조금은 촌스러워 보이는 윤희의 사진이 박힌 주민 등록증이 보였다.

그녀는 언제나 눈빛과 행동으로 말하고 있었다. 자신에게 보이는 관심을 제발 꺼 달라고, 그 관심이 너무 부담스럽고 또 창피해서 싫다고.

하지만 승언은 무시하지 못하고 지갑을 줍고 말았다. 모르는 척하기엔 이미 꽤 깊이 그녀에게 관여한 듯싶었다.

그것이 자신 혼자서 깊어진 감정이라 해도 상관없었다. 겉으로 표출하지 않고 숨기는 것이 그에겐 더 힘든 일이었기 때문이었다.

지갑을 들고 윤희가 향했던 길을 걸어가니, 카운터 앞에서 제 몸을 허겁지겁 뒤지며 당황스러움에 어쩔 줄 몰라 하고 있는 그녀가 보였다.

"계산 안 할 거면 좀 비켜, 아가씨!"

지갑을 찾던 윤희에게 억척스러운 아저씨의 윽박이 들려왔다. 시무룩해진 그녀가 카트를 뒤로 끌고 나오려는 순간 멀찍이서 목소리가 들려왔다.

"그 아가씨, 계산합니다."

승언이 잃어버렸던 지갑을 내밀었다. 그의 존재가 황폐한 사막의 오아시스요, 구세주처럼 느껴졌다.

"어, 내 지갑! 감사합니다!"

지갑만 건네준 승언이 다시 카트를 끌고 반대쪽으로 돌아서 가는 것이 보였다.

"지갑 가져다주려고 일부러 이쪽으로 온 거야?"

"아가씨, 계산 안 해?"

"해요!"

계산하고 나와서 집으로 곧장 돌아온 윤희는 이래저래 신세만 지게 된 승언이 자꾸만 신경 쓰였다.

"고마운 일인데, 인사도 못 했네……."

자신이 의도한 바는 아니었지만 그래도 손이 닿지 않는 곳에서 통조림도 꺼내 주고, 지갑도 주워다 준 호의를 도저히 그냥 무시할 수만은 없었다. 창피한 건 창피한 거고, 고마운 건 고마운 것이다.

그래서 연어를 정성껏 구워서 그중 하나를 들고 그의 집을 노크했다. 레몬 소스를 뿌려 상큼한 냄새가 코끝을 자극했다. 초인종을 누른 지 얼마 되지 않아 승언이 모습을 드러냈다.

"이거 좀 먹어 봐요."

그의 시선이 윤희가 들고 있는 연어 스테이크로 향했다. 적당히 구워져 먹음직스러운 색을 띤 연어가 꽤 군침을 돌게 했다.

"이래저래 감사한 일이 좀 많은 것 같아서요. 맛에 대한 기대는 하지 말고 그냥 정성이라고 생각해 주세요."

"그래. 잘 먹을게."

여전히 그를 마주하고 있으면 자신이 보여 주었던 민망한 모습들이 주마등처럼 스쳐 지나갔다. 몸은 즉각 반응을 보여 금세 얼굴이 뜨겁게 달아올랐다. 그에게 들킬세라 다급하게 돌아섰다.

"그럼 맛있게 드세요!"

윤희는 승언의 입술이 떨어지기도 전에 자신의 집 안으로 쏙 들어왔다.

"후……."

손부채질을 하며 달래 보았지만 그 뒤로도 윤희의 붉은 볼은 한동안 가라앉을 기미를 보이지 않았다.

알람이 울리기도 전에 잠에서 깨어났다. 승언은 찌뿌드드한 어깨를 풀며 거실로 나와 미적지근한 물을 들이켠 후, 실내 바이크에 올라탔다. TV를 틀고 뉴스를 보며 땀이 날 때까지 바이크를 탄 후엔 샤워를 하기 위해 욕실로 들어갔다.

시원한 물줄기로 땀에 젖은 몸을 씻은 후, 손바닥에 샴푸를 덜어 냈다.

거품을 내서 머리를 시원하게 문지르다 문득 윤희를 떠올렸다. 실연을 당하고 술에 취해서 울고 있던 모습부터 무장을 하고 자신을 피해 다니던 모습, 응급실에 실려 갔던 모습, 그리고 어제 연어 스테이크를 들고 문 앞에 서 있던 모습까지.

표정들도 생생하게 떠올라 승언의 입가에 옅은 미소를 짓게 만들었다. 어디로 튈지 몰라 보고만 있어도 참 재미있는 여자라는 생각이 들었다.

그래서일까, 지루한 일상에서도 그녀만 생각하면 자신도 모르게 웃음이 나온다.

윤희를 떠올리며 충분히 문지른 머리의 거품을 씻어 내기 위해 샤워기를 켰지만 어쩐 일인지 작동하지 않았다.

"어떻게 된 거지?"

승언이 샤워기 헤드를 흔들어 보아도 여전히 물은 단 한 방울도 나오지 않았다. 급한 마음에 나체로 욕실에서 나와 싱크대도 틀어 보았다.

하지만 욕실과 마찬가지로 나오지 않아 급하게 냉장고 문을 열어 보았다. 하필이면 이럴 때 사 놓은 생수도 없었다.

"미치겠네."

거품이 들어가 눈이 따끔거려 승언은 연신 고운 미간을 찌푸렸다. 출근 시간은 다가오는데 물은 나오질 않고, 그냥 수건으로 닦아 내기에는 거품이 너무 많았다. 최악도 이런 최악이 없었다.

"아."

하는 수 없이 승언은 마지막 희망이라고 생각하며 억지로 옷을 입었다. 거품이 뚝뚝 떨어지는 머리를 수건으로 감싸고 옆집으로 가 초인종을 눌렀다.

―누구세요?

잠에 잔뜩 잠긴 그녀의 목소리에 승언은 미안하면서도 다급한 상황에 어쩔 수 없이 입을 열었다.

"난데, 잠깐만 문 좀 열어 줘."

우당탕탕!

시끄러운 소리가 들리더니 이내 현관문까지 걸어 나오는 발걸음 소리가 들렸다. 큼큼거리며 목을 가다듬는 소리까지 지나치게 가깝게 들려왔다.

"무슨 일……. 어머, 왜 수건을 다 뒤집어쓰고 왔어요? 무슨 일 있어요?"

현관문이 열리고 잠에서 지금 막 깬 듯하지만 정신만큼은 바짝 차리고 있는 그녀가 눈앞에 나타났다.

"미안한데, 지금 너희 집 물 나와?"

"물이요? 잠깐만요."

윤희가 급하게 화장실로 들어가더니 다시 뛰어나왔다.

"네. 아주 콸콸 잘 나오는데요?"

"그럼 잠깐만 좀 쓰자."

"네?"

충분히 당황하고 망설일 수 있는 문제이기 때문에 승언은 내켜 하지 않는 윤희의 반응을 이해할 수 있었다. 하지만 지금은 사정이 급할 뿐더러 늦장을 부릴 시간도 없었다.

"갑자기 집에 물이 안 나오는데 이러고 출근을 할 순 없잖아. 이해 좀 해 줘."

아까부터 계속 흘러내린 거품 때문에 이제는 눈을 제대로 뜨고 있기조차 버거워졌다.

승언이 급하게 신발을 벗었을 때, 윤희가 무슨 생각을 했는지 금세 낯빛이 바뀌었다.

"그래요, 그럼."

급한 나머지 문을 다 닫지도 않고 들어가 샤워기부터 틀어서 샴푸 거품들을 없앴다. 그제야 좀 살 것 같았다. 입고 있던 옷을 벗어 가볍게 샤워도 끝냈다. 자신이 가져온 수건으로 젖은 몸과 머리를 무심하게 털어 내던 승언의 시야로 그녀의 공간이 들어왔다.

분명 제 집과 똑같은 구조와 크기의 화장실이었다. 그런데 자신의 욕실에선 절대 볼 수 없는 분홍색 천지인 낯선 물건들이 있으니 전혀 다른 공간처럼 느껴졌다. 어떤 용도로 쓰일지 짐작조차 안 되는 화장품들이 가득했고, 샴푸와 바디 클렌저 통도 참 예뻤다.

승언이 자신도 모르게 바디 클렌저의 향을 맡았다. 그날 밤, 그녀의 살결에서 났던 그 냄새였다.

순간, 이 작은 공간에서 그녀가 옷을 벗고 샤워하는 엉큼한 상상을 해 버리고 말았다. 찹쌀떡처럼 하얗고 벚꽃처럼 연분홍빛을 두르고 있던 앙증맞은 가슴, 유난히도 간지러움을 많이 탔던 작고 선명한 배꼽과 자신을 미치게 만들어 버렸던 그녀의 은밀한 공간. 제 귓불을 뜨겁게 애태우던 그녀의 들뜬 신음까지.

승언의 아래가 참을 수 없는 고통과 함께 묵직해져 왔다. 현기증과 심한 갈증에 목이 타들어 가는 것만 같았다. 내재되어 있던 욕망이 조심성도 없이 고개를 치켜들어 난감해지는 순간이었다.

출근 시간이 가까워진다는 것도 잊은 채 승언은 호흡으로 저를 다독인 후 욕실에서 나왔다.

그녀가 테라스에 나가 있다가 승언의 인기척에 안으로 들어왔다.

"샤워하던 도중에 물이 안 나온 거예요?"

"어."

"이 건물이 자주 그래요. 아마 아래층 같은 호수에서 한꺼번에 물을 써서 그랬을 거예요. 오래된 건물이라 그런가 봐요."

"그래."

꼭 죄를 지은 것처럼 그녀를 똑바로 마주할 수가 없어서 급하게 현관문으로 향했다.

"갑작스럽게 들이닥쳐서 미안해. 많이 당황했을 텐데, 욕실 쓰게 해 줘서 고맙고."

"이래저래 고마운 건 저죠. 어제 연어 스테이크는 어땠어요? 입맛에 맞았어요?"

밥을 반쯤 먹은 상태였음에도 불구하고 순식간에 비워 낼 정도로 맛있었다. 여느 고급 레스토랑 못지않은 그녀의 요리 실력을 기필코 칭찬해 줘야지 생각했지만 지금은 때가 아닌 듯싶었다.

"어. 오늘 저녁에 빈 그릇 돌려줄게."

"천천히 돌려줘도 돼요. 잠깐만, 여기 비눗기 조금 덜 씻은 것 같은데?"

이 정도는 괜찮다고 말하며 급하게 몸을 돌려 나왔다. 집으로 돌아와서도 진정이 되지 않는 감정에 승언은 난감할 수밖에 없었다.

사실 그도 원나잇은 처음이었다. 남자라는 종족이 아무리 본능에 충실히 임하는 성질을 가지고 있다고 하지만 승언은 충분히 제 본능을 억누를 수 있는 능력을 가지고 있었다.

솔직히 사랑하는 사람이 아닌 여자들에게 호감만으로 성욕을 느끼는 것 자체를 이해하지 못했다. 그래서 학창 시절 친구들이 야동을 보며 자위했다며 성취감에 도취되어 있을 때도 승언은 전혀 공감을 하지 못해 남자 새끼도 아니라며 놀림을 당하곤 했었다.

하지만 그런 것에 대해 큰 문제점을 느끼지는 못했다. 호감과 사랑하는 마음이 있어야지만 진정으로 성욕이 표출되었고 잠자리를 했던 여자들은 전부 승언과 오래도록 만나 왔던 여자 친구들뿐이었다. 그래야 후회가 없었다.

그런데 그날 윤희에게서 받았던 느낌은 마치 자신이 사랑했던 여자와 함께하는 것만 같았다. 당장 안지 않으면 영영 후회해 버릴 것만 같은 조급함도 몰려오는 바람에 한 번도 상상조차 해 본 적 없는, 처음으로 저지른 일탈이었지만 후회는 없었다.

계속해서 만날 의향이 있을 만큼 그녀는 잠자리에서조차 승언을 미치게 만들었다. 하지만 기회는 쉽게 그의 곁에 머물러 주지 않았다.

다시 그녀를 만났을 때는 틀어져 버린 상황들에 실망하고 그 감정이 죽은 줄로만 알았다. 오늘 그녀의 작은 공간에서 그날 밤에 취했던 절대 잊을 수 없는 향을 다시 맡기 전까지만 해도 말이다.

물론 그 냄새를 맡기 전에도 그녀의 행동 하나하나가 신경이 쓰이기는 했지만 그건 오롯이 정신적인 문제일 뿐이었지, 신체적으로 반응하는 것은 아니었다.

다시 느껴 보고 싶다. 침대 위에서의 그녀의 향, 그녀의 숨결, 그녀의 따뜻한 몸속…….

불그스름하게 물든 얼굴로 자신의 볼을 두 손으로 따뜻하게 감싸며 최고라고 칭찬을 하던 야릇한 목소리까지.

그 생각에 승언의 아래가 또다시 묵직해져 오는 난감한 사태가 발생해 버리고 말았다.

그가 집으로 돌아간 후, 윤희는 자신도 모르게 욕실 문을 열어 보았다. 후덥지근한 열기와 은은한 비누 냄새가 가득 차 있었다.

하필이면 집에 처음 들인 이가 원나잇을 한 남자라니, 그것도 집에 물이 안 나와서 샴푸를 잔뜩 묻히고 다급함에 찾아온.

"흐익!"

급하게 열어 주느라 욕실을 정리하지 못했던 윤희는 세면대에 붙어 있는 자신의 긴 머리카락에 경악을 했다. 그러다 투명한 리빙 박스에 층층이 쌓아 두었던 팬티를 보고 또 한 번 자지러지게 놀랐다.

"분명히 봤겠지? 봤을 거야! 미쳐, 정윤희."

하지만 어찌 이런 사태가 일어날 것이라고 예상이나 했을까. 봤냐고 물어볼 수도 없는 노릇에 울상이 된 그녀는 조용히 욕실 문을 닫았다.

출근한 모양인지 옆집은 지나치게 고요했다. 그가 머리를 감는 동안 윤희는 테라스에 나가 있었다. 이상하게도 바닥으로 떨어지는 물줄기 소리에 윤희의 심장이 걷잡을 수 없이 뛰고 얼굴은 금방이라도 타 버릴 것처럼 뜨겁게 달아올랐었다.

떠올리자마자 다시 오른 열기를 식히기 위해서 테라스로 나간 윤희의 시야로 승언이 막 오피스텔에서 빠져나가는 것이 보였다.

비율이 좋아서 그런가, 흰 티에 검은색 바지를 입은 평범한 옷차림인데도 멋있어 보였다. 여자 마음을 설레게 만드는 뒤태를 지니고 있었다.

주변에 있던 여자들이 그의 모습을 힐끔거리는 것도 보였다. 심기가 불편해져 왔다. 윤희가 손을 들어 자신을 보고 있지도 않은 그에게 인사를 했다.

이상하다. 승언을 보고 있노라면 자꾸만 몸이 이상해지고 머릿속에는 엉큼한 생각들로 가득 찼다. 전혀 신경을 쓰고 있지 않은 듯 보이는 그 때문에 너무 억울한 일이지만 있는 사실이 없는 게 될 수는 없었다.

"휴."

정신 차리자며 뺨을 세차게 후려치고는 컴퓨터를 켰다. 오늘 점심시간 전까지 보내기로 한 디자인 작업을 마무리 짓기 위해서였다.

적합한 색들을 배치하고 선들을 다듬어 레이아웃을 정리한 후, 업체에 메일을 보냈다.

"으차!"

찌뿌드드한 어깨를 펴며 자리에서 일어난 윤희는 점심을 먹고 다음 작업을 시작했다.

눈이 시리고 목이 뻐근해서 움직이지 못할 고통이 느껴질 때쯤에 일을 끝낸 윤희의 시야로 창밖 너머 이미 어둑어둑해진 하늘이 보였다.

"몇 시지? 벌써 9시가 넘었네."

한 번 작업에 집중하면 시간 가는 줄 모를 때가 많았다. 윤희가 뒤늦은 저녁을 먹기 위해 주방으로 왔을 때였다. 컴퓨터 옆에 두었던 휴대폰이 울렸다. 오늘 오전에 메일을 보냈던 거래처 담당자였다.

"아, 안녕하세요. 성은 씨!"

—안녕하세요, 윤희 씨.

어딘가 모르게 축 가라앉은 목소리가 직감적으로 불길하게 느껴졌다.

"디자인에 무슨 문제라도 있는 거예요?"

—아니, 제가 보기엔 괜찮거든요. 그런데 저희 팀장님이 색깔도 그렇고, 캐릭터 디자인도 별로 마음에 안 든다고……. 워낙 까다로운 분이셔서요. 색깔을 비비드 톤으로 하길 바라시네요.

"친환경 컨셉이라 비비드 톤은 조금 강하게 보이실 수도 있는데……."

—그래도 그렇게 원해서요. 워낙 고집이 세신 분이라. 그리고 '잎잎이'라는 캐릭터 눈동자도…….

이런저런 수정 사안을 듣고 전화를 끊은 윤희의 한숨에 짜증이 잔뜩 섞여 나왔다.

웹 디자인 같은 경우에는 색깔과 선 하나만 바꾸더라도 코딩을 다시 잡아야 하기 때문에 일이 번거롭고 많아진다.

색상 변경에 캐릭터 리터치 작업까지 새로 해야 하는데 그걸 또 내일 오전까지 보내 달라고 하니, 오늘은 영락없이 꼬박 밤을 새워야 했다.

"아휴."

짜증스러운 마음에 밥 차려 먹는 것도 성가셔서 지갑을 들고 집을 나섰다. 집 근처 편의점에서 대충 끼니를 때울 것과 이 분노를 잠재울, 시원하면서도 달콤한 무언가를 사 올 작정이었다. 윤희는 편의점에서 도시락 하나와 아이스크림 세 개, 각종 군것질을 사 들고 나왔다.

"오늘따라 유난히 하기 싫다. 하기 싫어."

아이스크림을 입에 물고 투덜거리던 윤희의 귓전으로 부시럭

거리는 소리가 들려왔다.

주변을 황망하게 둘러보니, 어미 고양이와 새끼 고양이 두 마리가 음식물 쓰레기를 뒤져 그 안에 있는 찌꺼기들을 먹고 있었다.

그마저도 얼마 있지 않아 어미 고양이가 두 마리의 새끼 고양이에게 양보를 하는 모습을 본 윤희가 다시 편의점으로 들어갔다.

사람 음식이 고양이들에게 좋지 않다는 것은 알지만, 그래도 음식물 쓰레기보다는 나을 것 같다는 생각에 참치 캔과 생수를 사서 나왔다.

혹시 몰라 참치 기름을 버리고 생수로 여러 번 씻어서 고양이들에게 내밀었다.

"차라리 이걸 먹으렴, 얘들아."

참치 캔을 조심스럽게 내밀자 새끼들이 먼저 관심을 보였다. 어미 고양이가 여전히 잔뜩 경계를 한 눈빛으로 윤희를 노려보자 그녀는 한 걸음 뒤로 물러섰다.

"너도 먹어. 네가 먹고 힘내야 아기들을 지켜 줄 수 있지."

알아듣기라도 한 듯 어미 고양이가 경계를 풀고 다가와 참치 캔으로 얼굴을 굽혔다.

"잘 먹네."

새끼 고양이들이 너무 귀여워서 눈을 뗄 수가 없었다. 어미 고양이와는 다르게 경계를 푼 새끼 고양이가 가벼운 발걸음으로 아장아장 걸어 윤희에게로 다가왔다. 저도 모르게 손으로 새끼 고양이의 머리를 쓰다듬을 때였다.

"여기서 뭐 해?"

낯선 이의 갑작스런 등장에 놀라서 달아나진 않을까 걱정하며 어미 고양이를 바라보았지만 오래도록 굶주렸는지, 어미 고양이는 참치를 먹느라 정신이 없어 보였다.

"아니, 잠깐 나왔다가 고양이가 보여서……."

윤희가 자리에서 일어나 말을 대충 얼버무렸다.

붉은 얼굴과 헤퍼진 눈웃음. 승언은 술을 마신 듯싶었다. 술에 취한 그는 평소보다 훨씬 더 분위기가 있어 보였다.

"술 마셨어요?"

"응. 아주 조금?"

"조금이 아닌 것 같은데."

윤희의 말엔 대답할 생각도 없어 보이는 승언이 자리에 쭈그려 앉아 새끼 고양이를 들어 올렸다.

"어? 그러면 어미 고양이가 경계할……."

하지만 윤희의 말은 이어지는 어미 고양이의 행동에 쏙 들어가 버리고 말았다. 참치를 먹고 있던 어미 고양이가 승언에게 다가와 애교를 피우듯 몸을 비벼 대기 시작한 것이다.

고양이를 바라보는 그의 눈동자가 한없이 사랑스럽게 느껴졌다.

"이사 온 날부터 몇 번 사료 사다 줬더니 잘 따르네."

그럼에도 윤희가 믿을 수 없다는 듯이 번갈아 보자 승언이 어미 고양이의 머리를 다정하게 쓰다듬어 주며 말했다. 의외다. 저런 잔정 같은 거 없어 보이는 사람인데.

"이거 먹을래요?"

다른 사람들의 등장에 화들짝 놀란 어미 고양이가 새끼 고양이들과 함께 도망쳐 버린 후, 아쉬움에 그 길만 바라보고 있는 승언에게 윤희가 아이스크림 하나를 내밀었다.

"아이스크림?"

"술도 좀 깰 겸."

"안 취했다니까?"

그러면서 또 눈웃음을 흘린다. 윤희는 그의 매력적이고도 사랑스러운 눈웃음에 심장이 쿵, 하고 내려앉는 기분이었다.

"그래요. 전혀 안 취한 것처럼 보이네요."

괜히 눈길을 돌리며 무심한 듯 아이스크림을 내밀었다. 하지만 금방 낚아채 가야 할 아이스크림이 그대로 제 손에 들려 있자 윤희가 다시 승언에게로 시선을 고정해야 했다.

"까 줘."

"취하지도 않았다면서 정말 가지가지 하네요."

윤희는 낮게 혼잣말을 하면서도 아이스크림을 까서 승언에게 건넸다. 그제야 고맙다는 말과 함께 배시시 하얀 이를 드러내 웃으며 그가 아이스크림을 받아 베어 먹었다.

"차갑다."

"아이스크림인데, 따뜻한 걸 기대했나요?"

"그래도 착하네."

"네?"

"길 고양이한테 밥도 주고."

승언의 커다란 손이 윤희의 볼을 아프지 않을 정도로 꼬집었다. 20대 후반의 나이로 누군가에게 칭찬을 받으며 당하는 볼

꼬집기가 이렇게 기분이 좋은 건지 전혀 몰랐다.

"착해."

자신의 볼이 뜨거운 건지, 그의 손이 뜨거운 건지 알 수가 없었다. 다만 알 수 있는 건 그와 닿은 순간부터 심장이 고장 난 것처럼 뛰고 신경의 일부분이 굉장히 낯간지러워졌다는 것이다.

"칭찬 감사합니다."

승언에게 볼을 더 맡겼다가는 심장이 남아나지 않을 것 같아서 윤희가 얼른 제 볼에서 그의 손을 치웠다. 정말 취한 건지, 그가 아무 저항 없이 손을 거두었다.

"오늘 욕실도 쓰게 해 줘서 고마우니까 그네 밀어 줄까?"

승언이 오피스텔 옆에 있는 작은 아파트 단지 놀이터를 가리키며 말했다.

"괜찮아요."

"왜? 무거울까 봐?"

"하하하! 몸무게 얼마 안 나가는데? 딱 봐도 그래 보이지 않아요?"

그러다 갑자기 얼굴이 확 달아올랐다. 상대방은 무려 자신의 맨몸을 본 남자다. 승언 역시 그날이 생각났는지 아무 말 없이 윤희를 지그시 바라볼 뿐이었다. 어색함과 민망함에 혀라도 깨물고 싶었던 윤희가 급하게 화제를 돌리기 위해 냉큼 놀이터로 달려갔다.

"그네 밀어 준다면서요."

자신을 부르는 그녀의 목소리가 참 달콤했다. 그 목소리가 흘러나오는 입술을 맛보고 싶을 만큼.

오늘 아침부터, 아니 엄밀히 따지자면 그날 밤 이후에 다시 만난 순간부터 자신의 본능이 튀어나오기에 그녀는 충분한 자극 제였다.

또다시 스멀스멀 올라오는 본능에 충실한 욕구를 승언은 억눌러야 했다. 그녀를 밀어 준다며 그녀에게 손을 댔다가는 정말 무슨 일을 저지를지, 자신도 가늠할 수가 없었다.

이제 겨우 자신을 보며 말도 건네고, 웃기도 하는 그녀와 멀어질 수는 없는 노릇이었다.

"아니야. 그냥 들어가는 게 좋겠어."

갑자기 오피스텔 단지로 들어가는 승언의 뒤를 윤희가 급하게 따라붙었다. 그가 그녀를 밀어 주지 않은 것은 오히려 다행일지도 몰랐다. 몸에 손이 닿을 때마다 비명을 내질렀을지도 모를 테니 말이다.

두 사람이 올라탄 승강기가 13층으로 올라가는 동안 이유 모를 어색한 침묵이 흘렀다.

"잘 자."

승강기에서 먼저 내린 윤희가 비밀번호를 다 누르고 현관문을 열어 들어가기 직전, 들려오는 그의 목소리에 낮게 고개를 끄덕였다.

"류승언 씨도요."

싫으나 좋으나 이제 그와의 관계는 아는 척을 하지 않을 수 없는 이웃사촌이 되어 버렸다. 사실 그게 싫지만도 않았다.

"근데 저 사람 누구랑 술 마신 거지? 설마, 여자랑 마신 거 아니야?"

저도 모르게 어여쁜 여자와 술을 마시고 있는 승언을 떠올린 윤희는 자신에게 했던 것처럼 다정함이 묻어 나오는 승언의 모습에 불쑥 짜증이 치밀어 올랐다.

그를 신경 쓰는 마음이 참 요상하다는 생각이 들었다.

3

월급을 받았다며 한 턱 쏘겠다는 보영의 말에 시내로 나가는 버스 안. 차창 밖으로 쏟아지는 비를 바라보는 윤희의 얼굴이 난감함으로 물들었다.

오늘 비 온다는 얘기가 있었나? 예상도 못한 일이라 당연히 우산을 들고 나오지 않았다. 도착지에 가까워질수록 윤희의 한숨은 더욱 깊어졌다.

제발 그쳐 주길 바랐던 비는 야속하게도 더욱 세차게 쏟아져 내렸다. 윤희는 버스에서 내려 손으로 머리를 감싸며 바로 앞에 있는 건물 안으로 들어갔다.

비가 그칠 때까지 기다려야 하나, 하고 막막한 눈으로 하늘을 올려다보고 있는데 뒤쪽에서 어수선한 소리가 들려왔다.

많은 사람이 승강기에서 내려 제각기 우산을 펴기도 했고, 윤희처럼 난감함에 발을 동동 굴리기도 했다.

윤희가 건물 안을 찬찬히 살펴보니 주로 학원이 들어서 있는 빌딩이었다.

자신과 별 연관이 없다고 판단한 그녀가 흥미를 잃고 눈길을 돌리려고 하던 그때, 승강기에서 내리는 무리들 중에 익숙한 실루엣을 발견했다.

일순간 반짝인 두 눈동자에 담긴 사람은 승언이었다. 그도 예기치 못한 공간에서 마주한 윤희가 의외였는지 꽤 놀라는 눈치였다.

승언은 같이 있던 사람들에게 먼저 가 있으라는 말을 전한 후, 윤희에게로 다가왔다. 그녀의 눈길이 자연스럽게 승언이 어깨를 살짝 다독였던 여자에게로 향해 있었다.

저 여자랑 친한가?

"볼일 보러 나온 거야?"

멀어져 가는 여자를 바라보던 윤희가 승언의 말에 고개를 추어올렸다.

"네. 여기서 일하는 거예요?"

"응. 근데 이 건물은 학원밖에 없는데. 왜 여기에 있는 거야?"

"아, 사실 친구랑 사거리 쪽 레스토랑에서 약속을 잡았는데 우산이 없어서요. 친구한테 연락해서 데리러 오라고 하려고요. 퇴근하는 거예요?"

"아니. 오늘 특강이 있어서 밥 먹으러 가던 길이었어."

"아, 그러시구나. 그럼 얼른 가 보세요."

말없이 건물 입구로 향하는 승언을 바라보며 윤희는 휴대폰을 들었다.

보영에게 연락을 해 보았지만 받지 않았다. 연락이 오겠지, 하고 체념하고 있는데 얼굴 위로 다시 커다란 그림자가 드리워졌다.

"이거 쓰고 가."

어느새 다시 돌아온 승언이 들고 있던 검정 우산을 건넸다. 그의 이미지와 잘 맞게 참 깔끔하게도 접혀 있었다.

"식사하러 간다면서요."

"바로 옆 건물이라 괜찮아."

"집에 갈 때는 어떻게 가려고……."

"그때쯤이면 비 그치겠지, 뭐. 가져가."

"괜찮아요."

"신경 쓰이게 하지 마."

그래도 미안함에 받지 않으려고 하는 윤희의 손에 승언이 기어코 우산을 쥐여 주곤 돌아섰다. 학원 입구까지 간 그가 손을 머리 위에 올리고 막 한 걸음 밖으로 내딛으려 했다. 윤희가 승언을 충동적으로 불러 세웠다.

뒤돌아본 그가 대답 대신 눈빛으로 왜? 하고 묻고 있었다. 윤희가 마음속에 담아 두었던 말을 입술 밖으로 쉽게 옮기지 못하고 머뭇거렸다.

승언이 다시 그녀의 곁으로 다가왔다.

"할 말 있어서 부른 거 아니야?"

"네, 맞아요."

"근데 왜 아무 말 안 해."

입가에 걸쳐진 미세한 미소가 참 매력적이었다. 윤희는 우산을 손에 꼭 쥐고 한동안 들썩이기만 했던 입술을 떼어 냈다.

"몇 시에 끝나는데요?"

"두 시간 뒤쯤?"

의아해하는 그의 눈동자를 마주하며 윤희는 짧게 헛기침을 하고서 머릿속에 빙빙 돌고 있던 말을 꺼냈다.

"만약 그때도 비 내리면 데리러 올게요."

"응?"

"데리러 온다고요, 그때도 비 오면. 우산 주셨는데 감기 걸리면 마음이 불편할 것 같아서요."

윤희의 말에 승언은 대수롭지 않게 고개를 끄덕였다.

"그래, 그럼."

"저녁 맛있게 먹어요."

"너도 친구랑 재밌게 놀아."

'좀 이따 만나'라는 말은 두 사람 모두 하지 않았다. 왔던 길을 다시 돌아가는 그의 뒷모습을 보고 있던 윤희의 주머니에서 휴대폰이 요란스럽게 울렸지만 손은 움직이지 않았다.

서로 멀어져 가던 두 사람은 알 수 있었다. 잠시 후, 이 자리에서 다시 만나리라는 것을.

회사에서 있던 불미스러운 일에 대해서 탄식을 하는 보영의 말을 귀담아듣던 윤희의 시선이 무의식중에 창문 밖으로 향했다.

여전히 비가 내리고 있었다. 자신도 모르게 속으로 참 다행이라는 생각을 했다. 비가 내리는 데에 불만을 느끼지 않은 건 처음이었다.

"내가 그 과장 커피에다가 침을 뱉으려다가 말았어."

"그래, 잘 참았어."

흥분을 쉽게 가라앉히지 못하는 보영을 다독이며 잔에 가득 차 있는 술을 들이켰다. 쓰디쓴 술이 목을 타고 내려가 온몸에 아릿하게 퍼져 나갔다.

"그건 그렇고 너 그거 어떻게 됐어?"

"뭐?"

"원나잇한 남자가 옆집으로 이사 왔다면서 이상한 짓하고 다 녔었잖아."

술을 마셔 가뜩이나 큰 목소리가 더욱 우렁차진 보영에 윤희 가 화들짝 놀라서는 산란하게 주변을 살폈다. 아무래도 특정 단 어가 불러오는 통상적인 이미지에 대한 민망함과 창피함 때문이 었다.

다행히도 모두들 술에 취해 굳이 이곳에 신경 쓸 겨를은 없어 보였다.

"그냥 그렇지, 뭐."

"그러니까, 뭐가 그냥 그렇다는 건데? 좀 자세히 얘기해 봐. 그 남자는 너 전혀 못 알아봐?"

"아니, 알아봐."

"정말? 그래서 어떻게 됐어?"

보영이 흥미진진하다는 얼굴을 하고서는 다음 대답을 기다렸 다.

윤희는 말을 할까, 말까 망설이다가 결국 모든 것을 털어놓기로 마음먹었다. 사실 요즘 승언의 존재가 너무 신경 쓰여서 누구에게라도 고민을 이야기하고 싶던 참이었다.

"보고 있으면 막 몸이 달아오른다니까?"

"네 몸이 기억하는 거야. 그 남자를."

보영이 아무렇지도 않게 손으로 남자의 성기를 적나라하게 표현했다. 특별히 보는 사람도 없는데 친구가 창피해진 윤희가 헛기침을 했다.

"아니, 그것보다도……."

"엄청 좋았나 봐? 그러니까 막 몸이 기억하고 그리워하고 그러는 거 아니겠어?"

초롱초롱한 눈빛을 한 보영이 대답을 촉구했다.

"어머, 그리워하다니. 넌 무슨 말을 그렇게 막……."

"허를 찌르냐고?"

"그런 뜻 아니거든."

윤희가 기억하고 있는 바로 승언의 침대 위에서의 능력을 평가하자면 잘했던 것 같다. 그녀는 남자와의 잠자리 경험이 많지 않았다. 아니, 많은 것이 아니라 딱 두 번뿐이니, 오히려 적다고 할 수 있었다.

그런데 남자에게서 오르가슴을 느껴 보고, 그 뒤로 보기만 해도 온몸이 짜릿해지는 건 처음이었다. 사랑을 나누는 행위에 대해 긍정적인 생각을 갖게 된 것도 처음이었다.

"근데 그 남자는 너한테 정떨어졌겠다."

갑작스러운 보영의 말에 윤희가 고개를 갸웃했다.

"그 안에 있는 변을 보고 정이 안 떨어질 남자가 어디 있어?

그것도 막 열렬하게 사랑하고 있는 사이도 아니고, 관심만 가지고 있던 상태인데."

확신에 차 있는 보영의 말에 반박할 수가 없었다. 틀린 구석이 하나도 없는 탓에 기분만 더욱 울적해질 뿐이었다. 왜 하필 보여 줘도 그런 걸 보여 줬을까, 싶어서 윤희가 배를 꽉 끌어 감쌌다.

"아무래도 그렇겠지?"

"당연하지. 어디 그것뿐이야? 초반엔 네가 그 남자 엄청 피해 다녔잖아. 그것도 꽤 기분 나빴을 거야."

이 또한 이의를 제기할 수 없는 말이었기에 윤희는 연거푸 시원한 물만 마셔 댔다.

분명 그는 불쾌해했으며 기분 나빠 했다.

"그래도 네가 호감이 있다면 들이대 봐. 혹시 알아? 두 사람이 잘돼서 진하게 연애할지?"

"아휴, 됐어."

손사래를 치며 쓸데없는 소리 하지 말라고 했지만, 윤희는 자꾸 머릿속 깊이 잠재되려는 승언의 존재에 당황하지 않을 수가 없었다.

그와 연애를 한다면 어떤 기분일까? 어쩐지, 한 번도 경험해 보지 않았지만, 매일 구름을 걷는 기분일 것 같았다.

잠시 후 윤희는 내일 회사에 나가 봐야 한다며 서둘러 일어나는 보영을 따라 나왔다. 여전히 비가 내리고 있었다.

"버스 탈 거지?"

보영이 우산을 펴며 넌지시 물었다.

"응. 나 술도 좀 깰 겸 한 정거장 위로 가서 타려고."

"얼마나 마셨다고. 근데 그 우산 네 거야? 몸에 비해 너무 큰 거 아니니? 꼭 편의점 파라솔 뽑아 온 것 같아."

그 남자의 것이라고 하면 말이 길어질 것 같아서 대충 사은품으로 받았다고 둘러댔다.

"사은품으로 받아? 어머, 그 이탈리아 명품 우산을 어디에서 사은품으로 줬다는 거야?"

"이거 명품이야?"

"그래, 엄청 비싼 건데. 어, 나 지하철 시간 다 됐다! 간다!"

"응. 오늘 잘 먹었어, 보영아."

보영을 배웅한 후에 우산을 쓰고 그의 회사로 향했다. 발걸음은 무거운데 마음은 가볍게 느껴졌다.

비를 맞으며 빌딩 앞에서 기웃거리고 있자 곧 많은 사람들이 지친 모습으로 빠져나왔다. 승강기가 몇 번 열리고 닫히기를 반복했다.

"혹시 갔나……."

전화번호도 모르는 승언을 무턱대고 기다리는 것이 조금 미련한 짓일지도 모른다는 생각이 들 무렵, 다시 승강기 문이 열리고 한 무리의 사람들이 쏟아져 나왔다. 그 사이를 발꿈치까지 들고 기웃거렸다.

한참을 그렇게 기웃거리고 있던 윤희의 시야로 그가 저녁을 먹으러 갔던 무리들과 함께 모습을 드러냈다.

"류승언 씨."

한참 동료들과 대화를 나누고 있던 승언이 소리가 나는 방향으로 얼굴을 돌렸다. 윤희를 발견한 동료들도 승언과 함께 그녀의 곁으로 다가왔다.

"오래 기다렸어?"

"아니요. 저도 금방 왔어요."

자연스러운 두 사람의 대화에 옆에 있던 동료들의 눈빛엔 호기심이 가득 찼다.

"누구?"

참지 못하고 여자 동료가 먼저 두 사람 사이에 끼어들었다. 멀뚱멀뚱 보고만 서 있는 것이 예의가 아닌 것 같아서 윤희가 급하게 인사를 건넸다.

하지만 동료들의 시선은 승언의 입술만 바라보며 대답을 기다리고 있었다.

"나중에 말씀드릴게요."

애매한 대답을 내놓은 승언이 우산을 쓰고 있는 윤희에게로 뛰어들어 대신 손잡이를 잡았다. 그러면서 잠깐 닿았던 손끝이 정전기가 난 것처럼 따끔거려서 얼른 떼어 냈다.

"그럼 내일 뵙겠습니다."

"류 선생……!"

대답을 듣고 싶어 부르는 동료들에게 가볍게 인사를 한 승언이 천천히 걸음을 옮겼다. 그 옆을 윤희가 재빠르게 따라붙었다.

버스 정류장은 횡단보도를 한 번 건넌 곳에 위치해 있어 조금 걸어가야 했다.

"이쪽으로 와. 거기 물웅덩이 있잖아."

자꾸만 이상한 반응을 보이는 탓에, 최대한 그와 닿지 않기 위해 노력하던 윤희가 승언에게 몸을 바짝 붙였다.

또 찌릿하니 몸이 민감하게 반응을 보였다. 기다리던 횡단보도 신호가 바뀌고 건너자마자 바로 도착한 버스에 올라탄 두 사람은 북적이는 사람들 틈 사이에 자리를 잡고 섰다.

마주하고 있는 창문을 통해 두 사람의 눈이 정확하게 마주쳤다. 승언의 시선이 창문에서 떨어져 옆에 있는 윤희에게로 향했다.

"그냥 갈 줄 알았는데."

"그럴 리가요. 스스로 한 말은 되도록 지키려고 하는 편이에요."

그가 대답 대신 입가에 희미한 미소를 지어 보였다. 순간 무슨 일 때문인지 버스가 급정거하는 바람에 윤희의 몸이 균형을 잃고 뒤로 넘어질 듯이 완전히 꺾였다. 하지만 곧 허리로 둘러지는 부드러우면서도 단단한 승언의 팔에 그녀는 금방 중심을 바로 잡을 수 있었다.

"괜찮아?"

너무 가깝다. 그의 솜털이 다 보일 정도로 가까웠다. 작게 내쉬는 숨소리가 승언의 온 피부에 스며들 것만 같아 당황한 윤희가 얼른 뒤로 물러섰다.

"괜, 괜찮아요."

후끈하게 달아오른 몸은 또 얼마나 붉어졌을까. 민망함에 그녀는 버스가 도착할 때까지도 고개를 들지 못했다.

두 사람은 버스에서 내려 줄기차게 내리는 비 사이를 걸었다. 윤희는 승언이 들고 있는 우산 위를 노크하듯 내리는 빗소리가 참 듣기 좋다는 생각이 들었다.

집으로 가서 따뜻한 물로 씻고 나와 직접 만든 레몬차 한 잔을 먹고 자면 딱 좋을 것 같았다. 혼자 마시기에는 좀 서운할 것 같아서 그에게도 마시고 가겠냐고 물어보기 위해 입술을 막 떼어 냈을 때였다.

"있잖아요."

갑자기 머리 위로 비가 쏟아졌다.

"으응?"

정신을 차리고 돌아보니 승언이 무거운 낯빛을 하고 어느 한 곳을 바라보며 멈춰 있었다.

"왜 그래요?"

윤희가 다시 그의 우산 밑으로 뛰어들어 물었지만, 그는 여전히 고정된 시선을 움직이지 않았다. 그녀의 시선이 승언이 바라보고 있는 곳으로 천천히 향했다.

한 오피스텔 앞에 사람들이 모여 있었고, 그곳엔 소방관과 경찰관들까지 와 있어 분위기가 꽤 심각해 보였다.

"다들 꺼져! 꺼지라고!"

그때 한 남자의 고함이 들려왔다. 소리가 나는 곳을 바라보던 두 사람의 눈이 동시에 휘둥그레졌다. 5층 높이의 테라스에서 어떤 남자가 보기만 해도 위험하고 아찔하게 매달려 바락바락 고함을 내지르고 있었다.

그는 계속해서 하늘을 보며 울부짖었고, 경찰은 확성기를 틀고 달렸지만 아무 소용이 없어 보였다.

"이런 개 같은 세상에 살아갈 이유 없어! 다들 꺼지라고! 난 이 자리에서 죽을 거야!"

금방이라도 뛰어내릴 듯한 남자의 모습에 사람들은 비명을 내질렀다. 윤희도 걱정이 되어 발을 동동 굴렀다.

"정말 저 사람 어쩌……."

갑자기 머리 위로 장렬히 쏟아지는 비에 윤희가 화들짝 놀라서 승언을 바라보았다.

우산을 놓친 승언이 쏟아지는 비를 쫄딱 맞으며 바닥에 주저앉아 있었다. 가슴을 쥐어짜며 고통스러워 하는 그의 모습에 윤희의 심장도 함께 멎는 것만 같았다.

"류승언 씨!"

윤희가 얼른 우산을 집어 들어 받쳐 주었다. 어지러이 흐트러진 붉은 눈동자엔 혼란스러움이 가득했고, 머리가 아픈지 머리카락을 부여잡은 채 호흡을 가쁘게 몰아쉬었다.

가빠지는 숨이 당장이라도 끊길 것만 같았다. 손으로 느껴지는 승언의 체온이 차갑게 뚝 떨어진 것 같았다.

이마에 송골송골 맺힌 땀과 금방이라도 쓰러져 버릴 것 같은 위태로운 상태에 윤희는 너무 놀라 눈물이 다 나올 것만 같았다.

"여기요. 여기 제발 도와주세요!"

윤희의 목소리는 빗속에 묻혀 아무에게도 들리지 않았다. 승언이 앉은 상태에서 비틀거렸다.

"류승언 씨!"

윤희가 들고 있던 우산을 버리고 쓰러지려는 그를 두 손으로 받쳤다.

결국 승언은 그녀의 품에서 그대로 정신을 잃고 쓰러졌다. 쓰러진 남자의 무게를 이기지 못하고 윤희도 바닥에 주저앉아 버리고 말았다.

"제발 누가 여기 좀 도와주세요!"

그의 고운 얼굴이 눈물과 비로 축축이 젖어 가고 있었다.

❋   ❋   ❋

"선생님 잡아! 승언 선생님 따라잡아야 해!"

따뜻한 햇살을 받으며 모래가 자욱한 운동장에 아이들이 공을 몰며 뛰어다닌다. 체육복을 입은 아이들이 환성과 함께 재빠르게 따라붙으며 자신의 이름을 애타게 부른다.

잔뜩 긴장한 골대 앞의 학생에게 있는 힘껏 공을 찬다. 물론 아이가 충분히 받을 수 있는 방향으로 차 주었다.

"와, 선생님 못 넣으셨다! 우리가 이겼다. 우리가 이겼어!"

"아싸, 아이스크림 사 주세요! 선생님!"

반짝반짝 빛나던 아이들이 사회로 나가면 원하는 모든 것을 이룰 수는 없다는 좌절감을 가장 먼저 배울 것이다. 그래서 승언이 속해 있는 선생님 축구팀은 언제나 일부러 아이들에게 져

주곤 했다.

벌써 그 좌절감을 맛볼 필요는 없었으니까.

선생님들이 사 준 시원한 아이스크림을 입에 물고 이런저런 대화를 나누는 아이들을 바라보는 그 순간이 참 행복했다.

환한 웃음을 지으며 재잘재잘 제게 떠드는 아이들을 흐뭇한 표정으로 바라보고 있는 자신이 보인다.

그 모습에 자꾸만 마음이 뭉클해진다. 행복했던 그 순간이 이제 가장 그리워하는 순간이 되어 버린 것이 서글펐다.

정신이 돌아온 승언에게 가장 먼저 들린 것은 사람들의 비명이었다. 덩달아 관자놀이쯤에서 느껴지는 따뜻하고 끈적끈적한 이물질에 승언은 조심스럽게 손을 들어 닦아 냈다.

오랜만에 악몽을 꾸지 않았더니 기분이 얼떨떨했다. 무거워진 몸을 살짝 일으켰을 때, 눈앞에 윤희가 보였다. 보조 의자에 앉아서 꾸벅꾸벅 졸고 있던 그녀의 몸이 한쪽으로 완전히 치우쳐져 있었다.

계속 같이 있어 준 걸까. 아직 다 마르지 않은 그녀의 몸 상태와 벽에 걸린 새벽 3시를 가리키고 있는 시계가 대답을 대신해 주고 있었다.

그러고 보니, 그날도 악몽을 꾸지 않은 유일한 날이었다. 그녀와 함께했던 그 밤에도.

무거운 몸을 일으켜 침대에서 내려오는데 인기척을 느꼈는지 윤희가 잠에서 깨어났다.

"음, 이제 좀 괜찮아요?"

피로함이 잔뜩 껴 있는 목소리였다. 억지로 뜬 그녀의 눈꺼풀은 승언이 다 느껴질 정도로 무거워 보였다.

"응."

자신 때문에 그녀의 소중한 시간이 빼앗겼다고 생각하니, 미안해져 왔다. 하지만 윤희는 아무렇지 않게 자리에서 일어나 승언이 덮고 있던 이불을 거두어 주었다.

"링거는 다 맞았고 의사 선생님이 깨어날 때까지 잠시 기다려 보라고 했어요. 이제 그만 가요."

침대에서 내려오는 승언의 앞에 윤희가 신발 두 개를 가지런히 놓아주었다.

그리고선 다시 일어나 승언에게서 벗겨 놓았던 축축하게 젖은 재킷과 가방을 대신 챙겨 주었다. 응급실에서 나와 수납을 하려는 승언을 윤희가 붙잡았다.

"계산은 이미 했어요."

"얼마 나왔어?"

승언이 지갑을 꺼내 서둘러 돈을 꺼내 주려고 하자 윤희가 물러섰다.

"저번에 내줬잖아요. 쌤쌤해요, 우리."

병원에서 빠져나오자마자 윤희가 재빠르게 도로로 나가 택시를 잡았다.

타자마자 피곤했는지 눈꺼풀이 꽤 무거워 보였지만 결코 잠들지 않으려고 노력하는 모습이 다분해 보였다.

"피곤하면 자."

"안 피곤해요. 원래 부엉이 족이라서 평소에도 이 시간에 안자고 있어요."

그녀가 저리 말하는 이유를 알 것만 같아 승언의 얼굴엔 미안함이 더욱 잔뜩 번져 버리고 말았다. 그를 힐끔 바라보던 윤희가 크게 헛기침을 한 후 짐짓 밝은 목소리로 말했다.

"지금 엄청 미안하시죠?"

승언이 대답 대신 머리를 낮게 끄덕였다.

"미안해하지 않아도 돼요. 제 마음 편하자고 한 거거든요. 그때, 류승언 씨도 그랬잖아요. 쓰러진 저를 외면할 수 없었던 건 자신 마음 편하자고 한 거였잖아요. 그렇죠?"

상대방을 배려하려고 노력하는 그녀의 모습에서 진심이 느껴져 예뻐 보였다.

"저도 그때의 마음과 똑같아요. 그러니까 미안해할 필요 전혀 없어요."

화사하게 웃는 그녀의 모습이 어깨너머로 보이는 어둠을 비추고 있는 대교의 전경보다 훨씬 더 아름다워 보였다.

"고마워."

"……."

"그렇게 말해 줘서 고맙다고."

두 사람이 탄 택시가 오피스텔 단지 앞에 도착했다. 택시에서 내려 승강기를 타 집 앞에 올 때까지도 두 사람 사이에 오고 가는 대화는 없었다.

그럼에도 승언은 느낄 수 있었다. 윤희와 함께하는 지금 이 순간의 공기가 제법 따뜻하다는 것을.

"그럼 쉬세요."

윤희가 먼저 인사를 건넸다.

"응. 너도 잘 쉬어."

"네."

집으로 들어와 샤워를 하고 노곤해진 몸을 그대로 침대에 눕혔다.

그리고 몇 시간이 지나가지 않아 찾아온 아침. 자꾸만 처지려는 몸을 일으켜 출근 준비에 한창이던 승언은 길게 울리는 초인종 소리에 문을 열고 나갔다.

"밤새 괜찮았어요?"

그녀가 커다란 그릇 하나를 들고 서 있었다.

"죽을 좀 끓였는데, 먹고 가라구요. 굳이 류승언 씨가 아니라 내가 먹고 싶어서 끓인 거니까 절대 부담은 갖지 마시고요."

여유롭게 웃으며 그릇을 건네준 그녀가 빠르게 자신의 집으로 사라졌다.

간 소고기와 미역을 넣어서 만든 죽이 맛있는 냄새와 따뜻한 온기를 풍기고 있었다. 승언의 입가에 진한 미소가 피어올랐다.

오롯이 그녀, 정윤희 때문이었다.

한편, 승언에게 죽을 건네주고 집으로 돌아온 윤희도 죽을 먹은 후 일을 시작했다.

늦은 오후쯤에 일을 끝내고 밀린 청소와 빨래를 했다. 테라스로 나가 빨래를 널고 나오니, 저녁 시간이 되어 가고 있었지만 밥 차릴 기운도 없어 침대에 벌러덩 드러누웠다.

"음……."

눈을 감고 누워서는 어제의 일을 떠올렸다. 아직도 승언이 길

바닥에서 심장을 부여잡고 쓰러지던 모습이 생생했다. 대체 무엇이 그를 극심한 공포에 떨게 하고 고통스럽게 했을까.

"응?"

갑자기 들려오는 빗소리에 윤희가 고개를 치켜들었다. 테라스에 널어놓은 빨래들이 비바람에 심하게 흔들리고 있었다.

"내 빨래!"

윤희는 엄청난 속도로 빨래를 뜯다시피 걷어서는 방으로 던져 넣었다. 마지막으로 분홍색 팬티까지 걷어서 방으로 던지려던 그녀가 알 수 없는 허전함에 방에 너부러져 있는 빨래 더미를 살폈다.

"어? 이거랑 세트인 속옷이 어디로 갔……?"

연신 주변을 두리번거리던 윤희는 자신의 옆집 테라스까지 날아가 있는 속옷을 발견하고 망연자실했다.

"왜 저게 하필 저기로! 아, 나 진짜 미치겠네!"

야무지게도 날아간 속옷을 보며 윤희가 욕실로 뛰어 들어가 커다란 집게를 가지고 나왔다.

테라스 사이에 몸을 최대한 밀착시켜 내밀고서는 속옷을 향해 집게를 뻗어 보았지만 닿을 리가 없었다.

"못 살아, 정말 못 산다!"

승언의 집으로 가서 달라고 할 수도 없는 노릇이었기에 하는 수 없이 포기해야 했다.

행여나 그가 저 속옷을 본다고 해도 옆집 여자의 것이라고 확신을 할 수도 없는 일이라고 단언하며 안으로 무거운 발걸음을 옮겼다.

단순한 윤희는 그 속옷에 대한 행방을 까먹고 있었다. 그날 저녁, 승언이 문제의 속옷과 빈 그릇을 들고서는 초인종을 누르기 전까지만 해도 말이다.

4

"이거 네 거 맞지?"

그의 눈빛은 확신으로 똘똘 뭉쳐 있었다. 윤희는 승언의 시선에 그만 얼굴이 뜨겁게 달아올랐다.

"내 거 아닌데요?"

일단은 우기고 보자는 생각으로 윤희가 천연덕스럽게 말했지만, 그의 확고한 시선엔 아무런 변화가 없었다. 어쩐지 지나치게 느낌이 좋지 않다.

"네 거 맞잖아. 그날 밤, 너 이거 입고 있었잖아."

헉. 차마 거기까지는 생각하지 못했다.

"네 거 맞잖아. 그렇지?"

너무 놀라 아무 말도 할 수가 없었다. 절대 거짓말 같은 것을 할 줄 모르는 자신의 성격이 이렇게 도움이 안 됐던 적은 처음이었다.

윤희가 그에게서 속옷을 잽싸게 낚아채 자신의 운동복 바지 안으로 구겨 넣었다.

"기억력이 참 좋네요."

"뭐든 처음이었던 건 기억에 오래 남는 법이니까."

"처음이요?"

그녀의 민감한 반응에 승언이 미간을 구겼다.

"너 일부러 우리 집 테라스로 그거 던진 거야?"

예상치도 못한 그의 발언에 윤희가 자지러지듯 놀랐다.

"그럴 리가요!"

"그럼 왜 내가 발견할 때까지 기다리고 있던 거야?"

"그렇게도 오해를 할 수가 있군요……."

은근히 한심스럽다는 뉘앙스를 풍기는 윤희에 승언은 어이가 없어 실소를 터트리며 느긋하게 팔짱을 꼈다. 그녀에게 말린 것 같은 기분을 떨칠 수가 없었다. 순진하다고만 믿었던 그녀가 알고 보면 자신의 머리 위에서 뛰어다니는 앙큼하고 계산적인 여우는 아닐까? 하는 생각이 들었다. 그런데 사실 그래도 상관없을 것 같았다.

"네가 오해할 만한 원인을 제공했다는 생각은 안 들고?"

"그렇게 말하는 거 보니까 아픈 건 싹 다 나았나 봐요."

오늘 아침까지만 해도 두 사람 사이는 제법 화기애애했다. 윤희는 자신을 무뚝뚝하게 대하던 승언의 모습으로 다시 돌아온 것만 같아서 섭섭해졌다.

"못 믿겠으면 말아요."

문을 그대로 닫아 버리려던 윤희가 놀라서 반사적으로 다시

연 건 남자의 아릿한 비명 소리 때문이었다.

"아!"

승언은 윤희가 닫아 버린 문틈 사이에 낀 손가락을 부여잡았다.

"괜찮아요?"

"아파!"

"그러게 왜 거기다가 손을 집어넣고 그래요?"

"말 다 안 끝났는데, 네가 문을 닫으려고 하니까!"

"어디 봐요!"

꽉 부둥켜 잡고 있는 그의 손목을 잡아끌었다. 의외로 순조롭게 끌려온 그의 손을 확인한 윤희의 눈살이 과격하게 구겨졌다.

"피멍 들었네요."

"아프다고 했잖아."

"손톱도 좀 깨진 것 같아요. 그래도 살까지 찢어지진 않았겠죠?"

걱정스러움과 미안함에 눈물까지 글썽이던 윤희는 아무 말 없이 자신을 지그시 내려다보는 승언의 눈빛에 입을 다물고 말았다.

할 말이 많아 보이는 그의 까만 눈동자가 끔뻑이지도 않고 그녀의 모습을 담았다.

순간 서늘했던 주변의 온도가 뜨뜻미지근해지는 것만 같아 어색해진 윤희가 잡고 있던 그의 손을 살포시 내려놓았다.

"왜?"

"네?"

"내 손 왜 놓냐고."

"……."

"설마 너 때문에 다친 건데 이대로 돌려보낼 생각이야?"

절대로 따지고 드는 듯한 기분 나쁜 말투는 아니다. 오히려 너무 다정하고 담백한 목소리라 윤희의 심장이 쓸데없이 두근거릴 정도였다.

"왜 대답이 없어?"

재촉하는 눈동자와 작은 몸짓은 쉽게 거역할 수 없을 정도로 지극히 관능적이기까지 했다. 윤희는 자꾸만 제 머릿속에서 멋대로 그의 옷을 벗기는 스스로가 원망스럽기도 하고 미안하기도 했다.

미쳤다고 생각하면서도 입 언저리를 떠돌아다니는 말을 입 밖으로 꺼내 버리고 말았다.

"그럼 잠깐 들어올래요?"

승언이 집 안으로 천천히 걸어 들어왔다. 며칠 전, 물이 안 나온다며 방문을 했었던 그때와는 확연히 다른 분위기였다.

테라스로 날아가 버린 속옷을 주워 준…….

"그날 밤, 너 이거 입고 있었잖아."

남자가 상대방이 그날 입었던 속옷을 기억하고 있다는 건, 취하지 않았었다는 뜻인가?

윤희의 눈동자가 혼란스러움에 빠져 길을 잃고 사정없이 헤맸다.

"저기."

"구급 통이 어디 있더라?"

어디 있는 줄 알면서도 갑자기 자신을 부르는 그의 목소리에 당황해서는 그냥 한 번 던져 본 말이었다. 집 안의 공기가 지나치게 묘해져 기분이 어울리지 않게 들떠 있었다.

의자에 앉아 자신의 미세한 움직임조차 집요하게 쫓아오는 그의 시선이 너무 뜨겁다고 느껴지던 찰나에 윤희는 후회를 하고 있었다.

그를 자신의 공간에 들이는 것이 아니었는데. 어쩌면 괜한 짓을 한 것일지도 모른다는 생각이 들었다.

"손 내밀어 볼래요? 급한 대로 밴드라도 붙여 줄게요."

승언이 고분고분 윤희에게로 손을 내밀었다.

"병원 가 봐야 하는 거 아니에요?"

"어제도 다녀왔잖아."

"그래도 아프면 또 가야죠. 그리고 이것 때문에 갔다 온 게 아니잖아요."

승언이 괜찮다며 윤희가 치료해 준 손가락을 거두었다. 그녀는 구급 통을 제자리에 가져다 놓고 그를 멀뚱히 바라보았다.

"손님이 왔는데 차 대접도 안 해 줘?"

치료를 목적으로 불러들인 것이라 잠시 망설이던 윤희는 일순간 무언가에 이끌리듯이 부엌으로 들어갔다.

"녹차, 홍차, 커피 있는데 어떤 걸로 하시겠어요?"

"너랑 똑같은 거로."

마실 생각은 없었지만, 괜히 민망할까 싶어 홍차 두 잔을 준비해서 그의 맞은편에 앉았다. 차를 건넸음에도 승언은 마실 생각이 없는지 집 안을 느긋한 눈길로 둘러보았다.

"그때는 정신없어서 잘 못 봤는데, 생각보다 집은 깨끗하게 하고 사네."

"그게 무슨 뜻일까요?"

"좋은 뜻이야."

"……"

절대 좋은 뜻처럼 느껴지지 않았지만, 반문을 가져 봤자 그다지 좋은 대답이 나올 것 같지는 않아 윤희는 말을 아끼며 뜨거운 홍차를 한 모금 마셨다.

"몸은 괜찮아요?"

"응. 덕분에."

잠시 말을 멈춘 그가 느긋하게 눈을 감았다가 뜨며 무거운 목소리를 냈다.

"혹시 어제 일에 대해서 궁금한 건 없고?"

궁금한 것투성이지만 물어보지 않기로 결심했다. 굳이 자신의 호기심을 해결하겠다고 타인의 상처를 헤집어 놓을 생각도 없었고, 막상 어렵게 꺼낸 그 아픈 이야기를 위로할 용기도 나지 않았다.

"말해 주고 싶으실 때 말해 줘요."

승언의 눈동자가 심하게 요동쳤다. 마치 깊은 상처를 받은 것처럼 보여 마음이 불편했다. 한참을 말없이 윤희를 바라보던 그가 조그맣게 한숨을 내쉬며 작게 웃음을 뱉어 냈다.

"너랑 있으면 기분이 이상해."

낮게 중얼거리는 말이 누군가의 대답을 원해서 하는 말은 아닌 것 같았다. 윤희는 그가 다음 말을 꺼내기 전까지 뭐라고 대답을 해 줘야 하나 한참을 망설여야 했다.

"디자이너라고 했었지?"

화제가 바뀌자 윤희의 긴장도 서서히 풀렸다.

"네, 프리랜서로요."

"어떤 분야인데?"

"웹 디자인이요. 홈페이지나 판촉물도 만들고……."

그는 고개를 끄덕이는 와중에도 절대 차에는 손을 대지 않았다.

순간 윤희는 깨달았다. 차는 일종의 핑계일 뿐이었다는 것을. 나와 함께 있고 싶어서 부린 수작인 걸까? 그렇다면 왜 같이 있고 싶은 걸까?

"학원에서는 어떤 과목 가르치는 거예요?"

"영어."

"아……."

작게 탄식하는 윤희를 지그시 바라보던 승언이 앞에 놓인 컵의 단면을 의미 없이 만지작거렸다. 주변이 고요하니 신경 세포하나까지 예민해지는 것 같았다.

그의 움직임에 기울여지는 신경을 애써 등한시하려고 해도 그것이 쉽게 되지 않았다. 그녀의 시선은 어느새 승언의 손가락 끝을 향해 있었다.

"이렇게 있으니까 그날 생각난다. 너 되게 귀여웠는데."

갑작스러운 그의 말에 윤희의 심장이 쿵, 하고 내려앉는 기분이었다. 승언이 기억하고 있는 '그날'의 단어가 너무 광대하게 느껴졌다.

"네?"

"이런 동작하면서 종알종알 얘기하는 모습이 귀여웠다고."

승언의 말에 탄력을 받은 윤희가 제 기억을 되새김질해 보았다.

나란히 앉아 있는 두 사람. 승언은 웃고 있었고 윤희는 커다란 동작과 함께 무언가에 열변을 토해 내고 있었다. 되먹지도 않는 디자인을 요구하는 깐깐한 의뢰인들을 신랄하게 욕하면서. 그 뒤로 그녀가 좋아하는 음악이 나왔고 괜찮다는 그를 억지로 끌고 나가 신나게 춤을 췄다.

승언이 못 말린다는 표정을 짓다가 윤희를 따라 함께 춤을 추며 웃었다. 미친 듯이 춤을 추다가 발이 삐끗하면서 넘어질 뻔한 걸 그가 잡아 주었다. 그러다 짧막한 입맞춤…….

이미 이별에 대한 슬픔과 쓸쓸함, 그리고 분노는 전부 잊어버린 상태였다.

"그날 일 기억해요?"

"당연하지. 안 취했는데."

"정말 안 취했어요?"

"응. 하나도 안 취했어. 다 기억하고 있지. 하다못해…….'

윤희를 똑바로 응시하고 있던 그의 시선이 부드럽게 쓰다듬는 것처럼 몸에 간질하게 닿았다. 눈길이 스치고 지나가는 곳마다 이상하게 기분이 야릇해졌다.

"네 솜털 하나까지도."

확실히 승언은 시선을 확 사로잡는 엄청난 외모는 아니지만 사람의 마음을 괜스레 들뜨게 만드는 묘한 분위기가 있는 남자였다. 천사처럼 아름다운 모습을 지니고 있지는 않지만 쉽게 거역할 수 없는 치명적인 유혹을 지닌 악마 같은 존재.

그래, 이 남자를 보면 딱 악마라는 비유가 적합했다.

그건 그렇고 나 그날 턱밑에 작은 뾰루지도 하나 났었는데, 설마 그거마저 기억하는 건 아니겠지?

아니, 지금 그거 걱정하고 있을 때가 아니지! 이 남자와 이렇게 밀폐된 공간 안에 단둘이 있는 건 위험해!

위험해. 위험…… 왜? 새삼스럽게 지금 와서 무슨…….

"넌?"

생각에 잠겨 있던 윤희가 그의 갑작스런 부름에 눈을 치켜들었다.

"네?"

"너도 기억하고 있어?"

드문드문 기억이 난다. 조각난 기억 속 승언의 탄탄한 몸과 손에 닿았던 보드라운 살결, 그리고 불규칙한 숨소리.

"뭐……."

하지만 대놓고 말하고 싶진 않았다. 어쩐지 부끄럽고 속없는 여자처럼 보이기도 할까 싶어, 윤희는 대충 말을 얼버무렸다.

"왜 기억 못 해? 서운하게."

"……."

"그날 좋았던 건, 그래서 우리가 다시 만나고 싶었던 건, 나 혼자뿐이었던 거야?"

그저 빤히 그를 바라보았다. 승언도 더는 아무 말을 하지 않고 입술을 굳게 다물고 있었다. 두 사람 사이에 공존하고 있는 것은 무지근한 침묵뿐이었다. 턱 막혀 버린 숨통과 귓가를 자극시키는 일정한 시곗바늘 소리. 이 무겁고도 묘한 침묵에 의해 모든 감각들이 아우성치며 여기저기로 튕겨 나가려던 찰나였다. 승강기 문이 열리는 소리가 들리더니, 누군가의 발걸음이 황망하게 옆집으로 향했다.

"형! 안에 없어? 승언이 형!"

의아해하며 소리가 나는 방향을 쳐다보는 윤희와는 달리, 승언은 제법 신경질이 묻어난 동작으로 자리에서 일어났다.

"저 자식……. 가 볼게."

"이 시간에 누가 온 거예요?"

"응. 문 잘 잠그고."

"네? 네."

신발을 신으며 새삼 자신을 걱정하는 그의 행동에 윤희는 어안이 벙벙했다. 기분이 좋은 것 같다가도 괜한 것에 기대를 걸지 말자고 스스로를 질책하기도 했다. 신발을 다 신고 현관문을 열려던 승언이 갑자기 멈춰서 뒤를 돌아보았다.

자신을 배웅하느라 지척 앞에 서 있는 그녀를 바라보는 그의 표정은 여전히 감정을 알 수 없는 건조함만이 남아 있었다.

"죽 맛있었어."

"입맛에 맞았다니 다행이네요."

"고마워."

"나도요."

"주워다 줘서?"

승언이 윤희의 주머니를 눈을 힐끔 가리키며 장난스럽게 물었다.

"얼른 가 보는 게 어때요?"

"잘 자."

그가 가 버린 후, 윤희의 곁에 남아 있는 건 정확한 출처를 알 수 없는 간질간질함뿐이었다.

"아, 가려워. 뭐가 이리도 가렵지?"

윤희가 괜스레 심장 부근을 긁적이며 낮게 혼잣말을 중얼거렸다. 식탁 위에는 그가 한 입도 마시지 않은, 여전히 따뜻한 홍차만이 남겨져 있었다.

"야."

무서울 정도로 저음인 승언의 목소리에 연신 현관문을 두들기고 있던 재호가 고개를 돌렸다.

"왜 거기서 나와?"

"이 시간에 여긴 왜 왔어."

대답할 가치를 느끼지 못할 땐 절대로 대답을 하지 않는 것이 승언의 오래된 철칙이었다. 그의 곱지 못한 시선은 곧 재호가 들고 있는 묵직해 보이는 가방으로 향했다.

"나 아빠하고 싸웠어."

재호가 금방이라도 울어 버릴 것 같은 얼굴을 하고서는 씩씩거렸다.

"나이가 몇 살인데, 아직까지도……."

"난 돈 벌고 싶다고!"

"……."

"대학 나오면 뭐해? 돈만 주구장창 들어가고 취업도 제대로 못 하는데! 근데 자꾸만 아빠는 나보고 대학 가라고 하잖아! 내 등록금 때문에 임플란트 치료도 제대로 못 받으시면서. 더군다나 난 형처럼 공부를 잘 하는 애도 아니란 말이야. 그런데 아빠는 자꾸만 내게 은근한 기대를 걸어. 형 같은 사람이 되진 않을까, 하고……."

재호의 심정을 이해 못 하는 바는 아니다. 승언 역시 한때는 그런 생각을 많이 했었으니까.

승언의 아버지는 고등학교 경비원이었다. 언제나 일정한 날짜에 월급이 따박따박 들어오긴 했지만, 혈기 왕성한 아들 둘에 걸핏하면 쓰러지는 약한 부인을 보살피기에는 턱없이 부족한 월급이었다.

그래서 승언은 고등학교를 졸업하고 바로 입대를 했고, 제대하자마자 학교가 아닌 공장으로 향했다. 돈을 벌기 위해서였지만, 한 달도 채우지 못하고 결국 아버지 손에 의해 끌려 나와야 했다.

고등학교 재학 당시 승언의 성적이 충분히 교대에 들어갈 정도라는 것을 알게 되었기 때문이었다. 아버지는 그가 선생님이 되길 바랐다.

매일 학교에 있으면서 알게 모르게 선생님들을 부러움과 동경의 눈빛으로 바라보게 된 것이었다. 때문에 아버지는 승언이 선생님이 되었을 때 가장 기뻐했던 사람이기도 했다.

물론 이제 더는 기뻐해 줄 사람도, 선생님도 아니지만……

불현듯 떠오르는 1년 전의 악몽에 자꾸만 빠져들려는 승언은 옆집 여자를 생각했다. 요상한 모습으로 돌아다니던 것부터 속옷을 들고 있는 자신을 바라보던 경악스러운 표정까지.

승언은 자신도 모르게 악몽을 밀어내고 실소를 터트려 버렸다.

"왜 웃어?"

"아니야. 아무것도."

고요한 그녀의 현관문을 바라보았다. 방금 보고 나왔는데, 뭐 하고 있을지 궁금했다.

"그래서 하는 말인데, 형 돈 좀 있어?"

집으로 들어와서 가방도 내려놓기 전에 묻는 재호에 승언이 피곤하다는 듯이 소파로 가서 몸을 깊숙이 기대었다.

"얼마나 필요한데?"

"내가 한 백만 원 정도 모아 놨는데, 아버지 임플란트 좀 해 드려야 할 것 같아서. 엄청 아파하시거든."

"그러니까, 얼마 필요하냐고."

"한 3백만 원만……"

승언의 입장에서도 절대 적은 돈은 아니었다. 3백만 원이면 한 달 월급이니. 하지만 아버지만큼 자신을 아껴 주시는 작은아버지를 위한다고 생각하니, 크게 문제될 건 없었다.

"계좌 번호 적어 놔. 내일 보내 줄게."

"어? 진짜? 고마워. 형!"

가방을 내려놓고 안에서 잠옷을 꺼내고 있는 재호를 승언이 어이없게 바라보았다.

"고맙다면서 왜 눌러앉아?"

"딱 3일만 신세 좀 질게. 응?"

"정신 나갔지?"

무슨 이유든 간에 집을 나오는 습관은 좋은 것이 아니었다. 더군다나 지금 집에 혼자 계실 작은아버지가 얼마나 걱정을 하고 계실까, 생각한 승언은 귀찮음을 무릅쓰고라도 가만히 앉아 있을 수가 없었다.

"아, 형!"

"일어나. 데려다줄 테니까."

"형."

"배려는 여기까지."

위압감이 들 정도로 가라앉은 승언의 목소리에 재호가 움찔하며 꺼내 놓았던 잠옷을 다시 구겨 넣었다.

"알았어, 알았다고. 근데 학원은 좀 다닐 만해?"

"왜."

경계 어린 그의 대답에 재호가 멋쩍은 미소를 지어 보였다.

"그냥 안부차 묻는 거지, 뭘 또 그렇게 민감하게 받아들여? 학원 강의가 몇 시부터 몇 시까지랬지?"

"그러니까 그걸 네가 왜 물어. 학원에 다닐 것도 아닌 놈이."

"아버지가 궁금해하셔서 그래."

"그래?"

작은아버지가 궁금해하신다면야.

"아침 8시 수업부터 저녁 6시 수업까지 있어."

"아, 오케이."

너무 피곤하고 손톱이 아파서. 하지만 경계가 제일 무뎌졌던 결정적인 이유는 옆집 여자, 윤희가 계속 생각이 나는 바람에 차마 다른 것에 신경을 쓸 겨를이 없었다. 이 마음이 무엇을 의미하는지 승언은 잘 알고 있었다.

자꾸만 생각나고 생각하면 입가에 웃음부터 나게 하는 여자. 재호를 데려다주고 오는 길에 처음 본 아기자기한 음식점을 보자마자 함께 먹고 싶다는 생각을 들게 하는 여자. 자신이 그녀에 대해 어떤 마음을 품고 있는지 스스로도 잘 알고 있었다.

"잘 자."

재호를 데려다준 후 다시 집으로 돌아와 현관문을 열고 들어가기 직전, 승언은 굳게 닫혀 있는 윤희의 현관문을 다감한 눈빛으로 바라보며 말했다.

하지만 그날 승언은 눈치챘어야 했다. 능구렁이 같은 제 사촌 동생 재호의 진짜 속셈을.

＊　　　＊　　　＊

다음날, 밤새도록 떠오른 승언의 생각에 잠을 설친 윤희는 늦은 오후가 되어서야 일어났다. 일어나자마자 몰려오는 허기짐에 대충 끼니를 챙겨 먹고 작업을 하기 위해 컴퓨터 앞에 앉았다.

"네 솜털 하나까지도."

윤희가 슬쩍 거울로 가서는 얼굴에 박혀 있는 솜털을 살폈다. 그의 손끝이 은밀하게 볼과 귓불에 닿았던 것이 떠올랐다. 지금 만져지고 있는 것처럼 괜히 기분이 들뜨고 야릇해져 왔다. 자신의 대해 오래도록 세밀하게 기억하고 있다는 사실이 어쩐지 사람의 감정을 부풀게 만들었다.

"왠지 이 사람이랑 뭔 일이라도 낼 것 같아."

혼자 있다는 것을 아는 데도 부끄러워졌다. 누가 듣기라도 하는 것처럼 볼까지 부여잡고 크게 쑥스러워하던 윤희가 벽에 걸린 시간을 보고 화들짝 놀랐다. 서두르지 않으면 제시간에 보내지 못할 것 같았다.

"정신 차리고 일하자."

달달하고 뜨거운 믹스 커피 한 잔을 타서 가져와 PC를 켰다. 요즘 화면을 보고 있으면 눈이 많이 뻑뻑하고 시려서 인공 눈물을 넣고 손목을 가볍게 풀었다.

한참을 정신없이 작업에 몰두하고 있던 윤희의 귓전으로 들리지 말아야 할 소리가 들려왔다.

"흐, 오빠……."

오후의 평화가 박살 나는 순간이었다. 처음엔 잘못 들은 줄 알았다. 하지만 거듭 들려오는 목소리를 다시 들어봐도 분명 이것은 침대 위에서 교태를 부리는 여자의 신음 소리가 확실했다.

"하아, 오빠아. 거길 그렇게 헤집으면……!"

어느 곳도 아닌 옆방이 확실하다. 바로 류승언, 그 남자가 살고 있는 집!

윤희는 벽에 바짝 대고 있던 귀를 떨어트리고선 붉으락푸르

락한 얼굴로 있는 힘껏 노려보았다. 무언가가 뒤통수를 후려치는 거로도 부족해 발등을 내려찍는 기분이었다.

"지금 시간이 몇 신데, 이 대낮에!"

있는 힘껏 벽을 발로 걷어차도 열불이 삭혀지질 않는다. 급기야 몰려오는 억울함과 서운함에 눈물까지 나올 지경이었다.

어제 담백한 목소리와 달달한 눈빛으로 네 솜털까지 기억하고 있다고 나불거리더니.

조금은 친해졌다고 생각했고, 서로의 관계가 단순히 이웃사촌을 넘어섰다고 생각하고 있었는데.

혼자만의 생각이었다는 게 창피하면서도, 그런 착각을 하게 만든 승언의 행동이 더없이 원망스러워졌다. 상대방에 대한 배려라고는 눈곱만큼도 없어 보이는 그에게 실망스러웠다.

"짜증 나. 대체 뭘 기대한 거냐? 이 멍청아⋯⋯."

억울해하는 자신이 한편으로는 맹랑하게 느껴지기도 했다. 무슨 사이라고 기대를 하며 실망을 할 자격이 있는지.

그 와중에도 여전히 절정으로 향하는 여자의 신음이 계속 이어져서 윤희는 집에 붙어 앉아 있을 수가 없었다.

승언이 어떤 표정으로 여자를 안고 있을지 머릿속에 그려졌다. 커다랗고 따뜻한 그것으로 그녀를 쾌락이라는 감정으로 던져 놓고 어찌하지 못하게 만들고 있을 거란 생각은 결국 윤희를 폭발시켜 버렸다.

대충 옷을 입고 지갑과 노트북을 챙겨 집에서 나왔다. 굳게 닫혀 있는 옆집 현관문을 있는 힘껏 노려보았지만, 제 눈만 시릴 뿐이었다.

"그래, 이제 그 여자 솜털 기억하고 두 번 다시 아는 척하지 말아라!"

빽, 하고 고함을 질렀지만 안에서는 아무 대답이 없었다. 심술이 잔뜩 났지만 쉽게 떨어지지 않는 발걸음을 간신히 옮긴 윤희가 억지로 승강기 안에 몸을 실었다.

5

"류 선생님."

강의를 끝내고 나오던 승언은 뒤에서 저를 부르는 소리에 걸음을 멈추었다.

옆방에서 강의를 끝내고 나온 성우와 은경이 다가왔다. 승언보다 경력과 나이가 훨씬 많은 선배들이었다.

"다음 타임 들어가기 전에 커피 한 잔씩 하자. 이번엔 은경 선생이 쏜대."

성우가 옆에 잠자코 서 있는 은경을 가리키며 말했다.

"아휴! 이 짠돌이!"

핀잔을 하는 은경에 성우가 멋쩍게 웃어 보였다.

"왜, 자기가 나보다 월급 더 많이 받잖아."

"그 자기라는 말 쓰지 말라고 했지? 징그럽다고!"

"그래서 쏠 거야, 안 쏠 거야? 안 쏘면 나 안 내려가고."

"내려오지 마! 나도 너 사 줄 돈은 없으니까."

투닥투닥, 오늘도 어김없이 싸우는 두 사람을 승언이 조용한 눈길로 바라보았다. 저렇게 눈만 마주치면 싸우는 사람들이 어떻게 저리 매일 붙어 다니나, 신기하면서도 의아하기만 했다.

"커피는 제가 살게요."

마침 피로함이 격하게 몰려오던 승언은 아웅다웅하는 두 사람을 데리고 학원 아래층에 위치한 커피숍으로 향했다.

"다들 뭐 드실 거예요?"

"난 아메리카노."

"나도 아메리카노."

승언이 아메리카노 세 개를 주문하고 막 계산을 하려던 참에 케이크 진열대를 보고 있던 성우의 목소리가 들려왔다.

"역시 우리 류 선생이 통이 커. 그러는 의미에서 나 케이크 하나 먹어도 될까?"

은경이 팔꿈치로 성우를 툭, 하고 쳤다.

"사람이 염치라는 것을 가져 봐."

핀잔을 하는 은경에 성우가 금세 시무룩해졌다.

"하나 드세요. 케이크도 같이 계산할게요."

나온 음료와 케이크를 들고 자리 잡았다. 뉘엿뉘엿 넘어가는 해가 만들어 낸 주황빛 노을이 카페 안으로 조심성도 없이 비집어 들어오고 있었다.

시원한 아메리카노를 마시며 노곤함을 풀던 승언은 창밖의 노을을 바라보다가 밖에서 뭐가 그리도 즐거운지 신나게 뛰어가는 남학생들을 발견했다.

"쌤!"

"어떻게 하면 쌤처럼 멋져질 수 있나요?"

"아, 쌤! 잘못했어요! 살살 때려 주심 안 될까요?"

"저희랑 농구해요, 쌤! 물론 저희가 이겨도 쌤이 아이스크림 쏘고, 져도 아이스크림 쏘는 조건으로."

지난날, 함께했던 아이들의 모습이 주마등처럼 스쳐 지나갔다. 자신의 인생 중에 가장 찬란하면서도 가장 잔인했던 순간이었던 그때를.

"학교로 다시 돌아가고 싶은 마음은 없는 거야?"

한동안 아이들에게서 눈을 떼지 못하며 넋을 놓고 바라보고 있는 승언을 향해 은경이 조심스럽게 물었다.

"네. 여기가 편해요."

괜히 하는 말은 아니었다. 매일 속 썩이는 아이들보다 뭐든 스스로 알아서 하는 성인들을 가르치는 것이 훨씬 더 수월했다. 그런데도 마음 한구석에서 드는 쓸쓸함과 그리움은 무엇 때문일까.

여전히 자신은 상처만 난무해질 게 뻔한 자리에 서 있는 기분이었다.

쓸쓸하게 변하는 승언의 표정에 이번엔 성우가 은경을 나무라듯 팔꿈치로 밀어냈다.

"왜 괜한 말을 해서 류 선생 우울하게 만들어?"

"아니, 나는……. 미안해, 류 선생."

어쩔 줄 몰라 하는 은경을 향해서 승언이 환하게 미소 지었다. 두 사람의 잘못이 아니기에 누구도 사과할 필요 없는 일이었다.

"아니에요. 저 괜찮으니까 신경 안 쓰셔도 돼요."

말은 그렇게 하면서도 한 번 시작된 그리움의 끝엔 언제나 외로움과 황량함만이 감당하기 버거울 정도의 무게로 남아 승언의 곁에 머물러 있었다.

"오늘 우리 셋이 한잔할까?"

승언의 얼굴이 자꾸만 마음에 걸린 은경이 술을 마시는 시늉을 하며 짐짓 밝은 목소리로 제안했다.

"나야 늘 오케이지!"

은경은 큰 목소리로 환영하는 성우를 무시하고 승언의 의견을 재차 물었다.

"응? 류 선생, 오늘 같이 가자. 내가 쏠게."

"그래, 류 선생! 은경 선생이 쏜다고 하잖아. 이런 기회 흔치 않아. 가자."

두 사람의 적극적인 제안에 승언이 낮게 고개를 끄덕였다. 그의 긍정적인 대답에 은경이 손바닥까지 치며 좋아했다. 그 모습을 성우가 못마땅한 눈길로 흘겼다.

"난 오늘 7시 수업도 있으니까, 일단 류 선생이랑 은경 선생 먼저 가 있어. 나도 금방 갈게."

"꼭 안 와도 돼."

퉁명스러운 은경의 반응에도 성우가 연신 부정했다.

"아니, 꼭 가야지! 네가 쏘는 건데!"

"그니까 오지 말라고!"

두 사람이 또다시 아웅다웅한다. 그 모습이 어쩐지 낯설지가 않게 느껴지는 탓에 승언은 무의식중에 윤희를 떠올렸다.

뭐 하고 있으려나. 혼자 있을 그녀가 궁금하다가 문득 연락을 해 보고 싶다는 생각이 들었다.

너무 앞서 나가는 것은 아닌가, 하는 내면의 충고가 결국 분출되려던 충동을 잡아 버렸지만, 그럼에도 승언은 자꾸만 떠오르는 윤희의 생각을 거둘 수가 없었다.

윤희는 여전히 쉽게 사그라지지 않은 열불을 끌어안고 하다 만 작업을 위해 동네 카페에 자리잡았다.

눈은 분명 노트북으로 향해 있었지만 정신은 여전히 자신의 집에 있는 듯했다. 자지러지는 여자의 신음이 떠오르면서 그날 밤, 침대 위에서의 자신의 모습이 겹쳐지는 불쾌한 상상을 해 버리고 말았다. 제 몸을 망설임 없이 파고드는 그의 손가락은 단단하고 힘이 좋았던 페니스만큼이나 윤희를 황홀하게 만들어 주었다.

온몸에 전기가 감도는 짜릿함은 아직도 잊을 수 없었다. 생애 처음으로 맛본 쾌감이었다. 그걸 자신이 아닌 다른 여자에게도 선사했다고 생각하니, 마음이 한시도 진정이 되질 않았다.

"대체 어딜 그렇게 헤집었기에 여자가……."

윤희가 제 머리카락을 쥐어뜯었다. 이대로 있다가는 정말 미쳐 버릴 것만 같아 먼저 보영에게 연락했다.

〈보영! 오늘 일 끝나고 약속 있어?〉

〈아니, 없어!〉

〈그럼 오늘 나랑 한잔할래?〉

〈좋아. 시내 쪽에 새로 오픈한 선술집 있던데, 거기로 가자. 6시 10분까지 시내로 나와!〉

〈그래. 알았어.〉

대충 문자를 적어 대답을 하고서는 그대로 테이블 위에 이마를 박다시피 엎드렸다.

"신경 쓰여……. 아, 신경 쓰여 죽겠네. 진짜."

하지만 돌이켜 생각해 보면 신경을 쓸 이유도, 자격도 없었다. 그 남자와 자신이 무슨 관계라고.

단순히 원나잇을 했을 뿐이고, 심지어 그 관계를 없던 일로 치려고 아등바등했던 것은 자신이었다. 조금 친해졌다고 해도 크게 달라지는 건 없었다.

거기까지 미친 생각이 윤희를 허탈하게 만들었다. 그럼에도 심란한 마음을 다독여 업무를 무사히 끝내고 카페를 나온 윤희는 곧장 보영과 만나기로 한 시내로 향했다. 퇴근 시간이라 그런지 거리는 사람들로 북새통을 이루었다. 그 틈에서 윤희는 보영을 단박에 찾았다.

"최보영!"

"어, 윤희야! 근데 웬일이야? 네가 먼저 술을 마시자고 하고. 어제도 마셨는데."

차마 그 남자에 대한 얘기는 하지 못하겠다.

"그냥 일하는데 너무 속 터져서."

두 사람은 지나치는 사람들에게 부대끼며 가기로 약속했던 선술집으로 향했다.

"술 먼저 가져다주세요."

자리에 앉자마자 주문을 마친 뒤, 윤희는 술이 나오자마자 잔에 따라 그대로 쭉 들이켰다. 그럼에도 답답한 감정은 녹아들지 않았다.

"대체 왜 그래? 무슨 일 있어?"

보영이 걱정스럽게 물으며 다시 윤희의 빈 잔에 술을 채워 주고 있던 그때였다.

"어서 오세요! 몇 분이세요?"

유난히도 우렁찬 주인장의 목소리에 또다시 술잔을 들이키던 윤희의 시선이 소리를 따라 향했다.

"푸핫!"

그대로 소주를 입 밖으로 내뿜고 말았다.

"야, 뭐 하는 짓이야!"

앞에서 이제 막 나온 따뜻한 어묵을 후후 불며 먹던 보영이 제 얼굴로 날아온 참변에 불쾌함을 터트렸다.

"미안해, 미안!"

얼른 휴지를 뽑아서 보영을 닦아 주었다.

"얘가 지금 어딜 만져?"

거칠게 휴지를 뺏는 보영 쪽으로 시선을 옮겨 확인을 해 보니, 술이 튄 얼굴이 아니라 가슴 쪽을 더듬거리고 있었다.

"아, 정말 미안!"

"너 벌써 취했냐?"

하지만 이 정신 없는 와중에도 윤희의 시선은 이제 직원에게 안내를 받아 제 쪽으로 천천히 걸어오고 있는 승언과 한 여자로 향해 있었다.

저 여잔가? 오늘 내 방에 조심성도 없이 제 욕망을 표출하고 귀를 어지럽혔던 여자가?

어딘가 모르게 익숙해 보이는 여자의 얼굴에 윤희는 신경을 곤두세웠다. 여자는 어제 건물에서 본 직장 동료였다. 저 여자와 사내 연애라도 하는 건가?

"자리가 이쪽밖에 안 남아 있습니다."

하필이면 그 남아 있는 자리가 왜 자신들의 테이블 뒷자리란 말인가!

손은 여전히 보영에게로 향해 있는 윤희가 눈을 부라리며 뒤쪽 테이블에 앉으려던 승언과 여자를 쏘아보았다. 어디선가 자신을 바라보는 따가운 눈총이 느껴졌는지, 승언이 멈칫하더니 곧장 윤희에게로 시선을 돌렸다.

"어?"

예상치도 못한 공간에서 마주친 그녀와의 만남이 내심 반가우면서도 신기해서 알은체를 하려던 승언은 제게서 휙 하고 고개를 돌려 냉랭하게 등을 보이는 윤희의 모습에 입술을 다물었다.

"왜 그래, 류 선생?"

"네? 아니에요. 아무것도."

아까는 오빠 어쩌고저쩌고 하더니, 이제 와서 저 오글거리는 호칭은 뭐람?

　이미 승언과 함께 있는 이를 낮에 그의 집에 머물렀던 여자로 확신한 윤희의 신경은 더욱 예민해져 가고 있었다. 승언을 신경 쓰고 싶지 않았지만 그가 들고 있던 가방을 옆에 내려놓고 메뉴판을 보고 낮게 숨을 몰아쉰 후, 물을 마시고 여자와 대화를 나누며 희미하게 웃는 것까지 자꾸 눈에 보였다.

　신경 세포를 마비시켜 그에게 더는 감정적으로 휘둘리고 싶지 않아 술을 연거푸 마셨다.

　"야, 너 천천히 마셔."

　"나 오늘 취할래."

　"또?"

　"또라니! 내가 언제 취했다고."

　"넌 술만 마시면 취하잖아."

　"웃기지 마, 나 취한 적 없거든?"

　말을 내뱉을 때마다 뒷 테이블의 대화가 끊기고 있다는 것이 느껴졌다. 이것도 분명 혼자 만들어 낸 망상과 착각일 뿐이라고 단언하며 윤희는 또 한 번 쓰디쓴 술로 식도를 폭행했다.

　뒷생각은 하지 않고 연신 술을 퍼마시던 윤희의 몸으로 슬슬 술기운이 올라오기 시작했다.

　뒤에서는 한창 여자가 자신의 취미 생활에 대해서 떠들어 대고 있었다. 취미 생활도 자신과는 다르게 참 고상했다. 그림 보러 다니고, 파리로 커피 마시러 다니고……. 반면 승언의 목소리는 도통 들리질 않아서 답답했다.

　"야, 최보영아. 넌 이런 남자 어떻게 생각하냐? 딸끚!"

급하게 마신 술에 윤희는 금세 취해 버리고 말았다. 술 때문에 이성이 마비되었는지 입 밖으로 필터링 없이 말이 마구 나오기 시작했다.

"무슨 남자?"

"막 나 좋다고 해 놓고."

"너 고백 받았어?"

"아니! 고백을 받은 것까지는 아닌데, 아무튼……. 나하고 잠깐 헤어졌었는데, 다시 만나고 싶어 하더니."

"설마 그 개자식한테 연락 온 거야?"

"개자식?"

"너 대학교 첫사랑 말하는 거 아니야?"

"아니라고! 말을 끝까지 들으라고!"

자꾸만 말을 제멋대로 끊어 버리는 보영에게 분노를 느끼며 버럭 고함을 내질렀다가 주변에서 저를 바라보는 눈빛에 윤희는 금세 주눅이 들어 버렸다.

"어머, 저 여자 많이 취했나 봐. 그렇지?"

민망함에 몸을 꼬아 대며 자리에 앉았는데, 하필이면 뒤에 그와 함께 앉아 있던 여자의 비아냥거리는 목소리가 들려왔다.

너무 창피했다. 자신도 그러한데 승언이라고 느끼지 않을까? 어쩌면 저렇게 술만 먹으면 반쯤 미치는 여자보다 고상하게 그림 보러 다니고, 절제를 할 줄 아는 사람을 더욱 좋아할지도 모른다.

자신이라도 분명 그럴 테니까. 하지만 너무 궁금해서 미칠 것 같았다. 등을 맞대고 있는 남자가 지금 어떤 표정을 짓고 있을

지, 자신을 바라보고 있을지, 어떤 대답을 할지.

온몸이 뜨겁게 달아오르고 세상이 빙글빙글 돌아가는 것처럼 머리가 어지러웠다.

앞에서 이게 몇 개로 보이느냐며 손가락을 흔들고 있는 보영을 멍하니 바라보던 윤희의 귓가로 기다리고 있던 그의 담담한 목소리가 들려왔다.

"그런 것 같기도 하고, 아닌 것 같기도 하네요."

"뭐가 아닌 것 같아? 딱 취했구먼. 그러니까 술을 적당히 마셔야지……."

"왜요, 그래도 귀엽잖아요."

"응?"

여자의 당황스러운 질문에 더는 남자의 대답도 들려오지 않았다. 술잔이 경쾌하게 맞닿고 독한 술이 그의 섹시한 목젖을 통해 들어가는 소리가 들려왔다.

술을 마실 때의 그의 모습을 기억한다. 역동적으로 움직이는 그의 목젖이 섹시했다는 것을. 그러니 앞에 있는 여자도 그리 생각하고 있겠지?

너무 많이 마셨나, 갑자기 화장실이 가고 싶다.

"나 화장실 좀……."

"같이 가 줘?"

"됐거든!"

겨우겨우 자리에서 일어나 화장실로 향했다. 볼일을 보고 뜨거운 얼굴을 식히기 위해서 찬물로 세수까지 하고 나오던 길에 윤희는 제 앞에 그려진 커다란 그림자에 화들짝 놀랐다.

"엄마야!"

"너 취했어. 안 취했어."

"누구세요?"

언제 따라온 건지 앞에 서 있는 승언을 향해 윤희는 자신이 할 수 있는 최대치로 비꼬며 대했다.

"장난치지 말고."

"장난치는 거 아닌데? 정말 누구시죠? 나는 그쪽 전혀 모르는데, 이상한 사람이야."

차가운 분위기를 풍기며 지나치려는 윤희를 그가 가볍게 잡아 세웠다.

"너 왜 그래?"

"뭐가요?"

"나한테 뭐 화났어?"

화낼 이유도, 자격도 없다. 이 일로 화가 난다고 말하면 승언이 자신을 이상하고 하찮게 볼까 봐 두려워 그녀는 속으로 하고 싶은 모든 말들을 애써 눌러야만 했다.

"그럴 리가요. 모르는 사람한테 화낼 이유가 뭐가 있을까요?"

"그럼 넌 모르는 사람 이야기를 친구한테 할 이유가 뭐가 있는데?"

"……."

"아까 그거 내 얘기 맞지?"

그가 듣고 있었다는 사실이 어쩐지 다행스럽게 느껴지는 이유는 뭐 때문일까. 윤희가 하는 '남자'의 이야기를 자신이라고 확신하고 있는 승언을 보며 안도하는 이유는 무엇 때문일까.

"왜 했어? 내가 들어 주길 바랐던 내 얘기."

찬물을 끼얹어 잠시 괜찮아진 줄 알았던 취기가 그가 잡고 있는 손의 온도로 인해 다시 올라오는 기분이었다. 그래서인지 머리에선 하지 말라는 경고를 무시하고 입이 멋대로 말을 뱉어 내기 시작했다.

"내가 이런 말할 자격이나 이런 감정 들 이유 없는 거 아는데요."

왜 칠푼이처럼 눈물이 다 나오지? 왜 이러는 거야?

"그래도 내가 옆에 있는 거 뻔히 알면서 다른 여자 데리고 와서 그 짓하는 건 좀 아니라고 생각하지 않나요?"

"저 사람은 직장 선배일 뿐이야. 조금 있다가 다른 사람도 오기로 했고."

"내가 지금 당장 이 자리에서의 일만 두고 말하는 게 아니잖아요."

윤희가 투정에 가까운 얼굴로 그의 손에서 다급하게 제 손을 빼내려고 했지만 아무 소득도 얻지 못했다.

이 와중에 힘을 주며 도드라진 그의 손등에 난 힘줄이 멋있다는 생각이 들었다.

"그럼? 이 자리에서의 일이 아니면 무슨 일을 두고 말하는 건데?"

"……."

"잠깐."

급하게 변명을 하느라 차마 제대로 파악하지 못한 단어가 하나 있었다.

"그 짓이라니? 동료들끼리 와서 술 한잔하는 것뿐인데, 왜 너한테 그런 취급을 받아야 돼?"

"끝까지 모른 척하네요. 하긴, 그렇게 당당할 일도 아니죠. 그게."

"알아듣게 말해."

"지금 저한테 명령하는 거예요?"

윤희가 눈물이 잔뜩 고인 눈으로 섭섭하다는 듯이 말했다. 승언이 어쩔 줄 몰라 하며 소매로 그녀의 눈물을 닦아 주었다.

"아니야. 명령 아니고, 부탁하는 거야. 부탁."

왜 이러고 있는지를 모르겠다. 하지만 이대로 그녀를 보내 버린다면 내내 마음이 불편할 거라는 건, 누구보다도 스스로가 잘 알고 있었다.

"신경 쓰지 말아요."

"그게 내 마음대로 되는 일인 줄 알아?"

정말 마음대로 되질 않았다. 윤희와 밤을 지새우고 난 그날 이후, 자신에게 연락조차 하지 않는 여자를 생각하지 말자고 아무리 스스로를 질책하고 타일러도 아무 소용없는 일이었다.

그걸 아는지 모르는지, 앞에 있는 윤희의 변해 버린 눈동자가 승언을 조급하게 만들었다.

"말해 보라고, 왜 이러는지. 그래야 내가 변명을 하든, 뭘 하든 할 거 아니야."

말하지 않으면 절대 놓아주지 않을 기세였다. 마음속 귀퉁이에서 그녀와의 관계가 이대로 허무하게 끝나지 않기를 바라고 있었다.

"말을 해 봐."

다시 한번 달래듯, 그러나 더는 거부할 수 없는 강건한 재촉에 하는 수 없이 윤희는 그를 향해 몸을 바로 세웠다.

무언가 결심을 한 듯 붉게 충혈된 윤희의 눈동자가 승언을 정확하게 응시했다. 모든 것을 말하기로 했다. 이런 오해가 쌓이는 건 딱 질색이니까.

"사생활이니까 존중은 해 줄게요. 하지만 소리를 좀 낮춰 줬으면 해요."

"그러니까 뭘."

"자꾸 그렇게 모른 척할 거예요?"

"지금 모른 척하고 있는 거 하나도 없어. 그러니까 돌리지 말고 똑바로 말해."

"침대 위에서의 행위요! 여자 데리고 와서 오늘 낮에 진하게 잤잖아요!"

"아까부터 무슨 소리를 하는지 모르겠지만, 난 단 한 번도 우리 집에 여자 데려간 적 없어."

"그럼 오늘 낮에 그 여자는 귀신인가요? 내가 분명히 들었는데!"

"확실해?"

승언이 의구심 가득한 눈빛으로 윤희를 바라보았다.

"잘못 들은 거 아니야? 앞집에서 들은 거 아니냐고."

"당신 집이 확실했어요! 내가 귀를 벽에 바짝 대고 들어 보기까지 했는데!"

젠장, 이런 것까지는 말하지 않아도 될 것 같은데. 윤희는 금세 제 행위에 대해 승언이 이상하게 생각할까 봐 얼른 말을 덧붙였다.

"정말 너무해요! 그것도 해가 중천에 뜬 대낮에!"

한마디도 지지 않고 대답이 날려 보내던 승언이 입술을 굳게 다물었다. 다소 혼란스러운 눈길로 윤희를 응시하다가 곧 아, 하며 깨달음과 분노가 희석된 탄식을 내뱉었다.

"류재호, 이 새끼……."

낮게 중얼거리는 목소리가 상당히 까칠했다.

"네? 잘 안 들려요."

자기한테 한 말을 취해서 못 알아들은 줄 안 윤희가 되물었지만, 그는 대답해 줄 생각이 전혀 없어 보였다.

"그거 오해인 것 같다. 아니, 오해인 것 같다가 아니라 오해야."

"무슨 오해요? 그쪽 집이 모텔도 아닌데, 자는 사람이 바뀌기라도 할까요?"

취해서 그런지 말이 뇌를 거치지 않고 막 튀어나왔다.

"나 좋다고 해 놓고……. 어떻게 바로 다른 여자랑……."

"그 시간에 나는 학원에 있었어."

"그걸 어떻게 믿어요?"

"못 믿겠으면 우리 학원으로 와서 CCTV라도 확인해 보던가."

승언의 목소리는 흥분에 날뛰는 상대방을 쉽게 잠재울 수 있을 정도로 덤덤하고 침착했다.

"아니다. 그럴 필요도 없이 지금 당장이라도 밖에 나가서 확인받을 수도 있고."

승언이 홀 쪽을 손으로 가리키며 말했다. 조금의 흔들림도 없는 그의 확신에 찬 눈빛에 윤희의 의심도 조금씩 녹아내리고 있었다.

"네가 원한다면 확인시켜 줄게."

그런데 이상하다. 한참 서로 변명하고 쏘아붙이는 대화를 하고 나니, 자신들이 왜 이런 것을 하고 있는지에 대한 의문이 생겼다.

연인이나 할 법한 감정 싸움과 오해를 어떻게든 풀려는 변명이 난무한 격앙된 대화들. 이건 꼭 여자 친구가 남자 친구를 의심하고 몰아붙이는 행동과 다를 게 없지 않은가?

그것을 승언도 느꼈는지 눈동자를 어디에도 두지 못하고 잠시 주변을 서성거렸다. 귓가에는 서로의 숨소리만 적나라하게 들릴 정도의 침묵이 얼마나 흘렀을까.

절대 끝나지 않을 것만 같았던 시간의 끝을 깨고 다가온 것은 승언이었다.

"몇 시쯤에 갈 거야?"

"모르겠어요."

"그럼, 지금 들어가서 바로 일어나. 나도 그럴 테니까."

"네?"

"자리 옮겨서 나랑 한잔하자."

윤희가 대답 대신 표정으로 물었다. 왜요? 하고.

그녀와 떨어져 있던 거리를 좁히며 지척에 다가온 승언이 윤희의 흐트러진 머리에 조심스럽게 손을 뻗어 귀 뒤로 넘겨 주었다.

커다란 손과는 어울리지 않는 다정한 손길이었다.

"궁금해서. 나에 대한 지금 네 감정들이 어떤 건지 꼭 좀 들어야겠어."

그의 작은 스킨십에 술이 확 다 깨는 기분이었다. 완전한 건 아니지만, 자신을 어느 정도 지배하고 있던 어지러움이 사라지고 사물의 구별과 정신이 뚜렷해졌다.

"나랑 한잔하자."

그때도 한잔 더 하자고 했다가 침대까지 직행했던 거 아닌가? 이번에도 쉽게 승낙을 한다면 너무 쉬운 여자로 보진 않을까? 하는 조바심이 윤희의 입술을 쉽게 떼어 내지 못하게 막고 있었다.

엄마가 늘 말하기를, 여자는 남자 앞에서 늘 한두 번쯤은 튕겨 줘야 한다고 했다. 너무 맹목적이거나 순해 보여도 남자들이 질려 한다고.

"왜? 싫어?"

"……."

"난 너에 대해서 좀 더 자세히 알고 싶어. 그리고 너도 그랬으면 좋겠어."

하지만 그게 뭐예요? 먹는 거예요? 다른 남자라면 모를까, 이 남자 앞에선 쉽게 그러지 못할 것 같았다. 예전부터 깨닫는 거였지만, 이 남자는 어딘가 모르게 자신을 끌어당기는 막강한 힘 같은 게 존재하는 것 같았다.

정신은 돌아왔지만, 대신 그를 향한 알 수 없는 감정에 점점
깊숙이 빨려 들어가고 있다는 것을 윤희는 느낄 수 있었다.

그럼에도 입술 밖으로 나오는 건, 단 한마디였다.

"네. 그렇게 할게요."

6

"바로 집으로 가는 거 아니야?"

자신의 립스틱을 빌려서 집중해 바르는 윤희를 보며 보영이 의아하게 물었다.

"어? 어, 맞아."

윤희가 다 바른 립스틱을 보영에게 건네주며 어색한 미소와 함께 대답했다. 보영의 눈이 금세 의심으로 물들어 얇아졌다.

"너 지금 거짓말하고 있지?"

십년지기 친구는 그녀가 거짓말을 하고 있다는 사실쯤은 금세 알아차릴 수 있었다.

"내가 거짓말은 무슨! 너한테 거짓말을 할 이유가 뭐가 있겠어?"

그렇게 피해 다녔다는 원나잇 상대를 만나러 간다고 하면 행여나 보영이 따라나선다고 할까 싶어서 윤희는 하고 싶어 안달이 난 말을 아꼈다.

"남자 만나러 가냐?"

하지만 보영의 직감은 생각보다 예리한 구석이 있었다. 윤희는 크게 당황해했다.

"아니라니까. 집 간다니까……."

"너 거짓말하는 거면 나랑 절교야."

자신이 내민 립스틱을 쌀쌀맞게 낚아채 가는 보영을 난감하게 바라보던 윤희가 그녀의 옷소매를 찔끔 잡았다. 거짓말을 들켰을 때 올 후폭풍에 대한 걱정이 몰려왔기 때문이었다.

"그래도 절교는 너무하잖아."

"거짓말하는 애하고는 친구를 할 의미가 없는 거지. 그건 그냥 아는 사람이지, 지인."

"남자 만나러 가는 건 맞아. 그런데 자세한 얘기는 지금 못해 줘. 대신 오늘 이야기해 보고 이렇다 할 결과가 나온다면 제일 먼저 보영 씨한테 알려 드릴게. 그러니까 그 말 취소해."

세상엔 '끼리끼리'라는 것이 있는 법이었다. 윤희만큼이나 단순한 보영은 그녀의 말에 굳어 있던 얼굴을 슬그머니 풀더니 새끼손가락을 공중으로 치켜들었다.

"약속해. 나한테 제일 먼저 거짓 없이 말해 주겠다고."

"당연하지! 약소옥!"

보영을 보내고 그와 만나기로 약속한 장소인 사거리 뒤쪽 편의점으로 향했다. 일행들에게서 먼저 빠져나온 그가 윤희를 기다리고 있었다.

"이거 마셔."

그가 내민 것은 숙취 해소 음료였다.

"저 안 취했다니까요."

"그래도 마셔."

가볍게 병뚜껑을 까서 건넸다.

"고마워요."

"어디로 갈까? 아무래도 여기보다는 우리 동네가 낫겠지?"

"네, 아무래도……."

윤희는 음료를 마시며 도로로 나가 택시를 잡고 있는 승언을 빤히 바라보았다. 등판이 참 넓은 게 한 번 업혀 보고 싶을 정도로 든든해 보였다.

"가자."

승언이 잡은 택시에 나란히 올라탔다. 한 뼘 떨어진 거리인데도 어쩐지 그의 무릎 위에 얹어 타기라도 한 것처럼 심장이 벌렁벌렁 뛰어 주체할 수가 없었다. 감정을 분산시키기 위해, 민망함을 최대한 들키지 않기 위해 텅 빈 병을 잡고 계속 마시는 척했다.

"부족하면 내려서 하나 더 사 줄 테니까 그만 쪽쪽거려."

하지만 얼마 가지 않아 금세 들켜 버리고 말았다.

"아니, 괜찮아요."

주둥이에 딱 달라붙어 있던 병을 슬그머니 내렸다.

"병, 이리 줘. 내가 버릴게."

그와 눈이 마주쳤다. 항상 느끼는 바지만, 그의 까만 눈동자에는 언제나 형언할 수 없는 깊음이 있었다. 쳐다볼수록 더욱 깊게 빠져들 것만 같은.

"내가 버려도…… 딸꾹!"

그리고 항상 그 눈빛은 윤희의 어딘가를 심하게 자극해 왔다. 오늘따라 그 농도가 짙어 그녀를 더욱 예민하게 건드렸다. 평소엔 생전 하지도 않던 딸꾹질이 나왔다.

"딸꾹!"

"술 더 마실 수 있겠어?"

"그럼…… 딸꾹!"

어깨까지 심하게 움찔거리며 딸꾹질을 하자 윤희가 제 가슴을 작은 주먹으로 퍽퍽 내려쳤다.

아, 제발 멈춰라. 간절한 윤희의 바람과는 달리 딸꾹질은 멈추지 않고 계속되었다. 옆에 앉아서 가만히 보고 있던 그가 휴대폰으로 무언가를 보더니, 자리를 고쳐 앉았다.

"이렇게 코를 잡고 숨을 참아 봐."

새삼 진지하게 코를 잡고 숨을 꾹 참는 시범을 보이는 승언의 모습이 사랑스럽게 느껴졌다. 저도 모르게 헤벌쭉한 얼굴로 바라보고 있는데, 그가 다시 재촉해 왔다.

"얼른."

"어떻게요? 딸꾹!"

그가 보이는 자세대로 윤희가 코를 잡고 있는 힘껏 숨을 참았다. 같이해 주지 않아도 되는데 앞에서 승언이 얼굴이 붉어질 정도로 함께 숨을 참아 주고 있었다. 자꾸만 웃음이 터져 나오려는 것을 겨우 참았다.

"푸하!"

"후아!"

한참을 숨을 참고 있던 두 사람이 동시에 코에서 손을 떼고 막혔던 숨을 내쉬었다.

"멈췄어?"

승언의 말에 윤희가 입을 꾹 다물었다. 몇 초 동안 지속적으로 하던 딸꾹질이 나오지 않았다.

"어? 멈춘 듯해요!"

"신기하네."

"완전 신기하다!"

손뼉까지 치며 신기해하는 윤희를 바라보는 승언의 눈빛이 지극히도 다정했다. 언제부터였을까, 아마도 그녀를 처음 봤던 그때부터였을지 모른다. 윤희를 보고만 있어도 세상의 모든 걱정들이 사라지는 기분이었다.

아름답고 평온한 달나라에 딱 둘만 있는 기분. 어떤 것에도 제한받지 않고, 고통받지 않아도 될 것만 같은 안전함과 버거운 삶을 위로받는 듯한 기분.

만난 지 얼마 되지도 않은 여자에게서 이런 감정을 느낀다는 것 자체가 이상하고 낯설었지만 결코 싫지만은 않았다. 앞으로도 이런 날들이 제 앞길에 깔려 있었으면 하는 막대한 욕심이 들 만큼 그녀와 함께 있는 시간이 좋았다.

"달 좀 봐요. 완전 보름달이네요. 진짜 예쁘다."

하늘에 떠 있는 달이 승언의 눈에 들어올 리가 없었다. 그에게 지금 이 순간에 달보다 더 찬란하고 커다란 건 윤희였기 때문이었다. 그녀를 담은 승언의 눈동자가 한동안 떨어질 생각 없이 윤희에게 머물러 있었다.

말해 주고 싶었다.

저 달보다 네가 훨씬 더 예쁘다고. 화장기 하나 없는 수수한 얼굴에 왜인지 번들거리는 붉은 입술만 눈에 띄는지 잘 모르겠지만, 어쨌든 네가 훨씬 더 예쁘다고.

하지만 말할 수가 없었다. 그 말이 입술 밖으로 튀어나오는 순간, 얼굴이 발그스레해질 것만 같았고 윤희가 촌스럽다고 놀리기라도 할까 봐서.

승언은 아무 말도 하지 못하고 살짝 미소만 머금은 채 그녀를 바라보는 걸로 대신했다.

동네에 도착한 두 사람은 집과 가까운 술집으로 향했다. 테이블만큼이나 사람들도 얼마 없었고 시끄럽지 않은 분위기가 마음에 쏙 들었다. 맥주와 간단한 안주를 시킨 두 사람은 서로 마주 보고 있는 틈 사이로 유유히 유영하는 어색함에 멋쩍은 미소를 지었다.

"그날 생각난다."

막 나온 맥주를 한 모금 마신 윤희가 뻥튀기를 손에 그러쥐고 낮게 중얼거린다.

"우리 처음 만난 날?"

승언의 되물음에 그녀가 망설이지 않고 고개를 끄덕였다.

그날 무슨 대화를 했는지 정확하게 기억이 남지 않았다. 그저 좋았다는 느낌만 남아 있을 뿐.

뻥튀기를 매만지는 그녀의 하얗고 자그마한 손을 바라보았다. 자신의 몸을 있는 힘껏 끌어안던 감촉이 여전히 생생해 승언은 아래가 뻐근해지고 있음이 느껴졌다.

"근데 정말 오늘 일 말이에요. 그거 오해 맞아요?"

그걸 아는지 모르는지, 제법 표독한 눈동자를 하고 그에게 물었다. 어설프게 요염한 척을 하는 아기 여우 같았다.

"오해한 거 맞다니까."

"그럼 말해 줘요. 오늘 낮에 당신 집에 있던 남자가 누구였는지."

"사촌 동생."

"사촌 동생이 왜…….'"

"내 예상이긴 한데, 아마 여자 친구하고 자고 싶은데 모텔값이 없어서 우리 집으로 온 걸 거야."

그녀는 경악스러운 얼굴을 지어 보이며 한동안 말을 잇지 못했다.

"그걸 예상한 거라면 사촌 동생 성격을 잘 알고 있다는 뜻이기도 한데, 비밀번호를 공유한 거예요?"

"아니. 아마 몰래 봤겠지. 엊그제 왔었거든."

"밤에 말하다가 중간에 나간 이유가…….?"

"응."

자신의 침대 위에서 여자와 그따위 행위를 했다는 것에 대해서 절대 용서할 생각은 없다. 잠깐의 쾌락 때문에 선택한 우둔한 행동에 대한 대가가 얼마나 처절하고 잔혹한 것인지 확실히 느끼게 해 줄 생각이었다. 그래서 앞으로는 절대 경솔한 행동을 하지 못하게끔.

오늘 당장 집에 가서 침대 시트, 아니 매트리스를 버릴 생각이다. 불쾌함에 쳐다보기 싫어질 것이 분명하기에.

그러면서도 한편으로는 자신을 향한 그녀의 감정을 엿볼 수 있게 된 것에 승언은 이 상황이 꼭 최악만은 아니라는 생각이 들었다. 얕은 생각일지는 몰라도 지금 상황을 판단하자면 그랬다.

"사촌 동생, 아주 혼꾸멍을 내 줘요. 사람 놀라게나 하고. 아무리 그래도 그렇지, 어떻게 형 집에 와서 그렇게 막⋯⋯."

얼굴을 붉히며 살짝 흥분해서 평소보다 목소리가 훨씬 커지는 그녀를 승언은 넌지시 바라보았다. 발그스름해진 볼이 매만져 보고 싶을 정도로 앙증맞고 귀엽다.

"설마 사촌 동생 욕했다고 기분 나빠 하는 건 아니죠?"

"전혀. 욕먹어도 싼 짓을 했으니까."

"그럼 실컷 욕하겠습니다! 얼마나 놀랐는지 알아요? 아마 그때 놀란 심정은 아무도 상상조차 하지 못할걸요?"

맥주를 들이키면서도 그의 시선은 윤희에게 완벽히 고정되어 있었다. 그녀는 잔뜩 흥분해서 목에 핏대까지 세우며 허공에 대고 주먹질을 하고 있었다.

"뭐 하나만 묻자."

한참 열을 내고 나니 몰려오는 극심한 갈증을 맥주로 해소하고 있던 윤희가 승언의 말에 급하게 입에 묻은 거품을 닦으며 되물었다.

"뭘요?"

"지금 네가 기분 나빠 하는 게 단순히 음란한 소리로 시끄럽게 만든 이웃사촌의 소음 때문이야?"

"네?"

"아니면 내가 다른 여자와 함께 있었다고 생각했기 때문이야?"

"그게 중요한 거죠?"

바보 같은 질문이라고 생각하면서도 윤희는 한껏 긴장한 탓에 저런 말밖에 생각이 나질 않았다.

"당연하지. 그래야 내가 사과를 할지, 다른 것을 할지 정할 수 있으니까."

다른 건 뭐냐며 얼른 묻고 싶었지만, 윤희는 그것보다 더 궁금한 것이 있었다.

"만약 그 반대라면 어떨 것 같아요?"

"뭐가?"

"우리 집에서 그런 소리가 난다면, 류승언 씨는 어떻게 했을 거 같냐고요."

여태 은은한 미소를 짓고 있던 그의 평온했던 얼굴이 순식간에 사납게 굳어졌다. 마치 억척같이 제 감정을 억누르고 있어 보였다. 그것이 조금은 무섭게 느껴지기도 하고 위태로워 보이기도 했다. 윤희는 제가 혹시 큰 실수를 한 건 아닌가 싶어서 얼른 손을 내저으며 말을 정정했다.

"아니에요! 잘못 말한 것 같아요!"

"가만 안 두지."

생각만 해도 불쾌함이 몸 안쪽에 구석구석 잠식하기라도 한 것처럼 역겨워졌다. 자신이 아닌 누구도 그녀를 안을 순 없었다. 생각만으로도 차오르는 분노에 승언은 존재하지도 않는 남자의 팔을 다 분질러 버리고 싶었다. 그뿐만 아니라 다시는 그녀를 볼 수 없게 모든 것을 박살 내서 내쫓아 버리고 싶었다.

처음이었다. 스스로가 느껴도 무서울 정도의 질투를 느낀 것은.

"누구를요? 저를요?"

"아니, 당연히 그 남자지. 내가 어떻게 너를."

최대한 억누른 감정인데도, 지극히 냉랭한 목소리가 튀어나왔다. 잔인할 정도로 차가운 목소리에 윤희의 표정이 점점 어둡게 변해 갔다.

아차, 싶었다.

그녀에게만큼은 무서운 남자가 아닌 다정하고 편안한 남자가 되어 주고 싶은데.

"근데 내가 그럴 자격 없잖아."

승언이 애써 입가에 미소를 지으며 말했지만, 윤희의 일그러진 얼굴엔 아무 변화도 없었다. 더욱 노력했다. 마음에 평화를 심고 얼굴에 평온을 늘어뜨렸다. 한결 나아진 마음이 그대로 얼굴에 드러났다. 윤희의 표정도 좀 전보다는 훨씬 풀어져 있었다.

"그럴 자격이요?"

"네가 다른 남자 만나도 내가 화내거나 질투할 자격 없잖아."

승언의 말을 곱씹어 보던 윤희가 모든 것을 인정한다는 듯이 체념한 얼굴로 낮게 고개를 끄덕였다. 그녀 또한 오늘 낮에 있었던 일 이후로 골똘히 고민하고 마음에 걸려 했던 문제였다. 화낼 자격이 없는 것, 질투조차 할 수 없는 애매한 관계. 그게 지금 자신과 승언이었으니 말이다.

"그렇죠. 아무래도…….."

"그니까 네가 만들어 줘. 그 자격."

"네?"

화들짝 놀라 되묻는 윤희를 향해 승언의 까만 눈동자가 아무 동요 없이 그녀에게 정확하게 정착했다. 자신을 마주한 그의 결의에 찬 듯한 눈동자를 피할 수 없었다.

"너 나랑 연애할래?"

"네?"

"이거야. 내가 사과 말고 하려는 또 다른 거."

너무 놀라 혼란스럽기도 하고 기쁘기도 해 어찌할 줄 모르는 윤희를 향해 그가 부드러운 목소리로 다시 한번 말했다.

"나랑 연애하자."

이런 상황을 단 한 번도 상상해 보지 않았다고 한다면 그건 필시 거짓말이다. 하지만 조금 이른 감도 있는 것 같고 갑작스러운 고백이기에 윤희가 살짝 당황한 건 사실이었다. 맥주를 실컷 마셨는데도 갈증이 나는 것 같았고, 에어컨이 빵빵하게 돌아가는데도 더운 것 같았다.

동네 작은 호프집에서 맥주에 강냉이를 먹으며 받는 고백이라. 뭔가 신선하면서도 놀라웠다. 그러면서도 윤희는 진중하게 생각했다. 무엇이든 단순한 그녀지만 연애 문제에서만큼은 꽤 진지한 마음으로 대하는 편이었다.

상대방의 시간을 헛되게 만들지 않기 위해 또 자신의 감정을 헛되게 낭비하지 않기 위해 윤희는 사랑 앞에선 가볍게 굴지 않았다. 정말 자신이 사랑해도 되는 남자인지, 정말 이 남자에게 사랑을 받아도 되는 여자인지 생각해 볼 시간이 필요했다.

"생각할 시간을 생각해 주겠어요?"

당황한 나머지 말이 헛나왔다.

"아, 아니. 그게 아니고요. 그러니까 시간을 생각해 주겠, 생각할 생각……."

"생각할 시간을 달라는 거지?"

"아, 네! 그거요."

윤희의 대답에 승언이 깊게 한숨을 내쉬었다.

"그냥 지금 대답해 주면 안 돼? 기다리는 동안 피 말릴 것 같은데."

"너무 오래 기다리게 안 할게요."

잠깐이면 된다. 정리할 시간만 있으면 된다.

"알았어. 오래 기다리게 하지 마."

"네."

생각할 시간을 달라는 말을 후회하는 데 걸린 시간은 그리 길지 않았다. 윤희는 승언과 가볍게 마시고 그와 문 앞에서 인사를 하고 집으로 들어오자마자 모든 것을 후회했다. 바로 옆집에 살았지만 목소리가 듣고 싶었고 묘한 분위기를 품고 있는 얼굴이 또 보고 싶어졌다.

아까 그곳에서 바로 사귄다고 대답했다면 지금 당장 망설임 없이 그에게 전화라도 걸 텐데, 초인종을 눌러 얼굴이라도 한번 보고 올 수 있을 텐데. 맘대로 할 수 없는 처지에 격하게 한탄했다.

"이럴 거면 그냥 거기서 바로 알았다고 대답할 걸 그랬어. 왜 그랬니, 너?"

바보 같은 제 선택을 연신 질책하며 윤희가 침대 위로 벌러덩 드러누웠다. 하얀 천장에 그의 얼굴이 그려진다. 자신을 보며 웃던 얼굴, 맥주를 마시던 관능적인 모습, 무언가를 설명하는 시원하게 뻗은 커다란 손가락, 담백한 목소리까지.

"나랑 연애하자."

"안 되겠다! 안 되겠어!"

사랑 앞에서의 이성은 앞서가는 감성을 절대 이길 수 없는 법이었다. 윤희는 벗어던진 신발을 구겨 신고 집을 나왔다.

"큼, 큼."

목소리를 다듬고 초인종을 길게 눌렀다. 누구세요? 라는 말 한마디 없이 현관문이 곧장 열리고 승언이 모습을 드러냈다. 씻고 있던 모양이었는지 앞머리가 물기로 촉촉했다.

"씻고 있었어요?"

"어."

"아, 그럼 들어가서 마저 씻어요."

돌아가려는 윤희를 승언이 붙잡아 제 쪽으로 슬며시 잡아당겼다. 윤희가 아무 저항도 못 하고 그에게로 가까이 끌려갔다. 그에게선 향긋한 비누 냄새가 났다. 단순한 냄새임에도 불구하고 윤희에게 자극적으로 느껴지는 것은 그날 밤에도 승언에게서 같은 냄새가 났던 걸 제 몸이 기억하고 있기 때문이었다.

"할 말 있어서 온 거 아니야?"

"그냥……."

그녀의 대답엔 아직 뒤가 남은 것처럼 여운이 남아 있었다.

"그냥?"

승언이 다음 이어질 말을 얼른 해 보라는 듯이 되물었다.

"아니, 그러니까……."

"일단 들어와."

남자 혼자 사는 집에 어떻게 들어갈 수 있는가! 라는 것은 머리에서만 맴돌 뿐이었다. 윤희가 정신을 쳤을 땐 이미 그의 집 소파에 앉아 있었다.

"뭐 마실래?"

"괜찮은데, 뭐 있어요?"

"오렌지 주스랑 우유?"

"아, 그럼 우유요!"

긴장된다. 자신의 집에서 둘이 있던 것과는 비교도 되지 않을 만큼 긴장이 되었다. 천천히 주변을 살폈다. 그의 이미지와 잘 맞게 집이 정갈하고 깔끔한 편이었다. 구경하는 것이 시시할 정도로 휑한 집을 바라보던 윤희가 제 눈앞으로 내밀어진 우유에 화들짝 놀랐다.

"왜 그렇게 놀라?"

"딴생각 좀 하느라."

"마셔."

"처음인가요?"

우유를 받으며 주어도 없이 대뜸 물었다. 승언이 대답 대신 깔끔한 눈썹을 치켜들었다.

"집에 여자로는 제가 처음 들어온 거예요?"

자신이 초대한 여자로는 처음이다. 문득 제 공간에서만큼은 소중하게 아꼈던 규칙을 제멋대로 깨 버린 재호에 승언은 신경질이 확 치밀어 올랐다. 하지만 그것을 굳이 윤희 앞에서 티를 낼 필요가 없다고 생각하며 그렇다고 대답해 주었다.

"근데 안 자고 왜 왔어?"

우유를 홀짝이는 윤희의 옆에 앉으며 그가 담백한 목소리로 물었다.

"그냥……."

"아까부터 왜 자꾸 그냥이라고만 해?"

물어오는 말에 허탈한 웃음기가 잔뜩 섞여 있었다. 윤희는 대답 대신 우유를 한 모금 마셨다.

"보고 싶어서 왔어?"

"네?"

"보고 싶어서 왔냐고. 그거 말고 다른 이유가 없잖아."

"아……. 아니에요."

몰려오는 쑥스러움에 윤희가 눈도 제대로 못 마주치며 이리저리 방황을 하다가 온몸으로 느껴지는 어색함에 손에 들고 있던 우유를 내려놓았다.

"가 볼게요. 쉬세……."

하지만 그녀가 한 발자국도 내딛지 못하고 다시 그에게 붙잡혔다.

"사실 처음이었어. 누군가에게 고백해 본 건."

"아, 항상 고백을 받던 입장이셨다? 자기 자랑을 그렇게 하는 방법도 있었네요."

어색해지는 분위기에 적응하지 못하고 툭 내뱉은 윤희의 장난에도 그의 얼굴은 진지했다.

"나 지금 심각해."

"미안해요."

"고백하고 기다리는 시간이 이렇게 가혹하게 느껴질 줄 전혀 몰랐어."

자신의 손을 잡고 있는 승언의 손이 참 부드럽다는 생각이 들었다. 잡고 싶을 때 언제든지 잡고 싶어질 만큼.

"생각할 시간을 얼마나 더 줘야 돼?"

"근데 그거 아세요? 고백한 지 아직 한 시간도 안 됐어요."

"겨우?"

정말 의외라는 듯이 승언이 크게 놀라며 되물었다.

"네. 한 시간이 하루처럼 느껴졌어요?"

"아니, 10년처럼 느껴진 것 같아."

"과장이 좀 심하네."

그녀의 장난스러운 반응에도 승언의 얼굴에선 여전히 웃음기하나 발견할 수가 없었다. 윤희의 마음도 금세 강건해져 얼굴이 굳어졌다.

"무슨 생각이 드는 줄 알아? 싫다는 걸 저렇게 돌려 말하고있는 건가……."

흐려지는 말끝에 그의 씁쓸한 감정이 연신 묻어 있었다. 그것이 윤희에게까지 절실하게 느껴지는 바람에 더는 장난을 칠 수가 없었다.

"그런 건 아니에요."

"그런 게 아니면? 왜 대답 안 해 주는데?"

일부러 대답하지 않은 것은 아니다. 좀 더 신중하게 생각을 해 보려고 한 것이지만 그의 얼굴을 본 순간 그것이 헛된 일이라는 것을 깨달았을 뿐이다.

한 번 저질러 보고 싶었다. 아무 생각하지 않고 마음이 이끄는 대로 이 남자와의 관계를. 그날 그랬던 것처럼.

신중하지 못했던 선택이었다 하더라도 어쨌든 승언과의 추억은 '좋음' 으로 남겨져 있었다. 그랬기 때문에 이번 연애 역시 그다지 신중하지 않다고 하더라도 '좋음' 으로 종지부가 찍혀질 것만 같은 좋은 예감이 들었다.

"저도 좋아요."

승언이 아무 말 없이 그녀를 바라보았다. 분명 눈동자엔 하고 싶은 말이 잔뜩 담겨 있는데 쉽사리 입술을 열지 않는 그를 보며 도리어 윤희가 조바심이 서렸다. 원래 성격이 그리 느긋한 편도 아니지만, 어떤 말로 표현할 수 없을 정도로 갑갑했다.

"있잖아요……."

"그럼 우리 연애하는 거 맞지?"

하려던 말을 웃음과 함께 내보이며 윤희가 낮게 고개를 끄덕였다.

"너랑 나 연애하는 거 맞지?"

이제야 그의 목소리에도 여유가 생겼다. 재차 되묻는 그에게 윤희는 더 크게 고개를 끄덕이다가 목에서 뚝! 소리가 나자 당황하며 멈췄다.

"아!"

"아무튼……."

그가 손을 조심스럽게 뻗어 소리가 난 윤희의 뒷목을 지그시 안마해 주었다.

"하는 행동이 뭐 하나 안 귀여운 게 없이 다 귀여워."

"닭살이에요."

그러면서도 제 목을 어루만지는 그의 손길을 느끼며 윤희가 흐뭇해했다.

"근데 한 시간도 안 돼서 이렇게 나 좋다고 얘기할 거, 그냥 아까 얘기하지."

"한 번 튕겨 본 거예요."

승언이 만져 주는 시간이 길어지자 윤희의 온몸이 찌릿찌릿해져 왔다. 이렇게 계속 만지다가는 진짜 무슨 사고라도 낼 것처럼 윤희의 몸이 점점 이상해지고 있었다.

"왜?"

저에게 물으며 동그랗게 말았다가 펴지는 승언의 입술이 지나치게 섹시하게 느껴졌다. 정말 위험하다. 윤희가 슬그머니 몸을 뒤로 빼서는 제 목에서 그의 손을 떨어트렸다. 그럼에도 여전히 남아 있는 온기가 너무 뜨거웠다.

"그래야 승언 씨가 날 더 원할 테니까."

엉뚱한 윤희의 대답에 승언이 실소를 터트렸다. 어처구니없는 말을 하는데도 의아해 보이거나 이상해 보이지 않고 오히려 사랑스러워 보이는 것은 자신의 콩깍지 때문도 있지만, 그녀 특유의 매력이 돋보이기 때문이라는 생각이 들었다.

"난 솔직한 네가 좋아, 그게 네가 가지고 있는 최고의 매력이라고 생각하거든."

"그래도 여자는 가끔 튕기고 싶을 때가 있어요."

방금 마신 우유 때문인지, 윤희의 윗입술에 하얀 자국이 묻어났다.

"그래, 그럼 실컷 튕겨. 내가 부지런히 잡으러 갈 테니까."

아무것도 모르고 다시 우유를 마시는 바람에 그녀의 윗입술의 자국은 더욱 선명해졌다. 더는 방임할 수도 제 본능을 억누를 수도 없었다. 승언이 그녀의 입술로 제 입술을 포개어 묻은 우유를 핥아 주었다.

순식간에 벌어진 짤막한 키스에 놀란 윤희의 눈이 감을 새도 없이 휘둥그레져서는 승언을 응시했다. 그녀의 윗입술을 엄지로 부드럽게 쓸어 닦아 준 그가 입가에 살포시 미소를 지으며 반가운 말을 꺼냈다.

"우리 내일 데이트하자."

"우리 내일 데이트⋯⋯. 데이트, 데이트!"

집으로 돌아온 윤희는 환호성을 내지르다가 행여나 그가 듣기라도 할까 얼른 입을 틀어막았다. 그래도 명색이 첫 데이트인데, 대충하고 갈 수 없다고 생각한 그녀는 오래도록 하지 않던 팩을 꺼내 붙였다.

"내일 화장이 잘 먹어야 할 텐데, 옷은 뭐 입지?"

팩을 붙인 상태로 옷장으로 달려가 닳을까 아껴 두었던 옷들을 죄다 꺼내 보았다.

"이건 너무 촌스럽고, 이건 너무 더울 것 같고……."

분명 옷은 많은데, 마음에 드는 것 하나가 없어 절망했다. 옷을 죄다 끌어안고 침대에 벌러덩 드러누웠다. 하지만 그 절망은 얼마 가지 못했다.

"데이트라……."

생각만 해도 너무 좋아 자꾸만 광대가 씰룩거렸다.

7

긴장과 설렘 때문에 아무것도 손에 잡히질 않았다. 윤희는 온종일 들뜬 마음으로 지내야 했다. 느릿느릿 기어가던 시간이 드디어 나가야 할 타이밍이 되었을 때, 윤희는 어느 때보다도 가벼워진 발걸음으로 집을 나섰다.

상가를 지날 때마다 유리를 통해 연신 제 상태를 살피며 승언의 학원으로 향했다. 집 앞에 있으면 그가 데리러 오겠다고 말했지만 번거로울까 싶어 윤희가 직접 향한 것이다.

수업이 끝났는지 건물 밖으로 사람들이 쏟아져 나왔다. 그 사이에서 그녀가 열심히 승언을 찾고 있는데, 전화가 걸려왔다.

"여보세요?"

―나 지금 끝났어.

듣기만 해도 행복한 승언의 목소리에 윤희는 연신 웃음을 흘려보냈다.

"저 지금 학원 앞이에요!"

─집 앞에 있으라니까. 번거롭게…….

그리 말하면서도 그의 목소리엔 웃음이 한가득 담겨져 있었
다.

"천천히 마무리 짓고 내려와요."

전화를 끊고 건물 안을 기웃거렸다. 승강기 안에서 누군가가
급하게 내리더니 많은 사람들 틈 사이를 능숙하게 피해서 빠르
게 다가오고 있었다. 승언이었다.

"천천히 나오라니까요."

윤희는 멀었던 저와의 거리를 단숨에 좁혀 온 승언의 흐트러
진 머리를 정리해 주었다.

"밥 안 먹고 나왔지?"

"네. 배고파요. 승언 씨도 배고프죠?"

"응. 밥부터 먹자. 뭐 좋아해?"

"뭐든 잘 먹어요."

"스시는?"

"환장하죠. 없어서 못 먹어요."

"이 근처에 맛있는 스시 집 있어. 거기로 가자."

"네!"

퇴근 시간이라서 그런지, 거리는 사람들로 북적거렸다. 자신
보다 걸음이 빠른 승언을 따라가기엔 지나치게 복잡하고 버거울
정도였다.

간격이 더 멀어질까 봐 윤희가 얼른 그의 옷소매를 잡았다.
자신을 꼭 잡고 있는 윤희의 손끝을 바라보던 승언의 얼굴이 미

안함으로 물들었다.

"가게에 사람이 많을까 봐 급하게 갈 생각만 했다."

소매를 잡고 있는 그녀의 손을 그가 제 커다란 손에 깍지를 끼고 따스하게 감싸 주었다. 조금만 힘을 주어도 금방 부서질 것처럼 가늘고 여린 손이었다.

아무리 사람이 많아도 이제 더는 뒤로 밀쳐지지 않았다. 모든 것을 막아 줄 것만 같은, 제 앞을 든든하게 지켜 주고 있는 승언 덕분에 윤희는 훨씬 편안하게 복잡한 거리를 탈출할 수 있었다.

도착한 스시 집엔 딱 한 자리만 남아 있었다.

"여긴 예약을 절대 안 받더라고."

"예약을 안 받아도 이렇게 사람이 많은 걸 보면 정말 맛있나 봐요!"

"연어 좋아해?"

"회 중에서도 연어를 제일 좋아해요!"

"여기 연어가 진짜 맛있어."

그가 회전판 위에 놓여진 채 돌고 있는 접시들 중에서 연어를 찾아 그녀의 앞에 놓아주었다. 번지르르한 색깔만 봐도 정말 먹음직스러웠다.

"승언 씨는 뭐 좋아해요?"

"난 송어."

"송어 여기 있다!"

윤희가 냉큼 송어를 집어 들어 그의 앞에 놓아주었다. 고추냉이를 적당히 풀어서 간장에 찍은 윤희가 승언의 초밥에 짠, 하고 건배를 했다. 애교 섞인 행동에 그가 입술로 호선을 그렸다.

"밥 먹고 뭐 하고 싶은 거 있어?"

"승언 씨는요?"

"난 너랑 하는 거면 뭐든 좋아."

자신도 그랬다. 그래서 꿈꿔 왔던 이상적인 데이트를 모두 이 남자와 하고 싶었다. 함께 번지 점프도 하고, 심야 영화도 보고, 스키도 타고…….

"음, 뭐가 좋을까요? 잘 생각이 안 나요."

"영화 볼까?"

"완전 좋아요!"

"아니다. 영화 보면 널 못 보니까, 다른 걸 하자."

며칠 전에 드라마를 볼 때까지만 해도 오글거리는 멘트라며 고개를 내젓던 윤희였다. 하지만 지금은 그의 능청스러운 대답에 뭐가 그리도 좋은지 숨이 넘어갈 듯 웃었다.

"되게 오글거리는데도 듣기 좋은 멘트."

별 특별함이 가미되지 않은 말에도 두 사람은 서로의 말 한마디에 의미와 웃음을 붙였다.

"일하는 거 힘들죠?"

벌써 제 옆에 열 번째 빈 그릇을 올려놓은 윤희가 막 지나가려던 초밥 하나를 가져와 승언에게 내밀며 물었다.

"그렇게 힘들진 않아. 한 시간씩 타임이 돌아가거든."

"과목이 영어라고 그랬죠?"

"응."

"그럼 대학도 그쪽 관련된 과 나왔겠네요?"

"응. 영어 교육과 나왔어."

"영어 교육과요? 어? 그럼 그거 선생님 할 수도 있었던 거네요?"

"……."

순식간이었지만 그의 입술에 쓸쓸함이 드리웠다 사라졌다. 말하는 것을 망설이는 것 같았다. 그 이유에 큰 사연이 있을 것만 같아서 윤희는 얼른 말을 돌렸다.

"전 사실 디자인 전공이 아니거든요."

"정말?"

"네. 원래는 호텔 조리 학과였어요. 그래서 2학년 2학기 때 실습을 나갔는데, 생각보다 너무 힘들고 적성에도 별로 안 맞는 거예요. 그래서 졸업하고 1년 정도 놀았어요, 그러다가 우연히 알게 된 디자인 쪽에 흥미가 더 생겨 학원 다니면서 자격증 따서 하고 있는 거예요."

"그래서 네가 요리를 잘하는 구나."

"그때 해 준 요리 맛있었어요?"

"응. 모양도 예쁘고, 맛도 있고."

분명 대화의 주제가 바뀌었건만 그의 몸을 감싸고 있는 적적함은 전혀 사라지지 않은 것만 같아 윤희의 마음이 불편했다. 마치 자신이 아물지 않은 그의 상처를 들쑤신 것만 같은 좋지 않은 예감에 입맛마저 떨어졌다.

"더 안 먹어?"

"많이 먹었어요."

많이 먹긴 했다. 열 한 접시면. 젓가락을 내려놓은 것이 입맛이 떨어져서가 아니라 배불러서였나 보다.

"그럼 그만 일어나자."

"네."

계산 후 식당을 나온 두 사람은 불어오는 바람에 똑같이 숨을 들이켰다. 가을을 앞둔 시기라 그런지 볼을 간질이는 바람이 적당하게 선선했다.

"날씨가 너무 좋아요."

하늘을 올려다보는 그녀를 따라 승언도 오랜만에 양껏 고개를 젖혔다.

"색깔 봐……. 완전 오렌지빛이에요."

잠들기 위해 서둘러 집으로 향하는 태양이 만들어 낸 오렌지빛 하늘은 눈에 담는 것이 아까울 정도로 아름다워 보였다.

언제나 여유가 없던 삶이었다. 단순히 경제적인 문제가 아니라 마음에 쌓인 혼잡한 감정들이 승언에게 어떤 여유도 주지 않았다. 그래서 매일 무언가에 쫓기듯 살아왔다.

이제 그 모든 것이 달라질 것만 같은 좋은 예감이 든다.

"그러게."

놓고 있던 그녀의 따뜻한 손을 잡았다.

"아, 좋다. 지금 이 기분. 그죠?"

그녀가 곁에 있으니 어둡기만 했던 세상이 드디어 밝아진 것만 같다. 이제 더는 두려움도, 살고 싶지 않은 이유도 전부 사라져 버렸다.

"응. 좋다."

하늘만 바라보는 그녀가 어쩐지 야속하게 느껴져 윤희의 시야로 일부러 얼굴을 살짝 들이밀었다. 그제야 그녀가 하늘에서 눈을 떼고 예쁜 눈동자에 승언을 담았다.

"난 네가 내 옆에 있어서……."

"……."

"그래서 더 좋은 것 같아."

환하게 웃는 승언을 따라 윤희도 있는 힘껏 미소 지었다. 바닥에 내딛는 발걸음부터 시작해서 공기를 마실 때마다 느끼는 모든 기분들이 새로웠다.

남자와 데이트를 하려고 영화관에 온 것이 대체 몇 년 만인가?

기억도 나지 않은 오래된 추억을 뒤로하고 윤희는 영화를 예매하는 승언의 옆모습을 물끄러미 올려다보았다.

수수하게 내린 머리, 적당히 오뚝한 코와 선명한 입술 라인. 어쩌면 세상에 '훈훈하다'라는 단어는 그를 위해서 만들어진 것일지도 모른다는 생각이 들었다. 평범한 하늘색 셔츠마저도 그가 입으니 지극히도 멋져 보였다.

"영화 시작하려면 30분 정도 남았네. 커피숍에라도 들어가 있을까?"

승언과 함께 주변을 두리번거리던 윤희의 시야로 영화관 옆에 딸린 오락실이 보였다. 학창 시절엔 줄기차게 드나들던 오락실을 오랜만에 보니 반가움이 앞서 그의 손을 잡아끌었다.

"저기 가요, 오락실."

두 사람은 휘황찬란한 빛을 쏘아 대고, 여기저기에서 우렁찬 사운드가 울리는 오락실로 들어왔다. 윤희가 노래가 흘러나오고 있는 펌프를 보고 크게 흥분했다.

"우리 저거 해요!"

"나 저거 할 줄 몰라."

"화면에 나오는 표시랑 독같은 발판을 발로 밟으면 돼요."

동전 교환기로 가서 돈을 바꿔 온 윤희가 머뭇거리는 승언을 끌고 펌프 앞까지 걸어갔다. 동전을 넣고 능숙하게 발을 움직여 음악을 고르기 시작했다.

"초보자인 승언 씨를 위해서 가장 쉬운 곡으로 부를게요. 이 노래 알죠? 이정현 '와'."

"이 노래가 아직도 있어?"

"시작할게요!"

꼭 동물원에 놀러 온 어린아이 같다. 유난히도 신나 보이는 그녀의 모습에 넋을 놓고 있던 승언이 시작을 했다고 알리는 목소리에 깜짝 놀라 화면을 보았다.

"어, 어어?"

최선을 다해서 똑같은 화살표를 밟아 보았지만, 한 곡이 끝나기도 전에 'Game Over'라는 붉은 글자로 게임이 멈췄다. 자신이 무언가를 이렇게까지 못한다는 것에 꽤나 충격을 먹은 승언이 한동안 말을 잇고 화면을 바라보았다.

"나 죽은 거야?"

그 옆에서 윤희는 완전히 집중한 얼굴로 능숙하게 게임을 하고 있었다.

"와, 승언 씨 되게 못 한다."

아예 한 발자국 뒤로 물러서 신나게 게임을 하는 윤희를 바라보았다. 그녀는 그 뒤로도 몇 번이고 'A'를 받으며 다음 판으로 연장시키더니 이윽고 땀까지 뻘뻘 흘리며 내려왔다.

"대학 때도 받아 본 적 없는 A를 여기서 받아 보네요."

"진짜 잘한다."

"고등학교 때 오락실에서 살았어요, 아, 그렇다고 날라리나 그런 건 아니었구요. 놀지도 못하는 게 공부도 안 했죠. 자랑은 아닌데 되게 떠드네요, 하하."

신나게 재잘거리던 그녀가 땀을 닦아 주려는 승언의 손을 가볍게 낚아채서는 이번엔 해괴망측한 좀비들이 나오는 게임 앞으로 데리고 갔다.

"좀비 게임인데, 이것도 재미있어요."

왠지 총 쏘는 게임은 자신 있었다. 방금 전의 패배를 만회하겠다는 표정으로 승언이 총을 움켜잡았다.

"이것도 안 해 봤어요?"

"응."

"와, 학생 시절에 공부만 했나 보네. 이건 화면에 붉은색 띠가 나오면 총을 막 흔들어야 돼요. 그거 좀비가 달라붙은 거거든요. 총알 장전은 한 번 흔들면 되고요. 그리고 좀비들은……."

자신이 설명하고 있는 동안 이미 시작된 게임에 승언이 능숙하게 좀비들의 머리를 맞춰 죽이고 있었다.

"와, 잘 하네요."

총알을 장전하며 집중하는 승언의 모습이 멋있게 보여서 자신도 모르게 넋을 놓고 말았다. 그 바람에 좀비에게 여러 번 휘둘려 제 캐릭터는 금방 죽어 버리고 말았다. 혼자서 대왕 좀비까지 무찌른 그는 다음 단계로 넘어갈 수 있었지만 총을 내려놓았다.

"왜 안 해요?"

"너랑 안 하니까 별 재미없다."

"그래도 옆모습이 너무 멋있었는데? 아쉽다, 계속 구경하고 싶었는데!"

"그래? 그럼 해야지."

다시 총을 든 그가 장난스럽게 옆모습을 더욱 부각시키며 게임을 했다. 한참을 오락실에서 정신없이 놀던 두 사람은 영화 상영이 겨우 5분밖에 남지 않았다는 것을 깨달았다. 윤희는 승언을 재촉해 급하게 오락실을 나왔다.

영화관에 들어가기 전 매점에서 발을 멈춘 윤희가 승언의 옷자락을 잡았다.

"잠깐만요. 들어가기 전에 팝콘 사야죠. 제가 살게요!"

"난 팝콘 안 먹어."

"안 먹어요?"

금세 아이처럼 시무룩해지는 윤희의 볼을 그가 간지럽게 쓰다듬었다.

"너 먹어."

"혼자 먹으면 무슨 맛이에요."

"알았어. 그럼 같이 먹자."

"꼭이요! 음료는 하나만 살까요?"

"응. 스트로우도 하나만."

일부러 야릇한 표정을 짓는 장난에 윤희가 몸을 배배 꼬더니 그의 가슴을 주먹으로 내려쳤다. 생각보다 강한 그녀의 주먹에 승언이 움찔했다.

"그럼 팝콘에 음료는 스트로우 하나만 꽂아서 돌아올게요!"

윙크까지 하며 세상 해맑게 뛰어가는 그녀의 뒷모습을 바라보는 승언이 긴장한 얼굴로 욱신거리는 가슴 부근을 어루만졌다.

"보기완 다르게 힘이 세구나."

그러다가 곧 팝콘을 사 들고 돌아오는 윤희의 모습에 어느새 입가에 미소가 번졌다.

"취향을 몰라서 어니언 맛이랑 기본 반반씩 사 왔어요. 단 건 안 좋아하죠?"

"응. 단 거 안 좋아해."

"다행이다."

윤희가 팝콘 하나를 들어서 그의 입에 쏙 넣어 주었다.

"근데 이상하다."

"뭐가요?"

승언은 달콤하고 달달한 건 세상 맛있는 것이라고 해도 싫어했다. 초콜릿도, 사탕도, 마끼야또 같은 커피도 단 한 번도 입에 대 본 적이 없었다.

하지만 이상하게도 그녀와 함께 있는 건 한없이 달달하고 달콤해 너무 좋았다.

마음을 전하고 싶었지만 자신이 생각해도 느끼한 이 말을 그녀가 느끼하다고 질색을 할까 꺼낼 수가 없었다.

"뭐가 이상한데요? 팝콘 맛 이상해요? 가서 바꿔 올까요?"

"아니야. 곧 영화 시작한다. 얼른 들어가자."

윤희가 양쪽으로 들고 있는 음료를 대신 받고는 그녀의 손을 꽉 잡았다.

"큼큼, 이상한가?"

윤희가 연신 팝콘 냄새를 맡으며 그를 따라 영화관 안으로 들어갔다.

영화가 무슨 내용인지는 전혀 기억에 남지 않았다. 윤희의 머릿속에 남은 것은 심각해질 때 그의 눈썹이 구겨진다는 것, 환하게 웃을 때는 볼에 살포시 보조개가 들어간다는 것, 그리고 정말 승언은 팝콘을 먹지 않았다는 것이 전부였다. 그래도 건네줄 때마다 입을 벌려 받아먹는 모습은 정말 귀여웠다.

한마디로 윤희는 옆에 있던 승언만 쳐다보느라 영화를 제대로 보지 못했다.

시간은 어느새 밤 11시가 훌쩍 넘겨져 있었다. 두 사람은 영화관에서부터 맞잡은 손을 버스에서 내리는 순간까지 놓지 않았다. 제법 서늘해진 바람을 맞으며 오피스텔 방향으로 천천히 걸었다.

"어? 그네다."

오피스텔을 지나가는 길에 있는 작은 아파트 놀이터를 향해 윤희가 손을 뻗었다. 타고 싶은 마음은 없었지만 그와 더 오래 있고 싶은 생각에 얼른 그네를 향해 달려갔다.

"밀어 줘요."

발을 동동 굴리며 발랄하게 말하는 윤희의 등을 승언이 천천히 밀어 주었다.

"오랜만에 타니까 너무 재밌다!"

금방이라도 하늘과 가까워질 것만 같았다. 윤희가 한 손을 들어 하늘을 향해 뻗었다.

"위험해."

뒤에서 그녀를 밀던 승언이 얼른 그녀를 세우며 말했다.

"이번엔 내가 밀어 줄게요."

"무거울 걸?"

말을 하고도 순간 그런 생각이 들었다. 그녀의 연약해 보이는 몸과 상반되는 힘이라면 충분히 자신을 밀어 줄 수도 있을 거라는 생각.

"아니에요. 저 생각보다 힘세요."

호기롭게 일어나 승언의 등을 밀어 주던 그녀가 제법 높게 날아오르는 그를 보며 까르르 웃었다.

"재밌죠?"

"그래. 재밌네."

승언도 오랜만에 동심으로 돌아간 것 같아 싫지 않았다. 윤희는 있는 힘을 다해 승언의 그네를 열심히 밀어 주었다.

"이제 그만 밀고 이리와. 안 보이니까 보고 싶어."

"네."

윤희가 승언의 옆자리인 그네에 앉아 그를 마주 봤다.

"땀까지……."

자신을 열정적으로 밀어 줬다가 생각하자 승언은 또다시 웃음이 새어 나왔다. 손을 뻗어 땀을 닦아주며 그가 한참을 소리 없이 그녀를 바라보았고, 윤희도 느긋하고 한적한 침묵을 억지로 깨지 않았다.

한참을 그네에 앉아 서로를 바라보는 데만 집중하던 두 사람이 갑자기 하늘에서 툭, 하고 떨어지는 차가운 비에 화들짝 놀라 오피스텔로 향해 달려갔다.

"와, 빗줄기 장난 아니다."

오피스텔 단지 안으로 몸을 숨기자마자 무섭게 쏟아지는 비를 보며 윤희가 낮게 중얼거렸다. 굳이 손을 뻗어 손바닥에 빗물을 받아 내고 있는 윤희를 바라보던 승언이 굳게 닫혀 있던 입술을 떼어 냈다.

"야구 좋아해?"

"야구요? 한 번도 본 적 없어요. 야구 좋아해요?"

"예전에는 엄청 좋아해서 평일에도 보러 가고 그랬는데, 지금은 바쁘다 보니까 그러지도 못해."

"아……."

"이번 주말에 야구 보러 갈까?"

야구에 대한 룰도 모르고 관심도 없는 편이지만 그와 함께라면 뭐든 재미있을 것 같아 윤희는 흔쾌히 승낙을 했다. 그러는 사이 두 사람은 도착한 승강기에 몸을 실었다. 층으로 올라가는 속도가 굉장히 빠르게 느껴져서 더욱 아쉬웠다.

"우리 내일도 데이트하는 거예요?"

윤희의 질문에 승언이 눈을 느긋하게 감았다가 떴다.

"뭐할까?"

"음, 그냥 뭐든 좋을 것 같아요."

"한강 가서 치맥 먹을까?"

"완전 좋아요!"

도착한 층수에서 깡충 뛰어내릴 정도로 윤희의 반응은 상당히 호의적이었다.

"한강 좋아?"

"네!"

"치맥도 좋고?"

"제일 좋아요!"

"나보다?"

"에이."

눈을 얇게 뜨고 야유하는 윤희의 손을 잡은 승언이 자신 쪽으로 그녀를 살며시 잡아당겼다. 그녀가 반항 없이 그의 품에 와락 안겼다. 온종일 돌아다녔는데도 가시지 않은 은은한 비누 냄새가 윤희의 코끝에 살짝 닿았다. 나른함을 몰려올 정도로 평온했다.

"얼른 들어가."

"네……."

승언의 말에 격한 서운함을 느끼던 참이었는데, 그가 천천히 걸음을 옮겼다. 여전히 윤희를 안은 채 그녀의 집 현관문까지 걸음을 옮긴 그가 마지막엔 으스러질 정도로 힘주어 안은 후에야 겨우 놓아주었다.

"내일 보자."

"네."

윤희는 현관문을 완전히 닫는 순간까지도 그 자리에 서 있는 승언을 향해 인사를 건넸다.

"후……."

현관문을 닫고 혼자 남겨진 윤희가 내쉬는 한숨엔 여전히 설렘이 가득 묻어져 있었다. 오랜만에 신은 단화 때문에 발꿈치가 다 까져 피까지 고여 아파 왔지만, 전혀 개의치 않았다. 침대까지 껑충껑충 뛰어와 벌러덩 드러누웠다.

헤어진 지 얼마 되지도 않았는데, 또 보고 싶다.

"……."

보고 싶다. 아무것도 그려지지 않은 천장을 보며 그렇게 낮게 중얼거리던 윤희는 갑자기 울리는 초인종에 깜짝 놀라 일어났다. 이렇게 늦은 시간에 올 사람이 아무도 없었기에 의아해하며 문 쪽으로 다가갔다.

"누구세요?"

"나."

고작 한 단어임에도 누구인지 단번에 알아차렸다. 윤희가 얼른 현관문을 열었다. 옆을 바라보고 있던 승언이 고개를 천천히 돌려 그녀를 마주 봤다.

"무슨 일이에요?"

"바로 잘 거야?"

"씻고 작업해야 할 것도 남아 있어서 바로 잘 것 같지는 않아요."

"바쁘구나."

낮게 중얼거리는 목소리에 아쉬움이 잔뜩 잠겨 있었다. 그러고 보니 승언이 뒤에 무언가를 감추고 있는 듯싶었다.

"그래, 그럼 수고해."

"무슨 일인데요?"

돌아서 가려는 승언을 윤희가 붙잡아 세웠다. 하필이면 뒤를 잡는 바람에 그가 들고 있던 와인병을 잡아 버리고 말았다.

"와인이네요?"

"아니, 집에 와인이 있어서 한잔하려고 했는데."

"그럼 한잔해야죠."

"작업해야 한다며."

물론 해야 한다. 하지만 승언을 돌려보내고 작업에 집중할 자신이 없었다. 윤희는 얼른 그를 잡아 자신의 집으로 끌어당겼다.

"까짓것 밤새우면 돼요! 하하하!"

승언이 안으로 들어와 집에서 들고 온 와인과 잔을 식탁 위에 내려놓았다.

"안주로 뭐가 좋으려나. 아, 마침 소시지가 있네요!"

냉장고를 뒤지던 윤희가 소시지를 꺼내 프라이팬에 가볍게 구워 식탁으로 갖고 왔다. 승언이 투명한 잔에 붉은 와인을 채워 주었다.

"들어가자마자 저 보고 싶어서 온 거예요?"

꼭 그렇다는 대답을 들으려고 한 질문은 아니었다. 그러면서도 그가 무슨 대답을 할까, 은근한 조바심에 윤희는 살짝 긴장한 얼굴로 그를 응시했다.

"응."

군더더기 없는 깔끔한 대답에 윤희가 만족스러운 미소를 지어 보였다.

"사실 저도 보고 싶어서 달려갈까 말까 고민하던 중이었어요. 승언 씨 쉬고 싶은데 괜히 방해하는 건 아닌가 싶어서."

"그런 거 고민하지 마."

"네?"

"언제든 오라고, 난 좋으니까."

그녀가 대답 대신 와인을 마셨다. 투명한 잔에 닿은 입술이 유독 붉고 반짝였다. 키스가 하고 싶었지만 일단 참아 보기로 했다.

처음 만남이 원나잇이다 보니 그녀와의 스킨십이 더욱 조심스러운 건 사실이었다. 어떤 스킨십을 해도 윤희가 자신을 밝히는 남자로 오해를 할 것만 같았기 때문이었다.

사실 그날 밤을 뚜렷하게 기억하고 있는 것은 승언의 머리뿐만이 아니라 몸도 마찬가지였다. 윤희를 보고 있으면 본능적으로 온몸이 뜨거워졌고 아래가 심하게 반응을 했지만 꼭 그것만으로 그녀와의 시간이 즐거운 것은 아니다.

그냥 이렇게 보고만 있어도, 작게 쉬는 숨소리를 듣고만 있어도 승언은 함께하는 시간이 즐거웠다.

몰려드는 충동은 잠시 거두어 내고 윤희에 대해 더 많은 것을 알고 싶었다. 그녀에게 자신에 대한 추억을 온통 침대 위에서의 행위로만 남겨 두고 싶진 않았다.

"집이 가까우니까 좋은 게 더 많네요."

싱글벙글한 그녀를 따라서 승언도 같이 웃었다.

그녀와 단순히 옆집 이웃사촌으로 지내는 것보다 연애를 하니까 좋은 게 더 많다는 생각과 함께.

※　　　　※　　　　※

　날이 좋아서 그런지, 애매한 평일임에도 불구하고 한강엔 꽤
많은 사람들이 북적거렸다.

　기타를 들고 나와 노래를 부르는 사람들, 그것을 구경하며 즐
거워하는 사람들, 텐트를 치고 화기애애하게 대화를 나누고, 귀
엽고 앙증맞은 반려견과 함께 뛰어다니는 사람들 사이에서 윤희
와 승언은 잔디밭 위에 돗자리를 깔았다.

　한눈에 보이는 한강과 대교, 그리고 그 너머의 여전히 불이
꺼지지 않은 건물들은 마치 유럽 못지않게 감탄이 터질 정도로
장관이었다.

　미리 사 온 맥주와 안줏거리를 꺼내고 주문한 치킨을 기다리
며 두 사람은 나란히 앉아서 잔잔하게 흘러가는 강줄기를 바라
보았다.

　"사실 요즘엔 일도 하기 싫고 매일 승언 씨랑 데이트하고 싶
어요."

　"나도."

　"큰일 났다."

　"우리 둘 다."

　눈이 마주치자 승언이 손을 살며시 들어 그녀의 뺨을 어루만
졌다. 보드랍고 촉촉한 감촉에 손이 쉽사리 거두어지지 않았다.

　윤희의 고운 미간이 구겨졌다.

　"화장 지워져요."

"화장한 거야?"

"그럼 남자 친구랑 데이트하는데, 화장 안 하는 여자가 어디에 있어요? 더군다나 지금 막 시작하는 단계인데."

"아니, 난 다 똑같아 보여서."

"좋은 뜻인가요?"

"그냥 내 눈엔 다 똑같이 예뻐."

"관심이 없는 건 아니고요?"

새치름한 윤희의 말에 승언이 금세 시무룩해졌다.

"무슨 말을 그렇게 서운하게 하지?"

승언이 못 알아보는 것을 충분히 이해하는 바다. 화장을 자주하지 않는 윤희가 한 화장이라고는 고작 비비와 입술을 바른 것이 전부였기 때문이었다.

"생각해 보니까 못 알아볼 수도 있겠네요."

서운해하는 승언을 달래고자 윤희가 슬그머니 팔짱을 끼고서는 어깨에 얼굴을 살포시 기대었다. 윤희의 애교 섞인 행동에 승언의 입가엔 금세 웃음이 도로 피어났다.

"지금 분위기 너무 좋은 것 같아요."

윤희의 행복한 목소리에 승언이 크게 공감했다.

"그러게, 너무 좋다."

평온함과 안락함, 그리고 설렘. 좋다. 그토록 간절하게 원했던 평범한 삶이 드디어 제게 찾아온 것에 대해 승언의 감정이 뭉클해져 왔다. 다시는 찾아오지 않을 것 같은 행복에 두려워하며 억지로 버텨 내야 했던 지난날의 모든 아픔을 위로받는 것 같았다.

제 옆에서 재잘거리는 목소리로, 일정한 속도로 내뱉는 작은 숨소리로, 자신의 손등을 어루만져 주는 손길로…….

"63빌딩 가 봤어요?"

"대학 시절 때 한 번."

"한 번도 안 가 봤는데, 좋아요?"

"지금 가 볼래?"

"아니요."

금빛으로 빛나는 듯한 63빌딩을 바라보던 윤희가 다시 살포시 입술을 떼어 냈다.

"우리 100일 때 가요."

"100일?"

"원래 기념일 같은 거 잘 안 챙겼는데, 이번에는 꼭 챙기고 싶어요."

"그러자, 그럼."

"아, 근데 너무 배고프다. 아저씨 여기 못 찾으시는 거 아니에요?"

주변에 치킨 아저씨를 찾기 위해 일어서려는 그녀를 앉혔다. 잠시라도 떨어지고 싶지 않았다.

"조금만 더 이렇게 있자."

승언이 내민 손을 그녀가 스스럼없이 꽉 잡아 주었다. 깍지를 끼워 서로의 체온과 살결을 더욱 절실히 느꼈다. 그러고는 방금 전까지도 기대고 있던 어깨에 자신의 얼굴을 다시 대고 한강을 바라보았다.

오가는 대화가 딱히 없어도 두 사람은 서로가 함께 있다는 것 자체만으로 편안함을 느꼈다.

✳   ✳   ✳

똑같이 돌아가는 생활임에도 불구하고 유난히 지치는 날이 있었다.

승언은 오늘따라 수업 분위기가 매우 산만했던 것, 5층에 위치한 학원의 승강기가 고장 나서 계단을 이용해야 했던 것, 중간에 정전까지 나는 바람에 불만이 폭주하는 학생들을 잠재워야 했던 것까지. 이런저런 일로 고단한 하루를 보냈다.

"오늘따라 힘드네. 그러는 김에 한잔하고 갈까?"

성우의 제안에 은경이 콜을 외쳤지만 승언은 피로한 눈을 돌렸다. 술을 마시러 갈 힘조차 없었다.

"너무 피곤해서요. 오늘은 바로 들어가 볼게요."

"내가 쏠게."

함께 일하면서 처음 듣는 성우의 말에도 승언은 고개를 저어 보이곤 천근만근인 몸을 버스에 실었다. 빈자리를 찾아 앉았지만 피로함으로 짓누르고 있는 몸은 여전했다.

"바쁜가……."

휴대폰을 확인해 보았다. 연락이 와 있을 줄 알았는데 점심시간 이후 아무 연락이 없는 윤희에 승언의 목소리는 더 힘이 빠져 있었다.

저녁이라도 같이 먹자고 말하기 위해 전화를 걸어 봤지만 휴대폰은 꺼져 있었다.

"무슨 일 있나?"

걱정스러움에 구겨진 얼굴 한 번 제대로 피지 못하고 버스에서 내렸다. 걸음을 빠르게 옮겨 오피스텔까지 온 승언은 건물 앞에서 서성거리고 있는 윤희를 발견했다.

"왜 나와 있어?"

"왔어요? 오늘 연락 못 해서 미안해요. 변기통에 휴대폰을 빠트러려서 센터에 맡기고 오는 길이거든요."

그녀가 울상인 얼굴로 억울하다는 듯이 말했다.

"그래서 연락이 그렇게 안 됐던 거구나."

"네. 내일 찾으러 가면 될 것 같아요. 오늘 많이 힘들었죠?"

살갑게 팔짱을 끼며 애교를 피우는 윤희에 방금 전까지만 해도 승언의 곁을 서성거리던 무기력함이 홀연히 사라져 버렸다.

"그랬던 것 같은데."

"무슨 대답이 그렇게 애매해요?"

여전히 윤희의 얼굴엔 사랑스러움이 가득 담겨 있었다.

"너 보니까 싹 사라진 것 같아서."

"온종일 연락 못 해서 미안해요. 조심했어야 했는데, 노래 들으면서 샤워한다고 가지고 들어가서 변기통에 빠트릴 줄은 몰랐어요. 아, 그래서 저녁 같이 먹으려고 매운 갈비찜 만들었어요. 얼른 가서 밥 먹어요."

발길을 재촉해 그녀의 집에 들어서는 순간 식욕을 자극하는 맛있는 냄새가 코끝을 스쳤다.

"얼른 앉아요."

승언이 들고 있던 가방을 대신 들어 내려놓은 윤희가 그의 등을 떠밀어 식탁 앞에 앉혔다. 맑은 콩나물국과 따뜻한 밥, 갖가지 밑반찬과 메인 메뉴라고 할 수 있는 먹음직스러운 매운 갈비찜까지.

누군가에게 푸짐하게 대접받아 본 밥상이 얼마 만인지. 문득 고등학교 때 돌아가신 어머니가 생각나서 목이 메었다.

언제나 먹음직스러운 음식들로 정성껏 밥을 차려 주시던 어머니가 돌아가신 이후 처음 받는 밥상인 것 같다. 윤희의 정성이 들어갔을 밥상에서 오래도록 받지 못했던 따뜻한 정이 느껴졌다.

"고마워."

일을 끝내고 집에 들어가면 덩그러니 남겨지는 '혼자'가 때로는 지독한 외로움을 주기도 했다.

이제는 윤희가 그 외로움을 덜어 주는 것만 같아서, 자신이 해 주고 싶은 것이 더 많은데 계속 받기만 하는 것 같아서 승언은 그녀에게 너무 고마웠다.

"난 원래 매일 하루 한 끼도 이렇게 차려 먹어요. 거기에 밥 한 그릇 더 놓고 숟가락, 젓가락 하나 더 얹은 거뿐이니까 고마워할 것도 없어요."

지친 하루가 그녀 덕분에 위로가 된다.

"매우니까 가볍게 맥주 한 잔 어때요?"

"좋지."

자리에서 일어나 냉장고로 간 그녀가 보기만 해도 시원하게 생긴 맥주 두 캔을 가지고 왔다.

"오늘도 고생한 승언 씨를 위하여."

그녀 때문에 기다려지지 않았던 내일이 기다려진다. 요즘 승언의 하루는 윤희로 인해 조금씩 어둠을 거두어 내고 핑크빛으로 물들어 가고 있었다.

8

다사로운 햇살이 들어오는 아침. 출근하는 승언에게 인사를 하기 위해 일찍 일어난 윤희는 공간을 가득 채우는 공허함을 뒤로한 채 커피를 마시며 통장을 확인했다.

듣기만 하면 꽤 있어 보이는 프리랜서지만 사실 보호 장비 하나 없이 외줄 타기를 하는 것처럼 위태로운 직업이었다. 더군다나 요즘처럼 경제 상황이 좋지 않을 때는 일도 잘 들어오지 않아 수입이 들쭉날쭉했다.

"120만 원 밖에 안 들어왔네?"

월세 내고, 학자금 대출 상환하고, 공과금과 생활비에, 대부분 승언이 낸다고 해도 들 수밖에 없는 데이트 비용까지. 한 달 생활비로는 턱없이 부족한 금액이었다. 처음엔 꽤 괜찮았던 수입이 눈에 띄게 줄어들자 윤희의 불안감이 말할 수 없는 지경까지 이르렀다.

"다시 회사를 다녀야겠다."

별거 아닌 걸로 매일 꼬투리를 잡으며 텃세를 부리던 상사를 만나 과감하게 때려치운 회사에 다시 들어가기 위해 컴퓨터를 켰다. 취업 사이트에 들어가서 이력서를 넣고 나니 마음이 한결 편안해지는 듯했다.

시계를 확인해 보니 벌써 점심시간이 되어 가고 있었다. 휴대폰을 열어 승언에게 전화를 걸었다. 신호는 얼마 가지 않아 그의 멋진 목소리로 바뀌었다.

"점심 먹었어요?"

─지금 먹으러 왔어. 너는?

"이제 슬슬 먹으려고요."

─뭐 먹을 거야?

"참치가 좀 남아서 김치 참치 볶음밥 해 먹으려고요."

─맛있겠다.

"승언 씨는 뭐 먹고 있어요?"

─난 쌀국수. 선배들이 쌀국수를 좋아해.

"와, 그것도 맛있겠다."

서로 끊기 싫어 한참을 잡고 있던 전화는 결국 그가 강의를 들어가 봐야 할 것 같다는 말에 끊었다.

〈점심 맛있게 먹고, 저녁때 보자.〉

그의 문자에 답장을 해 주려고 버튼을 누른 순간 휴대폰이 울렸다. 처음 보는 번호여서 행여나 면접 관련된 회사 전화일까 싶어 윤희는 잔뜩 긴장한 상태로 전화를 받아야 했다.

"여보세요?"

—안녕하세요. 여긴 업트 쇼핑몰입니다. 이력서 보고 연락드렸어요.

업트는 운동화를 중점으로 판매하는 쇼핑몰로 윤희도 종종 이용했었던 곳이었다.

"네, 안녕하세요!"

—윤희?

상냥하게 인사를 건네는 제게 확인을 받는 남자의 목소리가 지나치게 익숙하다고 느껴졌다.

"누구세요?"

—윤희 맞아? 나야, 나. 동현이!

"동현 선배?"

—너 맞구나. 긴가민가했는데. 네가 설마 디자인 쪽으로 나갈 줄이야.

동현은 한 학년 위로, 대학 시절 윤희와 꽤 친하게 지내던 선배였다. 요리도 곧잘 해서 교수님의 추천으로 해외 유명한 호텔로 취업을 했던 선배가 왜 지금 제게 전화를 걸어왔는지 궁금했다.

"그러는 선배는요? 선배가 왜 쇼핑몰에 계시는 거예요?

—사연이 많다. 전화로 할 수 있는 이야기들이 아니야. 혹시 오늘 시간 돼?

"네. 계속 이력서 넣고 있는 중이라서요."

—이력서 그만 넣어. 얼굴도 보고 면접도 볼 겸 오늘 우리 회

사로 올래?

"네, 몇 시까지 가면 돼요?"

─퇴근 시간이 6시라 그 전까지만 오면 돼.

전화를 끊은 윤희는 면접 차림으로 단정하게 입고 집을 나섰다. 승언은 바쁜지, 문자에 아무 답장이 없었다. 한 번 강의를 들어가면 한 시간 내내 떠드느라 물 마실 시간도 없다고 말한 것이 떠올랐다.

"힘들겠다."

오늘도 그를 위해 뭐라도 해 줘야겠다고 생각하며 주소를 따라 회사에 도착했다. 생각보다 큰 규모의 건물에 놀라며 안으로 들어갔다. 사무실을 찾고 마지막으로 제 상태를 점검한 후, 안으로 조심스럽게 들어갔다. 사람들은 바쁜 업무로 인해 윤희의 존재를 눈치채지 못했다.

"안녕하세요."

윤희가 지나쳐 가는 직원 하나를 붙잡고 대뜸 인사를 건넸다.

"어떻게 오셨어요?"

"아, 웹 디자이너로 오늘 면접 보러 왔는데요. 유동현 씨라고……."

"대표실로 안내해 드리겠습니다."

당연히 직원이라고 생각했지, 대표라고 생각하진 않았기에 윤희는 놀라움과 긴장을 안고 직원을 따라 걸음을 옮겼다. 노크를 하고 문을 열자 책상 위에서 서류를 보고 있던 동현이 고개를 들어 막 안으로 들어오는 윤희를 반겼다.

"윤희야!"

"선, 선배."

대표님을 선배라고 부르는 윤희를 직원이 제법 놀라는 눈치로 바라보았다.

"커피 두 잔만 준비해 줘."

"네."

직원이 나가고 동현이 소파로 윤희를 안내했다.

"이게 얼마 만이에요?"

윤희가 모던하게 꾸며진 대표실 안을 천천히 살피며 물었다.

"나 졸업하고 처음 보는 거니까 햇수로 5년 만이네."

"대체 5년 동안 무슨 일이 있었기에 요리밖에 모르던 선배가 운동화 쇼핑몰 대표를 하고 있는 거예요?"

그의 대답이 들리기도 전에 노크 소리가 들리더니, 차를 준비하러 갔던 직원이 들어왔다. 직원이 차를 놓아주고 나간 후에야 두 사람의 대화가 이어졌다.

"말도 마. 2년 만에 한국 들어와서 겁도 없이 바로 레스토랑 차렸다가 1년도 안 돼서 쫄딱 망했어."

"정말요?"

"응. 망하고 나니까 아무것도 하고 싶지 않은 거야."

"그럴 수 있겠네요."

"인생이 허무하더라고. 꼴에 해외에서 근무했다는 자존심은 있어서 다른 사람 밑으로 들어가기는 싫고, 허세만 가득 차 있었던 거지. 그렇게 1년 정도 백수 생활을 했던 것 같아. 그러다 아는 형이 동대문에서 운동화 도매 일이나 도우라고 해서 갔다가 재미가 들린 거야. 몰랐는데, 내가 디자인에 소질이 좀 있었더라고."

"그럼 디자인도 선배가 다 직접 하시는 거예요?"

"당연히 내가 다 하지. 그러는 너는? 왜 요리 안 하고 이쪽 일을 하게 된 거야?"

"선배도 알다시피 저 원래 조리에 큰 관심은 별로 없었잖아요."

"실력은 있었는데 관심이 없었지. 그래서 교수님도 참 안타까워하셨잖아."

윤희가 앞에 놓인 커피를 들어 한 모금 들이켰다. 아까부터 자신을 그윽한 눈으로 쳐다보는 동현에 부담을 느낀 윤희가 익살스럽게 웃어 보였다. 학교를 다닐 때도 간혹 자신의 마음을 은근히 내보이던 그를 애써 피했던 윤희였다.

워낙 친했기 때문에 단박에 벽을 칠 수는 없었지만, 윤희는 단 한 번도 동현에게서 이성적인 감정을 느끼지 못했다.

지금 이 회사에 면접을 보러 온 것이 어쩌면 잘못된 선택은 아닌가 싶어서 조바심이 들었다. 그러면서도 몇십 개의 이력서를 넣는 동안 다른 곳에서는 연락 한 번 오지 않은 터라 거절을 한다면 큰 후회가 몰려올 것 같기도 했다.

동현은 제게 관심도 없는데 혼자 착각하고 있는 것일지도 모르고.

그래, 착각일 것이다. 오랜만에 만난 후배가 너무 반가워서 짓는 얼굴인데, 혼자 오버하는 것일지도.

"그래서 저 지금 면접 보고 있는 건가요?"

"당연히 합격이지. 네가 성실하고, 부지런하고, 신뢰로 똘똘 뭉친 사람인 거 내가 다 아는데. 보내 준 포트폴리오도 훌륭했고."

동현의 말에 윤희의 얼굴이 환해졌다. 돈을 벌 수 있고 안정적인 생활을 다시 할 수 있을 거란 생각에 안도했다. '업트'는 복지와 월급도 꽤 괜찮았고, 무엇보다 집에서 가까운 것이 가장 마음에 들었다. 자신을 믿고 채용해 준 동현에게 실망을 시키지 말아야겠다고 다짐했다.

"감사합니다, 대표님."

"대표라니, 그냥 선배라고 불러."

"어떻게 그래요? 공사는 구분해야죠. 그럼 저 언제부터 출근하면 되는 건가요?"

"이번 주는 좀 애매한 것 같으니까 다음 주부터 출근하는 건 어때?"

"네."

"온 김에 저녁이나 같이 먹자."

예전 같았으면 바로 그러자고 대답했을 텐데, 윤희는 문득 승언을 떠올렸다. 아무리 선배라고 해도 남자와 단둘이 저녁을 먹는다고 하면 그가 기분 나빠 할 것이다.

"아, 저 그게……."

"오랜만에 봤는데, 거절할 건 아니지?"

하지만 돌이켜 생각해 보면 승언을 만나기 전부터 알고 지냈던 지인이었고 아무 감정도 없는 사이였다. 거절하는 것도 난감했다.

"그래요. 저녁 먹어요."

비서에게 먼저 퇴근을 해 보겠다고 전한 동현과 함께 회사 밖으로 나왔다. 아직 퇴근 시간을 맞이하지 않은 거리는 제법 한가했다.

"뭐 먹을래? 네가 뭘 좋아했더라?"

"아무거나 다 잘 먹어요, 선배."

"그래도 딱 먹고 싶은 게 있을 거 아니야. 음, 무난하게……."

"저거 먹어요. 저거."

멀리 가는 것이 귀찮아 눈에 보이는 것을 가리켰다. 윤희가 가리킨 손끝엔 노란색 간판에 붉은 글씨로 새긴 순댓국집이 있었다.

"저기?"

"네. 저 순댓국 좋아해요."

"더 맛있는 거 사 주고 싶은데."

"저것도 맛있어요."

"그래, 그럼 순댓국 먹자."

"어? 선배, 조심해요."

가게를 향해 걸어가던 동현의 옆쪽으로 오토바이 한 대가 거칠게 달려오고 있었다. 윤희가 반사적으로 동현의 옷깃을 잡아 뒤로 끌어당겼다. 사고가 날 뻔했지만 전혀 개의치 않았던 모양인지, 오토바이는 속도도 줄이지 않고 두 사람 옆을 빠르게 지나쳐 갔다.

"아휴, 사람이 보이지도 않나? 저렇게 난폭 운전을 하면 어째?"

아슬아슬하게 피한 윤희가 불만 가득한 얼굴을 하고서는 이미 사라져 버린 오토바이 쪽을 바라보며 낮게 중얼거렸다.

"옛날 생각난다."

어떤 생각이 나느냐고 물으려던 윤희의 시선이 아래로 향해 있는 동현의 시선에 따라 내려갔다가 화들짝 놀라 버렸다. 그의 옷자락을 잡는다는 게 손목을 잡아 버렸다. 놀라서 손을 놓고 뒤로 주춤거렸지만, 동현은 여전히 옛 추억에 잔뜩 빠진 아련한 눈빛을 하고 윤희를 바라보았다.

"예전에도 이런 적 있었잖아. 우리 동아리에서 술 마시고 집에 돌아가는 길에. 기억나지?"

"그랬어요? 아무래도 아는 사람이 차에 치이면 좋을 일도 아니고, 모르는 사람이었어도 그렇게 했을 행동이니까……."

자신이 한 행동에 대해 큰 의미를 두지 말라고 나름 선을 그었는데도, 동현은 딱히 염두에 두는 눈치가 아니었다. 두 사람은 순댓국집에 들어와서 마주 보고 앉았다. 주문을 하고 동현이 작은 그릇에다 새우젓을 덜어 윤희에게 건네주었다.

"넌 순대 새우젓 찍어 먹잖아."

"선배는 아직도 된장 찍어 먹어요?"

"기억하고 있네?"

"좀 특이해서 기억하죠."

"기분 좋다. 누군가가 나를 기억해 주고 있다는 것이."

그 말이 어쩐지 너무 느끼하게만 느껴져서 소름이 끼칠 뻔한 것을 다른 생각으로 잠재웠다. 빈 컵에 물을 따라 주고 숟가락과 젓가락을 부지런히 챙겨 주는 사이 주문한 순댓국이 나왔다.

"맛있게 먹어요, 선배."

"너도 맛있게 먹어. 뭐 더 먹고 싶은 건 없어? 모둠 순대라든지."

"괜찮아요. 이 정도면 충분해요."

그다지 배가 고프지 않았음에도 불구하고 윤희는 바닥을 보이며 싹싹 긁어먹었다.

밥을 천천히 먹는 동현을 위해서 다 먹은 깍두기 몇 개를 셀프 코너에서 가져와 건넸다.

"고마워."

곧 상사가 될 사람인데, 밉보여 봤자 좋을 게 하나도 없었다. 윤희는 천천히 밥을 먹고 있는 동현을 바라보며 이 직장을 선택한 게 잘한 일일까, 하는 깊은 의문이 들었다.

동현과 저녁을 먹고 굳이 데려다주겠다는 것을 부담스러워서 말린 후, 혼자 집으로 돌아온 윤희는 승강기에서 내리자마자 승언의 집 초인종을 눌렀다. 안에서 쿵쾅거리며 달려 나오는 소리가 들리더니 바로 현관문이 열렸다.

"왔어?"

"뭐 하고 있었어요?"

"그냥 있었어."

동현과 함께 있으면서도 내내 보고 싶고 생각났던 승언이었다.

그도 그럴까? 보고 있지 않으면 보고 싶고, 자꾸만 생각이 나고, 그도 자신만큼이나 사랑에 빠져 있을까?

"왜? 내 얼굴에 뭐 묻었어?"

자신을 빤히 올려다보는 윤희에 승언이 제 얼굴을 문지르며 넌지시 물었다.

"잘생김이 묻은 것 같네요."

"뭐야, 그게."

싫지 않은 그의 핀잔에 윤희가 배시시 웃었다.

"잠깐 들어와."

"아니에요. 오늘은 좀 피곤해서."

정말이었다. 눈꺼풀이 금방이라도 감길 것처럼 무거웠고, 긴장이 풀린 탓인지 몸은 커다란 바위가 짓누르는 것만 같았다. 윤희의 대답에 승언의 얼굴빛이 금세 시무룩해졌다. 그녀가 승언을 달래기 위해 손을 뻗어 뺨을 어루만져 주었다.

"대신 내일 아침에 올게요."

"……."

"승언 씨도 얼른 자요."

까치발을 들어 그의 입술에 가볍게 입을 맞춰 주고서는 부끄러운 마음에 냅다 집으로 뛰어들어 갔다. 집으로 돌아와 다음 주부터 출근하는 것을 적으려고 다이어리를 펼친 윤희가 뒤늦게 발견한 아빠 생일이고 적힌 날짜를 보고 깜짝 놀랐다.

"아, 맞다! 아빠 생일!"

제 머리를 콩콩 내려치며 얼른 휴대폰을 찾아 아빠에게 전화를 걸었다.

─여보세요.

"아버지, 생신 축하드려요!"

─일찍도 전화한다.

서운함이 잔잔하게 깔린 아빠의 목소리에 윤희는 더욱 죄송스러워졌다.

"죄송합니다. 사는 게 너무 바빠서."

—어울리지 않게 존댓말 해서 닭살 돋게 만들지 말고.

"사랑해요. 아빠."

—아휴, 징그러워.

핀잔을 하면서도 싫지 않은지 아빠가 허허 웃으셨다.

—뭐가 그리도 바빠? 요즘 일이 많아?

"요즘 일이 없어서 오늘 면접 보고 왔어요. 아무래도 회사에 다시 들어가야 할 것 같아서."

—힘들겠네, 우리 딸.

"우리 나이 또래가 사는 게 다 그렇지, 뭐. 아빠는 맛있는 거 드셨어요?"

—샤브샤브 먹었어. 네 엄마가 더 많이 먹었지만.

"다행이네. 아빠, 내가 너무 미안하니까 내일 아침 일찍 집에 갈게! 엄마랑 아빠랑 맛있는 거 먹자."

당연히 좋아할 줄 알았던 아빠는 묵묵부답이었다. 잠시 기다려도 목소리가 들리지 않아 윤희가 의아해하며 다시 불렀다.

"아빠?"

—아니, 그럴 필요까지는 없어. 오늘 맛있는 거 먹기도 했고……

"왜? 그래도 아빠 생일인데, 얼굴은 봐야지."

—아니야. 너도 일하는 앤데, 너무 번거로울 것 같아. 1년에 한 번씩 돌아오는 생일인데, 뭐가 그렇게도 대단한 거라고. 신

경 쓰지 마.

"어떻게 그래. 그럼 돈이라도 보내 드릴게요."

—그래. 네 마음 편하려면 차라리 그렇게 해.

"참, 윤환이는 어때? 아프다며. 생각해 보니까 나 걔 안 본 지 벌써 1년이나 됐어."

—아, 윤환이는 평소랑 똑같이 학교 다니고…….

"자식이 서울 한 번 올라오라니까 안 오고, 대전 내려가도 보기도 어렵고. 연예인이야, 연예인."

—얼른 쉬어.

"알았어요. 아빠도. 엄마한테 나 전화 왔다고 전해 주고."

전화를 끊고 몰려오는 석연치 않은 느낌에 뒷골이 다 얼얼할 정도였다. 일전에 통화를 했던 엄마에게서도 느꼈지만, 요즘 두 사람은 윤환이 얘기만 나오면 서둘러 전화를 끊어 버렸다. 그냥 대충 넘어가기엔 신경이 쓰일 정도로 목소리가 달라졌다.

"얘 무슨 일 있나……."

걱정이 되는 마음에 문자를 넣었지만, 동생에게선 새벽이 되어도 답장이 날아오지 않았다.

※　　　※　　　※

"선생님, 저 좀 살려 주세요. ……살고 싶어요."

"걱정 마. 선생님이 너 꼭 살려 줄게."

죽기 살기로 달렸다. 심장이 홀연히 타서 사라져 버릴 것 같은 고통과 금방이라도 주저앉아 버릴 것 같이 풀려 버린 다리를 붙잡고 승언은 달리고 또 달렸다. 시간이 지날수록 더욱 무거워지고 숨소리마저 작아지는, 등에 업혀 있는 그 아이를 살리기 위해 달렸다.

단 한 번도 믿어 본 적 없는 신에게 기도했다. 이 아이를 살려 달라고, 부디 아무 일도 일어나지 않게 해 달라고. 몸의 상처보다 마음의 상처를 더욱 깊게 받았을 이 아이에게 제발 더 이상의 불행은 일어나지 않게 해 달라고…….

난생처음으로 경험해 본, 그리고 다시는 경험조차 하고 싶지 않던 끔찍한 지옥이었다.

"……."

눈살 위로 쏟아지는 따가운 햇살에 승언이 조용히 눈을 떴다. 그날만큼 땀에 흠뻑 젖어 무거워진 몸을 힘겹게 일으켜 세웠다.

아직도 아이의 모습이 선연하다. 피를 흘리며 잔디에 쓰러진 채 자신을 바라보고 있던 가련한 눈빛. 살고 싶어 버둥거리던 몸짓. 그 아이를 보며 3층에서 사악하게 웃다가 저와 눈이 마주치자 도망가던 악마 같던 아이들까지.

"죄송해요, 선생님. 선생님은 절 위해서 그렇게 해 주셨는데……. 정말 죄송해요."

가해자 측 학부모들의 항의로 학교에서 쫓겨나는 순간에도 눈물로 용서를 비는 그 아이를 원망해 본 적 없다. 이제 바라는 건 단 하나다. 부디 그 아이가 상처를 받지 않고, 고통받지 않고 살길 원했다.

끝까지 지켜 주지 못하고 힘없이 나가떨어져야 했던 선생님에게 더 이상 미안해하지도 말고.

행복하게, 씩씩하게.

"아직도 자고 있어요?"

한참을 사념에 잠겨 있던 승언이 정신이 든 건, 현관문을 두들기며 들려오는 윤희의 목소리 덕분이었다. 얇은 이불을 걷고 침대에서 내려와 현관문을 열었다. 그녀가 큰 냄비를 들고 서 있었다.

괜히 마음이 뭉클해지는 기분이었다. 언제나 악몽에서 깨어나 마음이 진정될 때까지 혼자 힘겨워하며 시간을 보냈었다. 하지만 이제 그녀로 하여금 달라진 것만 같아서, 그 어디에도 없을 줄 알았던 세상 어딘가에 위로를 받을 곳이 있는 것만 같아서, 때로는 도망가서 피할 수 있을 곳이 있을 것 같아서 승언은 안도했다.

"소고기가 좀 남아서요. 소고기 뭇국을 좀 끓여 봤⋯⋯. 어디 아파요?"

땀에 흠뻑 젖어 가쁜 숨을 몰아쉬고 있는 승언에 윤희가 놀라서는 냄비를 내려놓고 그의 이마를 짚어 보았다.

"열나는 거 같은데!"

"아침부터 왜 이렇게 예뻐?"

걱정하는 그녀를 위해 승언이 제 이마에 닿아 있는 손을 끌어다 가볍게 입을 맞추었다. 하지만 그녀의 얼굴의 심각함은 거두어지지 않았다.

"약 안 먹어도 돼요?"

"매일 이래. 그러니까 너무 걱정하지 않아도 돼."

"아침 먹을 수 있겠어요?"

"응. 같이 먹자."

"네. 안 그래도 그러려고 왔어요."

윤희가 냄비를 들고 안으로 들어가 서둘러 그릇에 국을 펐다. 식탁 의자에 앉아 그녀를 느긋하게 바라보았다.

"밥 있어요?"

"응. 전기밥솥에."

앉아 있던 그가 자리에서 일어나려고 하자 윤희가 급하게 제지시켰다.

"앉아 있어요. 내가 차릴게요."

"고마워."

"고맙긴요. 같이 먹는 건데."

순식간에 밥을 준비한 윤희가 그의 앞에 수저를 놓아주었다. 그녀의 얼굴은 걱정과 놀라움에서 아직 벗어나지 못한 상태였다.

"매일 그런다고요?"

"응. 매일 꾸는 악몽이 있거든. 큰일 아니니까 신경 안 써도 돼."

"대체 무슨 악몽이기에……."

사정을 알아야 진심 어린 위로가 가능할 텐데, 그는 더 이상 말하지 않고 국을 한 모금 떠먹었다. 그것이 더는 말하고 싶지 않다는 무언의 대답처럼 느껴졌다. 자신의 궁금함을 해소하기 위해 묻는 건, 그의 상처를 멋대로 들쑤시는 이기적인 행동이라 생각하며 윤희도 더는 아무 말도 하지 않았다.

"맛있다."

"입맛에 맞아요?"

"너한테 장가가고 싶어."

승언이 장난스러운 미소를 장착하고 말했다.

"나한테 장가오고 싶어요? 그렇게 맛있어요?"

"응. 전에 해 줬던 매운 갈비찜도 맛있었고, 오늘 것도 너무 맛있었어. 맛있는 거 매일 해 주면 설거지랑 빨래 같은 집안일은 내가 다 할게."

"세상 편하겠다. 승언 씨한테 시집가고 싶네요."

"시집와. 잘해 줄게."

별다르지 않은 평범한 커플들처럼 농담과 진담이 섞인 대화를 나누었다.

"면접 합격했다면서."

어제 동현과 함께 저녁을 먹으러 갈 때, 문자로 남겼던 내용이었다.

"아, 네."

"언제부터 출근이야?"

"다음 주부터요."

"적응 안 되겠다."

"그래서 조금 걱정이에요."

매일 꾸는 악몽이지만 유난히 심할 때가 있다. 이렇게 땀까지 흘릴 정도로 지독한 악몽을 꾸고 일어날 때면 늘 입맛이 없었다. 하지만 오늘은 윤희가 있어서 그런지 평소완 다르게 꽤 많은 양의 밥을 먹을 수 있었다.

딱 마지막 한 숟가락을 남겨 놓은 상태에서 그녀의 입이 힘겹게 떨어졌다.

"미안한데 저 오늘 데이트 못 할 것 같아요."

"왜? 무슨 일 있어?"

"잠깐 집에 좀 다녀오려고요. 어제 아버지 생신이셨거든요."

"근데 깜빡한 거야?"

"네."

"어이구, 내가 다 죄송스럽다."

승언이 윤희의 볼을 아프지 않을 정도로 꼬집었다.

"죄송해요. 약속해 놓고."

"그런 걸로 죄송할 거 없어. 잘 갔다 와."

"아버지는 괜찮다고 하시는데, 아무래도 갔다 와야 할 것 같아서요. 사실 오늘 바로 오려고 했는데 하룻밤 자고 올게요."

"당연히 가야지. 계실 때 잘해. 나처럼 후회하지 말고."

분명 웃고는 있지만 눈동자 가득 그리움이 담겨 있었다. 그는 윤희에게 들키지 않기 위해 속으로 숨을 몰아쉬었다. 아무리 티를 내지 않으려고 해도 느껴지는 그의 고독한 모습에 윤희의 마음이 찡해 왔다.

"국 좀 더 줄까요?"

뭐라 위로를 해야 할지 몰라 반이나 남아 있는 국 타령을 했다. 윤희의 마음을 눈치챘는지 승언은 애써 아무렇지 않다는 듯 고개를 내저었다.

"괜찮아. 혹시 아버님 술 좋아하셔?"

"술이요? 네. 엄청 좋아하세요."

윤희의 대답에 승언이 자리에서 일어나 냉장고 뒤 다용도실로 향하더니, 작은 상자 박스를 하나 들고 나왔다.

"이게 뭐예요?"

"양주. 예전에 사 왔었던 거야. 아버님 가져다 드려."

"비싼 거 아니에요?"

"별로 안 비싸."

승언이 자신의 방으로 들어가 책상 틈 사이에 끼워 두었던 쇼핑백을 들고 나와 양주를 담아 주었다. 윤희의 마음이 괜히 불편했다.

"좋아해서 마시려고 사 놓은 거 아니에요?"

"근데 더 좋아하는 게 생겼으니까 괜찮아."

"더 좋아하는 거?"

"너랑 노는 거."

승언의 낯간지러운 말에 가슴 쪽으로 주먹을 뻗으려 했지만 그가 그녀의 손목을 가볍게 낚아챘다. 의문을 갖고 바라보는 윤희에 그는 아릿하게 몰려오는 지난 고통을 되새김질하며 차분하게 말했다.

"손잡고 싶어서."

"아……."

윤희가 승언의 커다란 손에 붙들린 자신의 손을 보며 수줍어했다.

"오늘 가족들이랑 좋은 시간 보내고, 전화해."

"네. 보고 싶어도 조금만 참아요."

✳　　　　✳　　　　✳

일상에 변화가 있다면 윤희와 사귄다는 것이 전부였다. 그럼에도 승언은 퇴근 후 그녀를 볼 수 없다는 생각에 마음이 허전했다. 집으로 가는 발걸음을 무겁게 늘어트리다가 작은아버지를 떠올렸다. 안부도 여쭈고 재호도 볼 겸 승언은 작은아버지가 좋아하는 목살과 막걸리를 사 들고 기꺼이 방향을 틀었다.

작은아버지는 돌아가신 아버지와 가장 많이 닮은 형제였다. 그래서 승언은 아버지가 그립고 보고 싶어지는 날엔 종종 작은아버지를 찾아뵈었고 그는 그때마다 승언을 따뜻하게 맞이해 주었다.

작은아버지 댁이 위치한 주택가에 거의 도착했을 때, 승언은 전봇대 밑에서 담배를 피우고 있는 익숙한 인영을 발견했다.

재호였다. 생각만 해도 괘씸한 그의 발칙한 행동에 당장 달려가 응징하고 싶었지만 승언은 애써 억누르며 덤덤하게 다가갔다.

"류재호."

"어, 형? 웬일이야?"

"작은아버지 위에 계시지?"

"응. 와, 그거 뭐야? 막걸리랑 고기네!"

반가워하며 봉투를 얼른 받아 집으로 뛰어들어 가려던 재호는 뒤에서 들려오는 서늘한 승언의 목소리에 걸음을 멈췄다.

"작은아버지, 임플란트는 하셨어?"

"아, 그게. 아버지가 갑자기 돈 어디서 났냐고 물어보면 할 말이 없어서 조금 있다가 드리려고. 나 지금 아르바이트하고 있거든. 거기서 받았다고 할 생각이야."

"그래?"

"정말이야. 믿어 줘!"

"내가 정말 널 믿어 주길 바라니?"

승언이 재호의 어깨에 손을 올렸다. 슬며시 힘을 주자 그를 어깨가 으스러질 것 같은 고통에 제대로 된 반항도 하지 못한 채 무릎을 구부려야 했다.

"왜, 왜 이래?"

재호가 제 얼굴로 무섭게 드리워진 승언의 냉랭한 얼굴을 보며 놀라 물었다. 그러다가 찔리는 부분이 생각났는지 안절부절못했다.

"감히 내 오피스텔에 여자를 데리고 온 걸로도 부족해서 내 침대 위에서……."

"침대 위에서 안 했어! 소파에서 했어!"

"그걸 말이라고!"

반사적으로 무릎이 올라갔으나 차마 사촌 동생을 칠 수는 없었다.

"살려 줘, 형! 잘못했어!"

손바닥을 싹싹 빌며 용서를 구하는 사촌 동생에 승언이 무릎을 내렸다. 처음 윤희를 통해서 그 말을 전해 들었을 때는 진짜 머리털을 다 뽑아도 시원찮을 것만 같았는데, 그러기에는 시간이 지나 화가 많이 누그러진 상태였다.

"하루에 한 장씩 반성문 써서 학원으로 가져와."

"어?"

"내가 그만하라고 할 때까지."

"알았어……."

"한 번만 더 그딴 짓해 봐."

"앞으로 절대 안 그럴게. 절대!"

"그리고 내일 당장 내가 준 돈, 작은아버지께 드려. 설마 임플란트까지 거짓말은 아니지?"

"거짓말 아니야. 그건 내일 당장 드리고 증거로 사진도 찍어서 보내 줄게. 미안해, 형."

재호가 승언의 다리를 부여잡고 늘어졌다.

"용서해 줘서 고마워, 형!"

"야, 알았으니까 비켜."

한참 후에야 떨어진 재호와 함께 집으로 올라왔다. 승언에게 미리 연락을 받은 그의 작은아버지 태수가 반갑게 달려 나와 반겼다.

"어서 와, 우리 조카님!"

자신이 임용 고시에 합격했을 때, 아버지 다음으로 기뻐하며 동네방네 소문을 내고 다녔던 분이셨다. 언제나 조카 자랑을 침이 마르도록 하신 분.

"아버지, 나도 왔어."

아들인 재호를 보는 둥 마는 둥 한 태수는 승언의 어깨만 감싸고 안으로 들어왔다.

"잘 계셨어요?"

"그럼! 봐라. 요즘 산을 탔더니, 아주 튼튼해 보이지?"

태수가 불끈하고 알통을 만들어 자랑했다.

"건강하셔야 돼요."

"걱정 마."

"자주 찾아뵌다 하면서도 이러네요. 죄송해요."

"바쁜 사회인이 다 그렇지, 뭐. 죄송할 거 없어. 너도 밥 안 먹었지? 얼른 먹자. 마침 내가 너 좋아하는 달걀 김치찌개 끓여 놨다."

작은아버지 집엔 언제나 승언이 그리워했던 순간들이 존재했다. 승언이 제대했을 때 함께 찍었던 사진부터 대학 졸업식 날, 학사모를 쓰고 자신과 함께 사진을 찍은 아버지의 모습, 승언이 처음 교사를 하는 날 가족과 친척끼리 모여 한 소소한 파티에서의 아버지까지.

그리움에 눈시울이 붉어져 급하게 식탁으로 향했다. 미리 준비를 끝낸 태수 덕분에 고기를 바로 구울 수 있었다.

"한 잔 받아."

태수의 제안에 승언이 두 손으로 잔을 내밀었다. 하얀 막걸리가 가득 채워졌다.

"아버지, 나도! 형, 형이 채워 줄래?"

재호가 옆에 있는 승언의 눈치를 살피며 슬그머니 잔을 내밀었다. 승언이 소리 없이 잔을 채워 주었다.

"자, 짠 하자!"

호탕한 태수의 제안에 세 사람이 허공에 대고 잔을 부딪쳤다.

승언이 차가운 막걸리를 단숨에 비워 냈다.

"많이 먹어라."

"네. 작은아버지도 많이 드세요."

알맞게 익은 고기들을 쏙쏙 집어먹으려는 재호를 제지한 태수가 승언의 접시에 고기를 건네주었다.

"일은 할 만하고?"

"네."

"그래. 할 만하다면 그거로 된 거지."

말을 끝냈지만 태수는 아직 무언가 잔뜩 하고 싶은 말이 남아 있는 눈치였다. 하지만 선뜻 말을 하지 못하는 것은 조카가 어렵기보다는 그가 받은 상처 때문에 어떤 말도 쉽사리 꺼낼 수가 없어 망설여졌기 때문이었다.

"하실 말씀 있으세요?"

"학교로 돌아가고 싶은 마음은 없는 거지?"

"……."

"아니, 난 형님이 너 선생님 되는 거 좋아했고, 또 그러길 원했으니까……."

승언이 대답 대신 초점을 흐트러트리며 고개를 힘없이 떨어트리었다.

"아휴, 미안하다. 내가 괜한 소리를 한 것 같네."

"죄송해요. 실망시켜 드려서."

"너한테 그런 소리 듣자고 한 말 아니야. 내가 미안하다."

사간 막걸리를 다 마시고도 부족해서 소주 몇 병을 더 나눠 마신 후, 자고 가라는 작은아버지의 제안에도 승언은 기어이 집으로 향했다.

택시에 올라타자마자 푹신한 시트에 몸을 깊숙이 기대었다. 머리가 어지럽고 몸이 뜨거웠다.

창문에 머리를 비스듬히 기대어 어둠에 잠식된 세상을 바라보았다. 혼자만 고통받는 것이 때로는 너무 억울해서 세상이 전부 사라져 버렸으면 좋겠다는 생각을 했었다. 혼자 사라지는 것이 너무 분해서 모두가 사라져 버렸으면 싶을 때가 있었다. 남들에게 큰 상처 주지 않고 악착같이 열심히 산 자신에게 돌아오는 것이 고작 그딴 것뿐이었다면 그렇게 열심이나 살지 말걸, 하고 후회를 한 적도 있었다.

하지만 이제 더는 억울하지도, 분하지도 않다. 그렇게 산 세상에게 보상을 받은 것처럼 그녀가 제 곁에 와 주었으니.

승언이 주머니에 있던 휴대폰을 꺼내 그녀의 전화번호를 눌렀다. 신호는 얼마 가지 않아 윤희 특유의 발랄한 목소리로 바뀌었다.

―승언 씨!

"뭐해?"

―엄마랑 TV 앞에 앉아서 연속극 보고 있다가 통화하려고 밖으로 나왔어요. 승언 씨는 뭐해요?

"난 지금……."

승언이 손을 뻗어 창문에 그녀의 얼굴을 얼추 그려 보았다. 손끝에서부터 느껴진 그리움은 점점 팔을 타고 번져가 온몸으로 퍼졌다.

"네 생각?"

―술 마셨어요?

"조금?"

―목소리 들으니까 조금이 아닌데?

목소리를 들으니까 더 보고 싶다. 제 안에 어떤 것도 함부로 들어올 수 없을 정도로 오롯이 그녀를 위한 감정만이 격한 아우성을 일으켰다.

"보고 싶다. 그렇다고 술 마셔서 네가 보고 싶다는 건 아니고, 종일 보고 싶었어."

―집엔 잘 가고 있는 거예요?

"넌 나 안 보고 싶어?"

자신과는 다르게 자꾸만 딴소리를 하는 그녀가 야속하게 느껴졌다.

―네?

"왜 보고 싶다고 안 해 줘?"

처음 해 보는 연애도 아니다. 그렇다고 아무 여자나 만나고 다니느라 누굴 사귀었는지 알 수 없을 정도로 많은 연애를 한 것도 아니다. 딱 서른 살의 남자로서 적당한 연애를 해 왔다. 하지만 이렇게 순식간에 빠져들고, 별거 아닌 걸로 자신을 서운하게 만드는 여자는 처음이었다.

―무슨 그런 섭섭한 말을! 완전 보고 싶죠. 그런데 지금 볼 수 없는데 막 술 마시고 이 시간에 늦게 들어가니까, 그게 걱정이 돼서…….

"나 택시 안인데, 잠들 것 같아."

―정말요? 그럼 안 되는데!

"그러니까 나 집 갈 때까지 통화하자."

—네, 걱정 마요. 승언 씨 절대 잠 못 들게 할게요! 노래라도 불러 드릴까요? 닐리리야, 닐리리야! 니나노…….

예기치도 못했던 그녀의 선곡에 승언이 웃음을 터트리고 말았다. 지금 함께 있다면 얼마나 좋을까, 하는 생각에 서글퍼졌다. 그녀가 없는 오늘 밤이 너무 길게 느껴질 것만 같은 승언은 벌써부터 눈앞이 깜깜해졌다.

승언과 전화를 끊고 안으로 막 들어가려던 윤희는 삐거덕하고 열리는 대문 소리에 눈길을 돌렸다. 교복을 입은 윤환이 힘이 쭉 빠진 모습으로 걸어 들어오고 있었다.

"정윤환!"

"어, 누나."

꽤 오래전부터 독립해서 살고 있던 윤희가 어쩌다 한 번씩 집에 찾아오는 날에 마주한 윤환은 항상 그녀를 격하게 반기곤 했다. 특유의 활발함으로 달려들던 윤환의 모습을 기억하고 있던 윤희는 1년 만에 보는 동생의 모습이 생각보다 많이 야위었다는 것을 단박에 느꼈다.

그도 그럴 것이 이제 고3을 앞두고 얼마나 많은 학업 스트레스를 받을까 싶어 안쓰럽게 느껴졌다.

"요즘 공부 꽤 열심히 하나 보다? 이 시간까지 독서실에 있던 걸 보면."

"어? 어……."

오랜만에 봐서 그런가, 자신을 어색해하는 듯한 윤환의 모습이 마음에 걸려 윤희가 애써 능청맞게 동생의 목에 헤드록을 걸었다.

"오랜만에 보는 누나를 대하는 태도가 왜 그 모양이야? 반갑지도 않아?"

"반갑지, 나야. 너무 반가워. 그러니까 이것 좀 놔줘."

바둥거리는 윤환의 목에 감은 팔에 한 번 더 힘을 꽉 준 후 놓아주었다. 그가 괜히 엄살을 피우듯 켁켁거리며 윤희를 바라보았다.

"저녁은 먹었어?"

"대충."

"대충 먹으면 어떡해? 밥 잘 챙겨 먹어야지!"

윤희의 애정 섞인 나무람에 윤환이 힘없이 웃어 보였다.

"이제 너도 곧 고3이구나. 언제 이렇게 컸대, 내 동생? 진짜 기분 이상하다."

평생 어린아이로만 남겨져 있을 것 같던 동생이 자신보다 훌쩍 커 버린 것에 윤희의 마음이 괜스레 서운해졌다.

"잠깐."

동생에게 주려고 미리 준비해 둔 5만 원권 두 장을 꺼내 들었다.

"용돈."

"괜찮은데."

선뜻 받지 않으려는 윤환의 주머니 안으로 윤희가 돈을 구겨 넣었다.

"줄 때 넣어 둬. 흔치 않은 용돈인데."

"고마워, 누나."

"근데 대학은 어디 갈 생각이야? 생각해 둔 곳은 있지?"

"글쎄……."

"아직도 생각 안 해 놨어? 이제 슬슬 생각해야 할 텐데."

"그래야지."

아까부터 계속 맥 빠지는 듯한 동생의 목소리에 윤희의 걱정이 더욱 짙어졌다. 같은 핏줄로서 느낄 수 있었다. 지금의 윤환의 모습이 전과는 확연히 다르다는 것을.

"근데 너 왜 이렇게 힘이 없어? 무슨 일이라도 있는 거야?"

"아니야. 일은 무슨 일. 좀 피곤해서."

"하긴 피곤하기도 하겠지! 피곤한 너를 내가 너무 오래 붙잡고 있었네. 얼른 들어가서 씻고 자."

윤희가 윤환의 어깨를 감싸고 집으로 들어섰다. 느껴지는 부담에 대한 스트레스가 큰 모양인지, 앙상한 뼈가 다 잡힐 정도였다. 무슨 위로의 말이라도 해 주고 싶은데, 곧장 방으로 들어가 버리는 그를 다시 붙잡을 수도 없었다.

"엄마."

윤환의 방에서 눈을 떼지 못하고 있는 엄마의 곁으로 다가갔다. 엄마가 다가오는 윤희에게로 시선을 돌렸다.

"윤환이 말이야. 너무 큰 부담 주지 마."

"그래야지."

"대학이 전부는 아니잖아."

"응. 나도 알아. 너도 얼른 자라. 내일 새벽 기차 타고 간다면서."

"어? 어……."

TV를 끄고 서둘러 일어나 안방으로 향하는 엄마의 뒷모습을 넋 놓고 바라보던 윤희도 꽤 깊어진 밤에 자리를 털고 일어났다. 자신이 예전에 쓰던 방으로 가려던 그녀가 문득 뒤를 돌아 굳게 닫혀 있는 윤환의 방을 바라보았다.

정말 아무 일 없는 거겠지?

기분이 이상했다. 자꾸만 무언가가 꽉 막히고 걸린 것처럼 답답하기만 했다.

9

일찍 올라가기 위해 새벽에 잠에서 깬 윤희가 조용히 방을 빠져나왔다. 이른 새벽, 모두가 잠든 집은 삭막할 정도로 고요했다. 거실과 미닫이문으로 분리가 되어 있는 주방으로 들어가 팔을 걷어붙였다. 어제 냉장고 문을 열었을 때, 반찬 칸이 텅텅 비어 있는 것을 본 그녀는 일단 있는 재료들을 꺼내 세 가지 정도의 반찬을 만들어 넣었다.

부스럭거리는 소리에 그나마 잠귀가 가장 밝은 엄마가 문을 열고 들어왔다.

"뭐해?"

"깼어?"

"반찬 만든 거야?"

"응. 있는 거로 대충."

"피곤할 텐데, 뭐 하러."

"고기 같은 것 좀 사 와서 윤환이 좀 해 주고, 엄마랑 아빠도 괜찮은 티셔츠 한 벌 씩 사 입어."

윤희가 주머니에 넣어 두었던 돈 봉투를 꺼내 엄마에게 건넸다.

"네가 돈이 어디 있어서……."

"받을 거면서 괜히 그래."

아쉬운 마음에 엄마한테 괜히 투정 한 번 부려 보고 막 지은 밥을 함께 먹었다. 슬슬 서울로 가기 위해 씻고 나오니, 어느새 아빠도 깨어나 거실에 앉아 계셨다. 살짝 열려 있는 윤환이의 방에선 아무런 인기척이 없었다.

"윤환이는?"

"독, 독서실 갔지."

갑작스러운 질문에 놀랐는지 아빠가 헛기침을 하며 대답했다.

"이 자식은 인사 좀 하고 가지!"

"애가 워낙 바빠서."

"하긴."

다시 방으로 들어가 집으로 돌아갈 채비를 하고 나오자 엄마와 아빠가 소파에 앉아 윤희를 기다리고 있었다.

"딸, 앉아 봐."

내심 심각한 얼굴에 걱정이 일었다.

"왜들 그러세요? 무슨 일 있어?"

"그래 보여? 별일 아닌데."

엄마가 애써 얼굴에 웃음을 지으며 변명했다.

"사실 어제 말하려고 했는데, 지금 생각이 나서."

"뭔데 그래요?"

"우리 이번 달 말에 이사 가기로 했다."

"이사? 윤환이 이제 고3인데? 정신 없는 와중에 무슨 이사?"

"집도 꽤 괜찮은 가격에 팔리고, 윤환이 학업을 위해서라도 서울로 가는 게 맞는 것 같아서."

"대전에도 좋은 학원이 얼마나 많은데. 환경 바뀌고, 학교 바뀌면 애가 더 힘들 텐데. 그리고 지금 고3이라서 전학도 안 되지 않아?"

"아니야, 요즘엔 돼. 아무튼 그렇게 알고 있어. 너 얼른 출발해야 되지? 일어나자."

애가 이사 가는 것 때문에 심란했던 건가? 물론 오래도록 살았던 곳을 떠날 생각에 그랬을 수도 있겠다 싶었다.

자신도 고향을 떠나 서울로 갈 때, 설레기도 했지만 아쉬움과 두려움이 제법 컸으니까.

"기차역까지 데려다줄게."

"괜찮은데."

"말은 그렇게 하면서 결국 탈 거잖아."

엄마의 말에 윤희가 크게 고개를 끄덕였다.

"당연하지! 이사하는 날, 꼭 불러. 가서 도와줄게."

운전대 쪽에 있는 백미러에 걸려 있는 가족사진을 물끄러미 바라보았다. 윤희가 서울로 가서 독립을 하겠다고 확정이 났을 때 찍었던 사진이니, 대충 7년 전쯤이었다. 촌스러운 제 모습에 윤희가 고개를 내저었다.

"다음에 오면 가족사진 한 번 다시 찍자. 저 사진 속 내 모습이 정말 꼴도 보기 싫어."

"왜? 넌 이때가 더 귀여워."

"엄마, 그건 아니지!"

남자 친구 생겼다고 말해 볼까? 그렇다면 당장 데리고 오라며 난리가 날지도 모른다. 아직은 승언과 그럴 정도의 관계가 아니여서 그가 크게 부담을 느낄 수도 있다는 생각에 윤희는 잠시 생각을 미뤄 뒀다. 얼마 가지 않아 도착한 기차역에서 내린 윤희는 운 좋게 바로 출발하는 표를 샀다.

"갈게! 도착해서 전화할게요."

아쉬워하는 부모님을 뒤로하고 다시 기차에 몸을 실었다.

승강기 문이 열리는 소리가 이명처럼 들려왔다. 승언이 반사적으로 침대에서 일어나 빠른 걸음으로 현관문까지 뛰어나갔다. 잠이 덜 깨서 시야가 밤안개처럼 흐릿했지만 윤희의 얼굴이 보이자 어느새 입가엔 미소가 피어오르고 있었다.

"나인지 어떻게 알았어요?"

현관문을 열고 제게 다가오는 승언에 윤희가 놀라서는 물었다. 사실 알 수 없었다. 다만 그녀가 돌아올 시간을 짐작하고 있었기에 승강기 열리는 소리가 들릴 때마다 뛰어나온 승언이었다. 윤희가 아닌 것을 확인하며 허무하게 돌아선 발걸음이 몇 번이나 반복되었다.

"너로부터 텔레파시를 받아서."

"텔레파시라는 단어, 진짜 오랜만이다. 지금 막 깬 거죠?"

"응."

"들어가 있어요. 반찬이랑 국 준비해서 건너갈게요. 아침을 안 먹고 왔더니, 배가 고파서."

자신의 집으로 가려는 윤희를 승언이 붙잡아서는 제 품으로 꼭 끌어안았다. 그녀의 작은 어깨에 얼굴을 푹 파묻었다.

"우리 집에서 해. 같이 있고 싶어."

허리를 꼭 그러안고 놔주지 않는 승언에 하는 수 없이 윤희는 그의 집으로 함께 들어가야 했다. 주방으로 가서 있는 재료들로 할 수 있는 요리를 시작했다.

잠깐도 떨어져 있기 싫은 모양인지, 욕실에서 가볍게 씻고 나온 승언이 요리를 하는 윤희의 곁으로 다가와 뒤에서 포근하게 끌어안았다. 그녀의 어깨에 살포시 턱을 기대어 담백한 목소리로 속삭였다.

"뭐 해 줄 거야?"

"딱 오므라이스 할 것밖에 없어요."

사실 승언에겐 무엇을 먹느냐가 중요한 게 아니었다. 무엇을 먹든 그녀와 함께 먹는다는 것이 더 중요했다. 요리를 하는 윤희의 손길은 능숙했다. 금세 모든 재료들을 썰고 볶아 내며 딱히 아침밥을 먹지 않는 그의 식욕마저 자극했다.

"먹고 바로 출발하면 돼요?"

오늘은 두 사람이 미리 약속해 놓은 야구를 보러 가는 날이었다.

"응. 그래야 될 것 같아."

어느 식당보다 맛있는 윤희표 오므라이스에 승언은 호강하는 기분이었다.

"너무 맛있어. 간도 적당하고 당근 익은 정도도. 디자이너 하다가 힘들면 가게 차려 보는 거 어때?"

"누구나 다 이 정도는 해요."

"겸손하기까지 하네."

"그렇게 말하면 내가 진짜 잘난 줄 알아요."

"어디 가서 잘난 척 충분히 해도 될 것 같아."

식사를 끝내고 승언은 나갈 준비를 했고 윤희는 식탁을 정리했다.

"내버려 두라니까. 갔다 와서 하면 되는데."

야구 유니폼을 입고 머리까지 수수하게 내린 승언은 평소 정장을 입고 다니던 사무적인 모습과는 꽤 다른 느낌이었다. 봄을 만끽하는 여느 훈훈한 대학생 같은 모습이었다.

"제 마음 편하자고 한 거예요."

윤희가 고무장갑을 벗으며 생글생글 미소 지었다. 그녀에게 승언이 미리 준비한 쇼핑백을 내밀었다.

"이게 뭐예요?"

"들어가서 갈아입고 나와."

승언의 손에 의해 방으로 밀려서 들어온 윤희가 쇼핑백 안을 살폈다. 안에는 그와 똑같은 유니폼이 들어 있었다. 뒤쪽에는 승언과 윤희의 이니셜인 SY, YH가 하트와 함께 나란히 수놓여 있었다. 자신과의 데이트에 이렇게 신경을 쓴 승언에게 감동을 느끼며 윤희가 얼른 옷을 갈아입고 나왔다.

"어때요?"

"귀엽다."

옷을 갈아입고 나갈 채비를 전부 끝낸 두 사람은 오피스텔 주차장으로 향했다.

"나 근데 야구에 대해서 하나도 잘 몰라요."

"몰라도 즐기게 될 거야."

딱히 의심이 가지는 않았다. 승언과 하는 것이라면 정말 뭐든 재미있을 거라 여기고 있기에.

야구장에 도착한 두 사람은 자리를 잡고 앉아 봉을 들고 응원 준비를 했다. 시합이 시작되자 승언이 열심히 룰에 대해서 설명을 해 주었지만, 윤희는 전혀 이해하지 못했다. 다만 신난 승언을 따라 신나 했고, 아쉬워하는 승언을 따라 아쉬워했다. 그저 무언가를 그와 함께하고 있다는 것이 즐거울 뿐이었다.

경기가 끝나고 복잡한 공간에서 나온 두 사람은 승언이 예약을 해 두었다는 레스토랑으로 향했다. 직원의 안내를 받으며 자리에 앉아 메뉴를 시켰다.

"오늘 재미없었지?"

"아니요, 재미있었어요. 목쉰 거 봐요."

승언과 맞춰 함께 소리를 지르느라 하루 종일 신나게 논 사람처럼 목이 쉬어 있었다. 배가 고팠던 터라 이제 막 갓 구워서 나온 식전 빵을 먹고 있던 승언과 윤희의 시야로 옆에 있는 테이블의 커플들이 보였다. 심상치 않은 분위기에 괜히 윤희까지 눈치가 보이는 것 같았다.

"변했어. 예전에 나랑 있었을 때는 휴대폰 한 번 보지 않았으면서 요즘엔 휴대폰만 보고 있고! 그러면서 연락 안 될 때는 바쁘다고 핑계 대고."

"일을 하다 보면 그럴 수도 있지, 왜 그걸 이해 못 해?"

"이해를 못 한다고? 1년 동안 이해했어! 그런데 그때마다 하는 변명이 뭐야? 말 같지도 않은 변명을 하고 있으니까 내가 지금 이러는 거잖아!"

"아, 진짜 말 짜증 나게 한다. 너."

언성이 높아지더니 결국 남자는 성질이 난다며 디너 냅킨을 패대기치고 나가 버렸고 여자는 혼자 남아 눈물을 훔치다가 뒤늦게 일어섰다.

남자의 모습을 끝까지 바라보던 윤희의 얼굴이 씁쓸하게 변해 갔다.

"왜?"

"우리도 언젠가는 저럴까요?"

바로 그러지 않을 것이라는 대답을 한다면 절대 믿지 않을 터였다. 시간이 지나면 강산도 변하는데, 사람이라고 변하지 않을 수 있을까. 서로에 대한 마음이 변하지 않는 남녀는 정말 가상 세계에서나 있을 법한 이야기였고, 현실에 있다고 해도 정말 극소수에 불과한 일이었다.

"솔직하게 말해야 되나?"

한참을 고민하던 승언이 어렵게 입술을 떼어 냈다. 윤희가 낮게 고개를 끄덕였다.

"그게 어울려요. 솔직하게 말하는 게."

윤희의 말에 승언이 잠시 숨을 고르게 내쉬었다. 그리고선 부드러운 미소와 함께 입술을 떼어 냈다.

"지금은 없을 것 같아도 언젠가는 우리한테도 권태기라는 것이 오겠지."

각오는 하고 있었지만, 어쩐지 쓸쓸해졌다. 지금은 한없이 다정하기만 한 저 남자의 눈동자가 언젠가는 차갑게 식어서 자신을 바라보지도 않을 것이라 생각하니, 벌써부터 서러운 기분이 들었다. 윤희의 생각을 눈치챘는지 승언이 그녀의 손을 꽉 잡고 말을 이었다.

"하지만 난 극복해 나갈 거야, 우린 그걸 이겨 낼 수 있을 거라고 믿어. 권태기가 오더라도 서로에 대한 기본적인 예의는 지켰으면 좋겠어. 면전에 대고 휴대폰을 만진다든가, 온갖 거짓말을 한다든가, 못된 말로 서로에게 상처를 준다든가, 양다리를 걸친다든가. 이런 거 말고 그저 서로를 조금 더 이해하고, 양보하고, 더 들어 주고……."

"약속할래요?"

"뭘?"

"만약 서로에게 권태기가 와도 방금 승언 씨가 말했던 것처럼 서로에 대한 예의는 꼭 지켜 주기로."

이 약속이 가지는 효력이 별로 크지 않다는 것을 알고 있다. 하지만 윤희는 지금 그에게서 큰 신뢰를 가지고 있었고, '약속'이라는 단어를 걸고 말한 것 만큼은 꼭 지켜 줄 것만 같았다.

"누구 한 명이 권태기가 온다면 여행을 떠나자. 어때?"

"여행이요?"

"응, 국내 여행 말고, 해외로."

"가서 더 싸우는 거 아니에요?"

"더 싸우더라도 의지할 사람이 서로밖에 없어져서 더 돈독해져 올지도 몰라. 내가 예전에 내 남동생이랑 그랬거든."

"정말요?"

"응. 나 군대 제대하고, 그 녀석 고등학교 졸업하고 나서 크게 한 번 싸운 적이 있었어. 둘 다 자존심이 세고 어려서 한 일주일 정도 얘기도 안 하고 지냈지. 보다 못한 아버지가 직접 비행기를 예약해 주셨어."

평소에 자신에 대해서 잘 이야기하지 않던 승언이 자발적으로 꺼내는 것이 내심 신기했다. 자신을 더욱 믿고 의지하는 것 같아서 마음이 흐뭇해져 왔다.

"그래서 둘 다 억지로 싱가포르로 자유 여행을 갔는데, 나는 길치고 그 녀석은 영어를 할 줄 몰라. 그러다 보니 자연스럽게 서로 의지를 하게 됐어. 난 호텔을 못 찾고, 녀석은 뭘 먹고 싶어도 영어를 할 줄 모르니까 이상한 음식을 먹게 되었나 봐. 그 뒤로 충격 먹어서 하루 종일 쫄쫄 굶고, 나는 길 잃어서 경찰 도움까지 받고……."

그때가 생각나는지 승언이 짤막하게 웃었다. 그의 말을 듣고 있다 보니, 권태기가 올지도 모른다는 그 말로 서운해했던 감정들이 조금씩 누그러졌다. 권태기가 오지 않을 거라고, 나는 너를 평생 사랑할 거라는 말은 믿지 않는다. 그 순간만큼은 달콤할지 몰라도, 정말 그 일이 생겼을 때 더 큰 상처와 충격을 받을 것이 분명했다.

그는 말하고 있다. 그런 순간이 오더라도 나는 너를 절대 놓지 않을 것이라고, 그것만큼은 확신한다고. 그 순간이 온다고 해도 해결책을 미리 알고 있으니, 오히려 마음이 놓였다.

연애는 참, 이상하다. 한순간도 예측할 수 없는 감정 싸움과 알 것 같다가도 틀리고 마는 늘 어려운 숙제 같기만 하다.

하지만 그 어려움을 함께 풀어 갈 수 있는 사람이 있다는 건 정말 든든한 일이었다.

진하게 깔린 어둠 속에서 익숙한 길이 보이자 윤희는 자신도 모르게 나지막이 한숨을 내쉬었다. 이제 곧 그와 헤어질 생각에 너무 아쉬워진 것이다. 대전에서 올라오자마자 야구장까지 갔다 와서 꽤 피곤할 법도 한데, 그와 함께 있다 보니 힘든지도 잘 모르겠다. 결국 주차장에 도착한 차에서 내려 승강기로 향하던 중, 윤희가 승언의 옷자락을 붙잡았다.

"내일 일요일이잖아요."

"응."

"음, 그러니까 회사 안 가는 날이잖아요."

"더 놀고 싶어서 그래?"

"네."

"안 그래도 나도 그러고 싶었는데, 너 대전 갔다 오고 야구장까지 갔다 오느라 피곤할까 봐."

"그런 배려 안 해 줘도 돼요. 왜냐하면 난 같이 있는 게 더 좋으니까."

그의 옆구리를 콕, 하고 찔렀다. 술 한 잔 마시지 않고 스스럼없이 애교를 부리고 있는 자신이 금세 부끄러워진 윤희가 승언의 옆구리에 찔러 넣고 있던 손가락을 빼냈다. 금세 그의 커다란 손에 다시 붙잡혀 버렸지만.

"우리 집에서 영화 볼래?"

"영화 좋죠!"

뭘 하든 안 좋을까. 아마 승언과 함께하는 일이라면 어떤 것이라도 행복할 것만 같았다. 승강기에서 내린 윤희가 잡고 있던 승언의 손에서 슬그머니 제 손을 뺐다.

"팝콘 튀겨서 갈게요."

"집에 팝콘이 있어?"

"네, 옥수수 있어요. 금방 튀겨서 갈게요."

"그래, 얼른 와."

팝콘은 핑계다. 오늘 종일 돌아다니느라고 흠뻑 흘린 땀 때문에 샤워라도 할 생각으로 들어온 것이다. 일단 아주 커다란 냄비에다가 버터를 녹여 옥수수를 들이부은 후, 곧바로 욕실로 들어갔다.

샤워를 해서 몸에 남아 있던 찝찝함을 씻고 나오니, 옥수수가 먹음직스럽게 부풀어 올라 있었다. 팝콘을 그릇에 담아 다시 승언의 집으로 건너갔다. 승언은 윤희가 곧 올 줄 알고 문을 살짝 열어 놓고 있었다.

"저 왔어요."

당연히 거실에 있을 줄 알았던 그가 보이질 않았다.

"어디 갔지?"

팝콘을 내려놓고 낮게 혼잣말을 내뱉은 순간, 귓전으로 샤워기 소리가 들려왔다. 승언도 오늘 온종일 움직이느라 꽤 찝찝했을 몸을 씻는 듯싶었다. 윤희는 팝콘을 테이블에 내려놓고 소파에 가만히 앉아 기다렸다.

"……."

샤워기 소리가 또다시 자극적으로 들려왔다. 샤워기에서 떨어지는 물줄기가 그의 다부진 근육 위로 흐르는 야릇한 모습을 상상했다. 상상만으로 금세 얼굴이 붉어졌다.

또다시 혼자 이런 엉큼한 상상을 하고 있다는 것에 죄책감을 느끼며 자리에서 일어나 곧장 테라스로 나갔다. 이제 제법 많이 쌀쌀해진 밤공기에도 정신은 제대로 돌아오지 않고 있었다.

"언제 왔어?"

뒤에서 들려오는 목소리에 몸을 돌렸다가 헙, 하고 숨이 멎을 뻔했다. 승언이 젖은 머리를 가볍게 털며 나오는데, 그 모습이 어쩐지 너무 관능적으로 보였기 때문이었다.

"왜 그러고 있어? 와서 앉아."

"네? 밤공기가 참 좋아서요! 하하!"

"그러다 감기 걸려. 얼른 와서 앉아."

"네."

테라스 문을 닫고 소파에 앉아 리모컨으로 영화를 고르고 있는 승언의 옆에 앉았다. 이제 막 샤워를 하고 나온 그에게서는 은은하고 향긋한 비누 냄새가 났다. 더 깊게 맡아 보고 싶은 충동이 드는 좋은 냄새가.

"뭐 볼까?"

"어, 상관없을 걸요. 아무거나요. 그래요, 아무거나 상관없을 거예요."

"대답이 이상해."

그를 보며 엉큼한 상상을 하다가 당황해서 또 어휘를 파괴시킨 윤희에 승언의 한쪽 입꼬리가 올라갔다. 늘 봐 왔던 본 미소인데, 지금 이 순간 마주하고 있는 미소가 전해 오는 느낌은 확실히 다른 무언가가 내재되어 있었다.

"어떤 장르를 볼까……."

이 상황에서 영화 같은 것이 눈에 들어올 리가 만무했다. 윤희의 신경은 온통 젖어 있는 승언의 머릿결, 그리고 은은한 비누 향이 나는 살결에 집중되어 있을 뿐이었다. 본능적으로 기울여지려는 자신의 감성을 억지로 끌어당기며 윤희는 애써 TV로 시선을 돌렸다.

"그냥 아무거나 봐요."

어차피 뭘 봐도 집중을 못 할 테니까.

"공포 영화나 볼까?"

"네네."

세상에서 제일 싫어하는 것이 공포 영화였지만, 윤희는 팝콘을 먹으며 오늘따라 유난히도 도드라져 보이는 그의 고운 목선에 시선을 집중시키고 무의식중에 대충 대답을 해 버리고 말았다.

승언은 영화 하나를 골라 틀고서 시작되자마자 그녀의 무릎에 기대어 누웠다.

슬그머니 위에서 내려다보니 그의 고른 눈썹과 감을 때마다 흐트러지는 속눈썹, 그리고 반듯하게 미끄러져 있는 콧날과 적당히 도톰한 입술이 보였다.

"머리 안 말려요?"

"응, 귀찮아. 영화 보는 동안 마르겠지, 뭐."

아직 물기가 완전히 마르지 않은 머리를 살며시 뒤로 넘기는 그의 손등으로 선명한 핏줄이 도드라져 보였다.

승언의 행동 하나하나에 심장이 반응을 보이며 여실히 뛰었다. 나 너무 밝히는 걸까? 머리는 아니라고 하는데, 몸은 거짓말을 하지 못하고 있었다. 자꾸만 본능적으로 그의 입술로 시선을 고정하고 몸이 점점 달아오르고 있는 것이 너무도 뚜렷하게 느껴지니 말이다.

"시작했다."

자신과는 다르게 아까부터 계속 영화에 집중만 하는 그가 야속하게 느껴졌다. 하지만 지금 자신이 느끼고 있는 이 충동을 표출할 수도 없는 노릇이라서 꿍한 얼굴로 화면을 본 순간, 화들짝 놀라 꺅! 하고 소리를 내지르며 상체를 수그렸다.

"으아아아!"

세상에서 두 번째로 싫은 귀신의 얼굴이 화면에 꽉 차 있는 것을 보고 너무 놀라 경황이 없었던 윤희가 정신을 차렸을 때는 그의 얼굴 위로 엎드려 있었다. 승언이 살짝 움찔하는 것이 느껴졌다. 그가 천천히 고개를 돌려 자신의 얼굴에 바짝 엎드리고 있는 윤희를 마주 보았다. 서로의 숨결이 적나라하게 느껴질 정도로 가까운 거리였다.

마주친 그의 눈동자가 은밀하게 그녀의 입술로 향했다. 손이 천천히 위로 뻗어져 그녀의 머리를 감싸고선 가볍게 입술을 맞췄다. 분위기에 살짝 흔들리려는 윤희를 향해 살며시 미소 지은 그가 몸을 아래로 내려 그녀의 허벅지에서 벗어난 후, 제 몸 위를 두드렸다.

"네?"

"이리로 와."

자신의 몸 위로 누우라는 뜻이었다. 내미는 손을 잡고 얼떨결에 그의 몸 위로 엎드렸다. 침대처럼 푹신하지는 않았지만, 어쩐지 자신만큼이나 뜨겁게 달아올라 있는 승언의 몸은 따뜻하고 포근하기까지 했다.

"이렇게 안아 주면 안 무섭지?"

제 품 위로 올라와 있는 윤희를 꼭 끌어안으며 그는 다시 영화를 보기 시작했다. 잠깐 맞췄던 입술의 감촉이 너무 좋아 더 하고 싶었지만, 경솔하고 가벼워 보일까 싶어서 자꾸만 터져 나오려는 욕망을 억눌렀다. 영화를 보지 않고 그의 단단한 가슴에 얼굴을 묻고 한숨을 내쉬었다.

"와, 저거 분장 어떻게 했지?"

그는 여전히 영화를 보고 있는 듯했다. 영화에 크게 흥미를 느끼지 못한 윤희가 계속 승언의 가슴에 얼굴을 기대고 누워서는 딴생각을 하고 있을 때였다.

시끄럽게 들리던 영화 소리가 갑자기 뚝, 끊기더니 대신 승언의 담백한 목소리가 들려왔다.

"너 지금 영화 안 보고 나랑 다른 거 하고 싶지?"

느긋하게 자신의 머리를 손으로 벤 그는 제 몸 위에 편안하게 누워 있는 윤희의 뺨을 한 손으로 부드럽게 쓰다듬었다.

"네? 아니, 다른 거 딱히 하고 싶은 건 없는……. 앗!"

말을 다 잇기도 전에 승언이 그녀의 허리를 잡고 자신의 얼굴로 바짝 끌어 올렸다. 그 바람에 입술이 가볍게 닿았다가 떨어졌다.

"그래? 그럼 나만 그런가 보다."

몸 속 페로몬들이 기회를 엿보듯, 고개를 쳐들고 빠져나오려고 아우성을 치고 있었다.

그가 한 손으로 허리를 강하게 끌어안고 뒷머리를 부드럽게 감싸 쥐며 다시 입을 맞춰 올 때, 결국 악착같이 막고 있던 페로몬들이 사정없이 밖으로 튀어나왔다.

맞춰진 입술은 푸딩처럼 촉촉하고 달콤했다. 능숙하게 입술을 벌리고 들어온 그가 혀끝으로 고르게 난 그녀의 이를 부드럽게 쓸어 주었다. 은밀한 행동에 윤희의 감은 눈이 파르르 떨려왔다. 승언의 혀가 어정쩡하게 천장에 붙어 있는 그녀의 혀를 단박에 찾아 휘어 감았다.

혀를 들어 올려 아래와 위를 강하게 훑으며 더욱 깊숙이 빨아들이는 그의 놀림에 윤희는 숨이 다 막힐 정도였다.

하지만 결코 밀어내고 싶지 않았다. 오히려 승언이 더욱 깊숙이 자신을 탐해 주었으면 하는 바람만 존재할 뿐이었다. 두 사람의 엉겨 붙은 입술 사이의 호흡이 가빠질 때쯤, 입술을 떼어 낸 승언이 아쉬운 듯 그녀의 아랫입술을 짓궂게 깨물었다.

"아."

입술을 떼어 낸 승언이 그녀를 가만히 바라보았다.

"괜찮아요?"

그의 불안해 보이는 눈빛에 윤희가 저도 모르게 물었다. 그러자 승언이 깊게 한숨을 내쉬며 그녀를 꽉 끌어안았다.

"아니, 안 괜찮아."

"왜요?"

"널 더 안고 싶어."

긍정도 부정도 하지 않은 윤희가 붉어진 얼굴로 그에게 가볍게 입술을 맞췄다. 그것이 어쩌면 그에게 줄 수 있는 최선의 대답이라고 여겼을지도 모른다.

승언이 제 몸 위에 있는 그녀를 꽉 끌어안고 그대로 몸을 돌려 일어났다. 단숨에 그에게 끌어 안겨진 윤희를 침실로 데려간 승언이 조심스럽게 그녀를 침대에 눕혔다. 눈을 감았다가 뜰 틈도 주지 않고 다시 입술을 맞춰 왔다.

거실에서 했던 키스보다 훨씬 더 격렬했고 집요했다. 그러면서도 그의 손은 바쁘게 윤희의 옷 안으로 파고들었다. 여태 꽉 억눌러져 있던 것이 폭발이라도 해 버린 듯, 승언은 강하게 그녀에게 파고들었다.

티셔츠 안을 파고든 그의 손가락이 예고도 없이 속옷 사이로 들어가 크게 반응을 보였던 유두를 손끝을 세워 긁었다. 매만지는 것보다 훨씬 더 자극적인 그의 행동에 윤희의 입술 사이로 옅은 신음이 흘러 나왔다.

"답답하지?"

대답을 하는 것이 조금 애매한 것 같아서 낮게 고개를 끄덕이자 승언이 매력적인 미소를 지어 보였다.

"그럼 벗자."

그가 윤희의 티셔츠를 위로 끌어올렸다. 앙증맞고 적당한 크기의 가슴을 받치고 있는 속옷이 드러나자 깊숙이 얼굴을 수그

217

려 그녀의 한껏 모인 가슴골에 입을 맞추었다. 그대로 속옷도 벗겨 바닥으로 휙, 던져 버렸다.

"왜 웃어?"

"아니, 너무 던지는 거 아니에요?"

"몰라, 지금 미치겠어."

목에서부터 입을 맞추고 내려온 그의 종착점은 벚꽃을 두르고 있는 적당한 색의 젖가슴이었다. 혀끝으로 간지럽히기도 하고 이로 살짝 깨물기도 했다.

"으흠!"

짜릿한 기분에 윤희가 몸을 움찔했다. 그대로 승언의 입에 물린 젖가슴이 강하게 빨아 당겨졌다. 이리저리 지분거리고 뭉개져 윤희는 어찌할지를 몰라 하며 이불자락을 손으로 꽉 쥐어 잡았다.

백지장처럼 하얗게 질린 머릿속에는 아무것도 생각나지 않고 온몸은 그저 그가 이끄는 대로 이끌려 가고 있을 뿐이었다.

젖가슴을 물고 있던 그의 입술이 은밀한 키스를 퍼부으며 내려갔다. 배꼽 주변을 혀끝으로 살살 문지르자 윤희가 전해지는 짜릿함과 간지러움에 웃으며 몸을 비틀었다.

"그때도 그랬지, 넌."

어느새 위로 올라온 승언이 담백한 미소를 한껏 지은 얼굴로 다정하게 말했다.

"네?"

"이렇게 귀여운 반응을 보였었어. 너무 좋아. 내가 닿는 곳마다 네가 반응을 보인다는 것이."

뻗어 있던 윤희의 다리를 벌려 사이로 들어간 그의 손이 팬티 선을 쓸어 만졌다. 그러자 모든 신경들이 민감하게 반응을 보이기 시작했다. 세포 하나하나가 전기가 통한 것처럼 찌릿해져 왔다. 좀 전부터 그의 애무로 인해 팬티는 이미 살짝 젖어 답답하게만 느껴지던 참이었다.

승언이 벗기자마자 가장 먼저 들었던 생각은 시원함이었다.

손바닥으로 안쪽 허벅지를 어루만지는 손길이 보드랍다. 윤희는 누군가의 스킨십에 황홀함을 느끼고 있는 자신이 낯설게만 느껴졌다. 섹스를 할 때 기분이 좋다고 생각해 본 적 없었다. 그저 사랑한다는 증표 같은 것으로 여겼을 뿐이었다. 하지만 그와의 섹스는 어딘가 모르게 기대가 된다. 정말 자신이 알지 못했던 세상을 끝까지 올라갔다 올 것만 같은 짜릿함에 벌써 흥분이 되었다.

아, 이런. 자신답지 않게 엉큼한 생각을 다 하다니.

승언이 자신의 마음을 읽을 수 있는 초능력자 같은 존재가 아니라 정말 다행이라는 생각이 들었다.

팬티를 벗겨 낸 그 자리엔 승언의 커다란 손만 남아 있었다. 안쪽 허벅지를 만지던 그의 손이 위로 올라가 감춰져 있던 그녀의 은밀한 돌기를 찾아 문질렀다.

"흐으……."

예고 없던 움직임에 윤희의 몸이 말을 듣지 않고 꿈틀거렸다. 승언의 입술이 윤희의 유두를 물고, 그사이에 손은 그녀의 틈 사이로 깊숙이 파고들었다. 여린 살점이 그의 손으로 인해 이곳 저곳 집요하게 매만져졌다.

안으로 들어온 승언의 손가락은 내벽을 긁으며 더욱 깊고 빠르게 움직였다. 움찔거리며 수축하려는 그곳을 더욱 벌리며 손가락을 두세 개 찔러 넣었다.

위아래에서 동시에 느껴지는 고통 어린 쾌락에 윤희가 자지러질 것 같은 신음을 내뱉었다. 곧 밀폐된 방에서는 제 아래가 젖어 들며 질척이는 소리로 가득 찼다. 무언가를 확 쏟아 냈고, 동시에 절정을 맛보았다.

"네가 너무 좋아. 밥 먹는 것도 예쁘고, 웃는 것도 예뻐, 온종일 뭘 했는지 귀엽게 재잘거리는 것도 예쁘고, 그냥 다 예뻐."

달뜬 숨을 내뱉으며 흐렸던 정신을 가다듬고 있는데 갑작스러운 그의 칭찬에 부끄러워 배시시 웃어 보였다. 승언이 가볍게 티셔츠를 벗었다. 굴곡진 근육이 윤희의 시야로 다가왔다. 윤희는 저도 모르게 손을 뻗어 그의 몸을 더듬거렸다.

"간지러워."

승언이 그녀의 손목을 가져와 제 목에 두르게 한 후, 가볍게 상체를 수그려 다시 입술을 맞춰 왔다.

이 순간, 그에게 사랑을 받고 있다는 것이 절실하게 느껴져 행복했다. 키스하며 아래를 벗은 그가 상체를 다시 일으켜 윤희의 두 다리를 벌려 제 허리에 걸쳤다.

그리고는 그녀를 제 쪽으로 가까이 잡아당겼다. 윤희를 만지고 느끼는 동안 줄곧 아플 정도로 팽창하던 그의 아래가 그녀의 입구를 쓸었다. 손가락으로 휘저었던 느낌과는 확연히 비교되는 쾌감이었다.

그녀의 입구 주변을 서성이던 그가 더는 참을 수 없다는 듯이 여린 틈 사이로 제 것을 천천히 찔러 넣었다. 아주 살짝만 들어 갔음에도 느껴지는 따뜻함에 더는 참을 수가 없었다.

처음 그녀를 안고 나서 그토록 애타게 기다리던 순간을 맞이한 승언의 몸에는 본능과 쾌락을 기대하는 설렘만 남아 있을 뿐이었다. 그럼에도 심장은 윤희의 몸짓 하나하나에 반응을 보이며 뛰었다. 기분이 묘했다.

입구에 살짝 걸쳐져 있던 제 것을 끝까지 집어넣었다. 자신을 위해 만들어진 것처럼 완벽하게 맞물려 들어갔다. 꽉 무는 그녀의 아래에서 느껴지는 건 안락함이었다.

하지만 자신과는 달리, 몰려오는 고통에 윤희는 관자놀이에 실핏줄이 설 만큼 어금니를 꽉 깨물었다. 그 모습이 미안하다가도 멈출 수가 없었다. 침대 시트를 꽉 움켜잡는 그녀의 손을 잡았다. 작고 여린 손이 커다란 제 손에 고통을 의지하듯 꽉 잡았다.

승언이 천천히 허리를 움직일 때마다 제 몸에 들어온 그것이 더욱 커지는 것만 같았다. 찌르고 빠지는 빠른 속도에 윤희의 신음이 더욱 가빠져 갔다. 머릿속은 온통 엉망인데, 몸은 무언가로 꽉 차 있는 기분이었다.

서로의 끈적거리는 피부가 닿을 때마다 질척이는 야한 소리가 신음과 뒤섞여 들려왔다. 이리저리 자세를 바꾸며 그가 강하고 집요하게 몰아붙일 때마다 윤희의 몸도 더욱 뜨겁게 달아올랐다.

고조되는 그의 무거운 신음이 귓가를 여지없이 자극해 윤희를 더욱 흥분케 만들었다.

"몸이 탈 것만 같아."

그의 말에 윤희가 미소를 지을 여유도 없이 반사적으로 고개를 끄덕여야 했다. 기약 없이 한창 허리를 움직이던 승언이 절정을 알리듯 속도를 줄이며 좀 전과는 달리 묵직하게 그것을 그녀의 안으로 집어넣었다.

두 사람의 입술에서 동시에 극한 신음이 터져 나왔다.

움직임을 멈춘 그가 윤희의 몸 위로 털썩 쓰러졌다. 윤희가 땀이 송골송골 맺힌 그의 등을 꽉 끌어안았다.

"네가 너무 좋아, 윤희야."

귓가에 대고 뜨거운 입김과 함께 쏟아내는 그의 고백에 윤희가 살포시 미소 지었다. 승언과의 정사에서 느낀 것은 단순한 쾌락과 극한 희열뿐만은 아니었다. 자신을 어루만져 주는 따뜻한 손길과 눈빛, 자신을 소중하게 다루는 듯한 사랑을 분명 느낄 수 있었다.

"저도 좋아하는 것 같아요."

"그 애매한 대답은 뭐지?"

옆으로 누운 승언이 그녀의 콧등을 손끝으로 쭉 쓸어 내려오며 마음에 들지 않는 목소리로 물었다.

"몰라요."

취하지 않고 맨 정신에 치른 첫 정사가 어쩐지 쑥스러워 애써 시선을 외면하고 침대에서 내려오려던 윤희가 그대로 다시 그의 팔에 붙잡혀 눕혀졌다.

"어디 가려고?"

"네? 아니, 이제 영화 보러……."

"무슨 농담을 그렇게 서운하게 해?"

"네?"

품에 붙들린 윤희의 입술을 승언이 톡톡 치며 다소 능청맞은 미소를 지어 보였다.

"한 번으로 끝낼 줄 알았어? 설마?"

조금은 얼얼한 아래의 통증에 윤희의 눈이 휘둥그레졌다.

"그, 그게 저기……."

하지만 곧바로 그의 입술에 모든 말들이 삼켜지고 말았다. 오늘 두 사람의 밤은 유난히도 뜨겁고 깊었다.

10

얼굴 위로 쏟아지는 따가운 햇살을 결국 버티지 못한 승언이 힘겹게 눈을 떴다. 그러다 품 안에서 느껴지는 작은 숨소리에 저절로 미소가 터져 나왔다. 눈뜨자마자 가장 먼저 보이는 그녀에 벅찬 행복이 몰려왔다.

얼마나 이 순간을 기다리고 원했던지, 기대가 너무 크고 광대해서 생각할 엄두조차 나지 않았다. 제 팔을 베고 세상모르게 새근새근 잠들어 있는 윤희를 가만히 눈에 담았다. 하얀 솜털도 귀엽고, 무엇을 꿈꾸는지 달싹이는 입술도 귀엽다. 손으로 직접 만져 보고 싶을 정도로 앙증맞은 그녀의 모든 것들을 바라보고 있던 승언은 문득, 어제 자신이 매일 꾸던 악몽을 꾸지 않았다는 것을 깨달았다.

그 일이 일어나고 딱 세 번째 경험이었다. 그 세 번 모두 그녀가 함께 있었다. 처음 만났던 날의 밤, 그리고 응급실에서의 밤,

그리고 어제…….

우연의 일치일까. 지옥 같던, 그래서 언제나 두렵기만 했던 밤에 그녀가 놀러 온 것 같은 기분이었다. 더는 아프지 말라고, 괴로워하지 말라고 위로해 주고 지켜 주는 것 같았다. 갑자기 울컥 무언가가 치밀어 오르는 바람에 승언은 잠들어 있는 그녀를 배려해야겠다는 마음도 잊어버린 채 작은 몸을 와락 끌어안았다. 마치 제게 온 특별하고 소중한 선물 같았다.

"으흠?"

느닷없이 끌어 안겨진 윤희가 잠결에 어리둥절해했다. 그러다 그것이 승언의 품이라는 것을 깨닫고 안온한 미소와 함께 더욱 파고들었다.

"잘 잤어요?"

아무 대답 없이 제 목덜미에 얼굴을 파묻은 승언의 호흡이 상당히 불안정하다는 것을 느낀 윤희가 살며시 그를 품에서 밀어 냈다. 승언의 눈시울이 붉게 물들어 눈물로 가득 차 있었다.

"왜, 왜 그래요?"

처음 보는 그의 모습에 당황한 윤희가 얼른 손을 뻗어 눈물을 닦아 주었다.

"또 그 이상한 꿈꾼 거예요?"

윤희의 말에 승언이 낮게 고개를 내저었다. 안도감이 들면서도 걱정이 몰려와 어찌할지를 몰라 했다. 분명 눈물을 흘리는 동시에 잔잔하게 웃고 있었다. 어딘가 모르게 안도하는 듯한 평온한 미소가 눈물과 어울리지 않아 놀랐던 윤희의 마음에도 점차 안정이 찾아 들었다.

"꿈을 안 꿨어. 처음엔 단순한 우연인 줄 알았는데, 이제 아니라고 확신할 수 있을 것 같아."

뜻이 제대로 헤아려지지 않는 승언의 말에 윤희가 어리둥절한 표정을 지어 보였다. 그러다가 손을 뻗어 바로 앞에 있는 그의 얼굴을 쓰다듬었다.

"생각해 보면 난 승언 씨에 대해서 모르고 있는 게 많은 것 같아요."

"그건 나도 마찬가지야."

마주 보고 있는 시간 속에 무거운 침묵이 흘렀다. 서로를 알려고 파고드는 순간, 상처를 줄 것만 같아서 늘 망설여 왔던 문제였다. 하지만 이제 윤희도 알고 싶어졌다. 승언이 이렇게 힘들어하는 이유에 대해서 알고 마음껏 위로해 주고 싶었다.

"무슨 꿈이에요?"

윤희의 질문에 승언이 제 아랫입술을 지그시 깨물고선 가만히 그녀를 바라보았다.

"많이 아픈 건가요? 누구에게도 쉽게 위로받지 못할 만큼, 그렇게 깊은 상처예요?"

자신의 상처를 얘기하여 동정받는 삶을 원하지 않는다. 하지만 윤희라면 동정이 아닌 품에 와락 안긴 채 위로를 받을 수 있을 것만 같았다. 오래도록 잔인할 정도로 제 감정을 억누르고 있던 승언이 용기 내어 맘을 꺼냈다.

"1년 전에 있었던 일이야. 내가 학교에 근무하고 있었을 때 있었던 일."

절대 잊을 수 없었다. 평생을 상처와 충격으로 어그러진 그날은 죽는 순간까지도 잊지 못할 악몽으로 남겨져 있었다.

"한 아이가 왕따를 당했어."

겨우 한마디였지만 그 말 속에서 힘겨움과 고통이 고스란히 느껴졌다.

"우리 반에서 그런 일이 일어나고 있을 거라곤 상상조차 하지 못했어. 조금 철은 없어도 착한 아이들이라고 믿어 왔었거든. 그런데 그 아이가 고통 속에서 몸부림치는 것을 보는 순간, 모든 것이 박살 났어. 도와줄 수 있는 게 없었어. 가해자 학생들을 찾아가서 달래고 혼내 보아도, 부모들을 찾아가 애원을 해 봐도 달라지는 건 하나도 없었어."

승언의 호흡이 전과는 다르게 극심히 가빠졌다. 윤희가 그를 품에 꼭 끌어안고 등을 다독였다. 그의 슬픔이 온몸에서 느껴지고 있었다.

"그 아이는 도망가고 싶다고 말했어, 하지만 난 잘못이 없으니 도망가지 않아도 된다고 말했지. 쉬는 시간마다 그 아이와 함께했어. 등하교도 함께하고, 다른 아이들이 그 아이에게 다가올 틈을 주지 않았어. 아이의 얼굴에 점점 웃음이 피어났어. 도망가지 않고 자신을 지켜 준 선생님께 너무 고맙다고 말하는데, 무언가가 자꾸만 울컥 치밀어 오르더라. 그러니까 그날 내가 늦잠만 자지 않았어도……."

목소리가 심하게 떨려 왔다. 말을 잇지 못하고 몰아치는 숨소리가 위태로웠다. 윤희는 평소 강인해 보이던 그가 온몸이 떨리고 괴로움을 느낄 정도의 상처가 얼마나 깊은지 짐작조차 가지 않았다. 마음이 아려 왔다. 누군가가 인정사정없이 심장을 짓밟는 것처럼 아프고 힘들었다.

"그 아이가 자살 시도를 했어. 두려워하면서도 죽길 원했어. 죽음을 택하면서까지 도망가고 싶었던 거야."

자살이라는 극단적인 말에 윤희가 충격받은 얼굴을 했다. 승언은 반쯤 정신을 놓은 상태로 말을 이어 나갔다.

"몸에 남겨진 상처는 크지 않았지만, 마음의 상처가 컸을 거야. 난 아이가 다치고 나서 학교에 항의를 했지만, 학교 측에선 이미지가 나빠진다고 쉬쉬했어. 경찰에 신고를 해도 별다른 조치를 취하지 않았고, 가해자 부모들이 찾아와 날 협박했지. 그들은 악마였어. 병원에 입원한 아이한테까지 찾아가서 협박을 했고, 그 아이는 무서워서 자신이 왕따를 당한 사실이 없다고 얘기했지."

"그렇게 되면……."

"괜한 애들을 오해하고 상처 줬다며 나는 그대로 학교에서 쫓겨났어."

한편으로 윤희는 저를 지켜 주려고 애썼던 승언의 노력을 뒤로한 채 삶을 포기한 아이가 밉기도 했다. 하지만 승언은 자신과 다른 반응이었다.

"끝까지 지켜 주지 못했다는 죄책감이 수시로 내 목을 조여와. 여전히 그 아이의 해맑은 웃음이 생각나고, 나를 부르며 학교에서 몸을 날렸던 모습이 떠오르고……."

말하기 버거운지, 승언의 목소리가 눈물에 꽉 막혀 버렸다. 그의 눈물을 덜어 줄 위로의 말이 떠오르지 않았다. 그저 그의 눈물에 따라 자꾸만 윤희도 눈물이 차오를 뿐이었다.

"그 아이도 원하지 않을 거예요, 이렇게 승언 씨가 아파하는 것을."

승언의 눈에서 묻어 나와 손끝에 맺혀 있는 눈물이 뜨겁다. 아이를 위해 여전히 울어 주고 있는 남자의 사랑이 안쓰러우면서도 대단하게 느껴졌다.

"완벽하게 행복해지지는 않았겠지만, 그래도 불행하게 살고 있지는 않을 거라고 믿어요. 그렇게 믿고 살아요, 우리……."

아파하는 누군가를 완벽하게 위로해 줄 수 있는 사람은 없다. 그럼에도 윤희는 온 진심과 마음을 다해 그를 위로했다.

더는 악몽을 꾸지도, 아파하지도 않길 간절히 바라며.

＊　　　＊　　　＊

윤희는 첫 출근에 대한 긴장과 설렘을 안고 집을 나섰다. 옆집 문도 함께 열리더니 안에서 승언이 나왔다. 수업 시간이 바뀌었다는 그는 윤희보다 한 시간 정도 늦게 가도 충분했지만 그녀와 함께 출근하기 위해 일부러 부지런을 떨며 나온 거였다.

두 사람은 나란히 차에 올라탔다. 승언은 출퇴근을 할 때 차를 잘 이용하지 않았지만 첫 출근을 하는 윤희를 위해 오랜만에 차를 몰았다. 지상으로 올라온 차가 부드럽게 도로 위를 미끄러져 출발했다.

"첫 출근인데, 긴장 안 돼?"

"조금 긴장돼요."

잠시 신호가 멈추자 승언이 안전벨트를 풀고 그녀에게 깊숙이 상체를 수그려 입술에 가볍게 입을 맞추었다.

"음!"

갑작스러운 그의 짤막한 입맞춤에 깜짝 놀란 윤희가 몸을 잔뜩 웅크린 채로 두 눈을 휘둥그레 떴다. 놀라는 반응도 귀엽다.

"갑자기 그렇게 막 들이대면 어떡해요?"

"긴장 풀라고. 그래서 싫었어?"

"아니요, 싫진 않았죠."

승언이 다시 안전벨트를 매고 있을 때, 볼에 촉촉하고도 기분 좋은 감촉이 와 닿았다가 금세 떨어졌다. 그녀의 예상하지 못한 깜찍한 뽀뽀에 승언이 함박웃음을 터트렸다.

오가는 은은한 스킨십에 두 사람이 은근히 즐거워했다.

도로 위를 달린 차가 도착지에 거의 도착했을 무렵, 승언은 능숙하게 핸들을 꺾으며 넌지시 말을 꺼냈다.

"몇 시에 끝나? 시간 맞으면 데리러 갈게."

"6시 30분이 퇴근 시간이긴 한데, 확실히는 모르겠어요. 수업이 그때쯤 끝나요?"

"응. 시간 대충 맞겠다. 데리러 올게."

"네. 어? 동현 선배다."

막 도착하여 멈춘 차에서 벨트를 풀던 윤희의 말에 승언의 시선이 밖으로 향했다. 주차를 끝내고 안으로 들어가려던 남자가 시선을 느꼈는지 고개를 돌려 바라보다가 승언과 덜컥 눈이 마주쳤다. 두 사람의 눈빛 속엔 처음 만났음에도 불구하고 윤희를 사이에 두고 전혀 달가워하지 않는 듯했다.

"선배! 아, 아니. 대표님!"

윤희가 냉큼 내려서는 동현에게 깊숙이 허리를 숙여 예의 바르게 인사했다. 승언 역시 그냥 앉아만 있을 수 없어 운전석에서 내려 그에게로 다가갔다.

"일찍 왔네?"

동현이 윤희를 향해 다정하게 말했다.

"네, 첫 출근이라 좀 서둘렀어요. 인사해요, 승언 씨. 이 분은 제 학교 선배이자, 회사 대표님이세요."

티끌 하나 없는 말간 목소리로 소개를 하는 윤희에 승언이 군소리 없이 고개를 숙여 인사했다.

"안녕하세요."

"대표님, 이쪽은 제 남자 친구 류승언 씨예요."

윤희가 이번에는 동현에게 승언을 소개시켰다. 동현이 선뜻 손을 내밀어 악수를 청했다.

"만나게 돼서 반가워요."

"부족한 점 많겠지만, 잘 부탁드리겠습니다."

서로 간에 할 수 있는 지극히 평범한 말들이 오갔다.

"그럼 들어갈까, 윤희야?"

윤희를 부르는 동현의 목소리가 남다르게 다정하다고 느껴졌다. 남자의 직감으로 말하자면 저것은 결코 직장 상사가 단순히 아래 직원에게 말하는 말투가 아니었다.

가뜩이나 민감하게 두 사람을 보던 승언의 심기를 자극하기엔 충분했지만 딱히 뭐라고 할 수 없었다. 어쨌든 여자 친구가 다닐 회사였고 상사였기 때문에 제 감정을 함부로 드러내 보여선 안 될 사람이었다.

"갈게요. 조심히 가고, 이따 봐요."

자신을 향한 애교 섞인 눈빛과 목소리의 윤희가 아니었다면 정말 크게 서운할 뻔했다. 승언은 윤희와 짤막한 인사를 끝내고 두 사람이 안으로 완전히 들어간 것을 확인하고 나서야 다시 차에 올라탔다.

기분이 묘하게 이상했다. 내 여자가 다른 남자와 단둘이, 물론 안으로 들어가면 다른 사람들도 있겠지만. 어쨌든 눈앞에서 나란히 서서 사라지는 것을 보니.

"꼭 빼앗긴 기분이야……."

자잘한 이유로 질투를 하고 성질을 내는 것이 쩨쩨해 보일까 마음대로 티를 낼 수도 없는 일이라고 단언하며 시동을 걸었다. 그럼에도 자꾸만 마음속 귀퉁이에서 드는 찝찝함을 쉽게 누그러트릴 수가 없었다.

승언을 보내고 동현과 사무실로 들어온 윤희는 자신의 자리를 안내받았다. 이른 시간이라 다른 직원들은 아직 출근하지 않은 상태였다. 자신의 자리라고 배정 되어 있는 곳에 앉아 보니 감회가 새로웠다.

"윤희야, 잠깐만."

가볍게 제 어깨에 올라온 동현의 손길이 어째 불편하게 느껴졌다. 불쾌한 것보다 불편하다는 표현이 맞았다.

하지만 대수롭지 않게 손을 떼고서 대표실로 향하는 동현을 붙잡고 말하기도 조금 애매했기 때문에 윤희는 소리 없이 그를 따라 들어갔다.

"잠깐 앉아. 커피 한 잔 마실래?"

"아니요. 저는 일하면서 마시는 커피가 가장 맛있어요."

"그래, 내가 널 이렇게 따로 부른 이유는 일단 우리 회사 홈페이지의 콘셉트에 대해서 얘기해 주기 위해서야."

"아, 잠시만요! 수첩 좀 가져올게요!"

대표실에서 얼른 나와 자리로 돌아온 윤희가 제 가방에서 수첩을 꺼내 다시 돌아왔다. 볼펜을 꽉 잡고 최대한 경청을 하겠다는 의지를 밝혔다.

"표정 봐, 귀여워."

그의 갑작스러운 말에 윤희가 수첩에 두고 있던 시선을 거두었다.

"네?"

"너 귀엽다고. 집중하려는 그 표정 말이야."

여자로서 귀엽다는 말이 결코 싫은 말은 아니었다. 하지만 그것을 남자 친구인 승언이 아닌 다른 남자에게서 들으려 좋게 받아들여지지만은 않았다.

"말씀해 주실래요? 원하는 콘셉트에 대해서 말이에요, 대표님."

혼자만의 착각일 수도 있겠지만, 선을 그어 놓는 것이 좋다고 생각하여 친근감 있는 선배가 아닌 대표님으로 부르기로 결심했다.

"나는 선배님이 더 듣기 좋던데, 대표님보다는."

"공사 구분은 제대로 해야 된다고 생각해요."

"너무 단호해서 서운하려고 하네."

어색하게 웃어 보이며 아까와는 다른 표정으로 볼펜을 꽉 쥐
었다.

"이번에 우리가 신제품을 출시하는 시즌은 '가을'이야. 그레
이시(grayish)한 색상이나, 덜(dull)한 색상으로 보다 깔끔하게 홈
페이지가 꾸며졌으면 좋겠어. 글씨도 그렇게 크지 않고."

"네. 그렇게 진행해 보도록 하겠습니다. 디자인 시안 완성되
는 대로 바로 보고 드릴게요."

윤희는 볼일이 끝났다고 보고 수첩을 들고 자리에서 일어나
대표실을 빠져나왔다.

어느 정도 시간이 지나자 하나둘씩 출근하는 이들이 사무실
로 들어왔고, 팀장이라 소개한 사람이 회사 동료들에게 윤희를
인사시켜 주었다.

"안녕하세요."

그녀는 직원들을 향해 공손히 인사를 건넸다. 윤희를 향해 기
꺼이 친절함으로 인사를 건넨 그들은 업무가 시작되자마자 바쁘
게 움직였다. 자리로 돌아온 윤희는 승언으로부터 온 문자를 확
인했다.

〈난 잘 도착했어. 수고하고 저녁때 봐.〉
〈좀 이따 봐요.〉

승언에게 답장을 보내고 모두가 그렇듯, 오랜만에 하는 업무
에 집중했다.

정신없이 오전이 지나가고, 점심을 먹고 난 후 다시 시작된

업무에도 윤희는 시간 가는 줄 모르고 열중했다. 책상 위에 있는 휴대폰이 제 몸을 떨며 울렸을 때야 퇴근 시간이 조금 넘었다는 것을 깨달았다. 승언의 이름을 확인하고 서둘러 받으려고 했던 윤희의 발걸음이 멈춘 건 막 대표실에서 나온 동현 때문이었다.

"자, 이제 슬슬 퇴근들 해야죠, 혹시 오늘 여기서 약속 있으신 분?"

동현의 말에 사무실은 잠잠. 아무도 손을 들지 않았다. 윤희는 제 손에 들린 울리는 휴대폰을 내려다보며 손을 막 들으려고 했던 참이었다.

"그럼 오늘 윤희 씨 처음 왔는데, 환영회라도 하죠."

"회식하는 거예요? 아싸!"

의자에 앉아 지친 얼굴을 짓고 있던 직원들이 크게 환호하며 일어섰다. 주인공인 자신이 빠져 이 분위기를 망칠 수도 없는 노릇이었다. 그래서 조용히 팔을 내려야 했다.

"자, 얼른 서둘러 마무리 짓고 갑시다! 다들 알죠, 회식 장소는?"

동현이 박수까지 치며 말하자, 모두가 서둘러 퇴근 준비를 했다.

"윤희는 나랑 먼저 출발하자."

"네? 네……."

동현의 말에 윤희 역시 서둘러 퇴근 준비를 끝내고 함께 사무실을 나왔다. 그를 쫓아가면서 윤희는 승언에게 급하게 문자를 넣었다.

〈미안해요, 오늘 회식이라서 저녁 같이 못 먹을 것 같아요. 다음에 꼭 같이 먹어요!〉

"우리가 회식할 때마다 가는 곳이 있어."

"아, 그래요?"

"응. 음식도 다양하고 맛이 괜찮아서 너도 좋아할 거야."

동현이 도착한 곳은 사무실에서 그다지 떨어지지 않은 씨푸드 레스토랑이었다.

"아까 두 시간 전에 예약 전화 드렸는데."

동현의 이름으로 예약된 곳으로 직원의 안내를 받으며 걸음을 옮겼다. 각종 해산물과 고기, 그리고 먹음직스러운 음식들이 한가득 차려진 레스토랑으로 들어가자마자 윤희는 입을 쩍 벌리며 군침을 삼켰다. 하나같이 다 맛있어 보이는 음식들이었다. 갑자기 허기가 몰려오는 기분이었다.

직원의 안내를 받고 들어간 곳은 단체 룸으로, 긴 테이블이 놓여 있었다. 동현이 안쪽 자리로 들어가고 윤희는 바깥쪽에 자리를 잡고 앉았다.

"내 옆에 앉기 싫어서 그래? 너 정말 날 선배보다 대표로 생각하는 거야?"

"네? 아무래도 그래야죠, 이젠 대표님과 직원으로 있는 시간이 더 많으니까요."

"선배로 지낸 시간이 더 길잖아."

크게 반박할 수 없는 말이었다.

"네가 그렇게 냉정하게 공사 구분 지을 줄 알았으면 나 너 채용 안 했어."

채용에 사적인 이유가 더 많다는 것이 이 자리에 있는 윤희를 더없이 불편하게 만들었다.

"선배, 나는요……."

공적으로 자신을 봐 달라는 아주 중요한 말을 하려는 타이밍에 밖이 소란스러워지더니 기다리고 있던 직원들이 몰려 들어왔다.

"안쪽으로 좀 당겨 앉아요."

동현의 말에 하는 수 없이 윤희는 안으로 들어가 앉아야 했다. 괜히 맨 끝에 앉았다가 이동하는 사람들에게 민폐를 끼칠 순 없었다.

동현의 옆에 앉은 윤희가 주머니에서 짤막하게 휴대폰이 울렸다. 승언이었다.

〈끝나고 연락해. 데리러 갈게.〉
〈번거롭지 않겠어요?〉
〈걱정하는 것보다는 나아. 연락해.〉

웬만하면 술을 마시지 않으려고 했다. 하지만 오늘의 회식 분위기상 계속 거절할 수도 없었다.

사람들은 '오늘의 주인공은 윤희 씨'라며 술잔을 연신 기울였고 괜히 분위기가 깨질까 싶어 윤희는 건네주는 족족 술을 받아 마셨다.

그 바람에 자신의 주량이 훨씬 넘어서야 술잔을 내려놓고 말았다.

"흐음……. 저 밖에 좀 나갔다가 오겠습니다."

잔뜩 꼬여 버린 혓바닥으로 애써 말을 내뱉고 비틀거리며 자리를 빠져나왔다. 이제 여름이 끝나 가는 시기였지만, 여전히 밖은 더웠다. 윤희가 자꾸만 힘이 빠지려는 몸뚱이로 주변에 앉을 자리를 찾았다.

"음냐……."

가게 앞에 마련되어 있는 파라솔 의자에 앉은 윤희는 주머니에 넣어 두었던 휴대폰을 꺼냈다.

"승언 씨, 우리 승언 씨."

막 승언에게 전화를 걸려던 참이었다.

"괜찮아?"

어느새 동현이 곁으로 다가와 있었다.

"어? 선배."

"술 꽤 마신 것 같던데, 속 괜찮아?"

"네, 괜찮은데 이만 집에 가 봐야 할 것 같아요."

"그래, 슬슬 일어나자. 잠깐 여기서 기다려. 내가 네 가방 가지고 나올게."

"아니, 괜찮은……."

윤희의 말이 끝나기도 전에 동현이 다시 안으로 들어갔다. 잠시 후, 자신의 가방을 든 동현이 계산하는 모습이 보이더니 곧 그가 곁으로 다가왔다.

"한 10분만 기다려. 대리 기사가 여기로 온대."

"아직 버스 끊기지도 않았고, 그냥 버스 타고 가면……."

"취했는데 널 어떻게 버스를 태워 보내? 불안하게."

취한 와중에도 동현의 차를 타고 갔다가 승언과 마주치기라도 할까 걱정이 들었다. 사소한 오해의 불씨를 키워 싸움으로 번지게 하고 싶진 않았다.

"남자 친구랑 같이 살아서요."

"뭐?"

깜짝 놀라는 동현에 윤희가 자신이 중요한 것을 빠트렸다는 것을 각성하고 다급하게 입술을 떼어 냈다.

"같은 동네에 살아서요, 괜히 마주쳤다가 오해 생길까 걱정도 들고……."

"회식 자리에서 취한 직원 데려다주는 대표를 오해하고 질투하는 것 자체가 난 이해가 안 되는데? 그런 걸 질투해서 싸울 남자라면, 음……."

동현이 잠시 뜸을 들이더니 이내 싱긋 웃어 버리고 만다. 그 웃음에 악의는 없어 보였다. 그저 아무 걱정 없이 호탕하게 웃는 듯 보였다.

"너무 속이 좁은 거 아닌가? 사실 그렇잖아. 술 취해서 위험할 수도 있는 여자 친구를 데려다준 건데. 설마 윤희, 네 남자 친구가 그렇게까지 속이 좁을까? 그렇게 보이지는 않던데."

사실 알코올에 지배당한 몸이 너무 흐느적거려서 버틸 수가 없었다. 버스를 타면 까무룩 잠이 들어 버릴 것 같은 느낌도 있었고, 무엇보다도 편안하게 앉아서 가고 싶은 충동이 컸다. 그래서 동현의 말에 크게 반박하지 않고 차에 올라탔다.

눈을 떴을 때는 동현의 빈 차에 혼자 남겨져 있었다. 잘 떠지지 않는 눈을 비비며 주변을 살피자 밖에 동현과 승언이 서로를 마주 보고 서 있었다.

"헉!"

그제야 겨우 취기에서 깨어난 윤희가 차에서 허겁지겁 내려 승언의 곁으로 다가왔다.

"나 기다린 거예요?"

윤희의 말에 승언은 제 눈앞에 있는 동현에게 가볍게 묵례를 취하고 그녀의 손을 붙잡았다.

"이제 그만 올라가자."

"대표님, 오늘 정말 감사했습니다. 집에 조심히 들어가세요."

인사를 건네고 승언과 함께 오피스텔 단지로 들어왔다. 자신을 붙들고 있는 승언의 손은 따뜻했지만, 표정은 상반되게 단호하고 차가워 보이기까지 했다. 화가 난 것이 분명했다.

승강기 안에서의 무거운 침묵을 이겨 내지 못한 윤희가 먼저 입술을 떼어 냈다.

"저……."

"다음부턴 연락해."

"네?"

"어디에 있든, 몇 시든, 그런 거 상관하지 말고 무조건 연락하라고. 내가 데리러 갈 테니까."

자신도 모르게 사나운 말이 나와 버리고 말았다. 30분 전, 동현과 나눈 대화를 떠오르며 조절하지 못한 감정이 그대로 드러난 것이다.

동현은 승언이 너무 민감하다는 반응을 보였다. 하지만 자신을 발견하기 전까지 그가 잠든 윤희를 자신의 어깨에 기대게 하여 팔로 감싸고 있는 모습을 보고 침착함을 유지할 수가 없었다.

그는 말끝마다 고작 그런 것도 이해하지 못하냐는 말로 승언의 속을 뒤집었다. 피곤한 여자 친구를 방임하는 못된 애인으로 만들었던 것이다.

그것도 웃는 낯짝으로.

하지만 섣불리 나설 순 없었다. 괜히 자신 때문에 윤희의 입장이 난처해질까 봐, 승언은 끓어오르는 분노를 참고 또 참아 넘겼다.

"흉흉한 요즘 세상에서 지켜도 내가 지켜."

선하고 능글맞아 보이는 그 대표라는 남자의 모습이 계속 생각나 속이 부글부글할 정도로 떠올랐다.

어떤 눈빛으로 그녀를 바라보고, 어떤 목소리로 그녀를 대하며, 어떤 마음으로 그녀의 곁에 머물고 있을지 상상조차 하고 싶지 않을 정도로 열불이 난다. 전적으로 그녀를 믿고 있지만, 연애가 시작되면서 자연스럽게 표출되는 질투는 스스로 제어할 수 있는 간단한 것이 아니었다.

동현이 승언에게 무슨 말을 했는지 너무 뻔해 윤희가 깊게 한숨을 내쉬었다.

"선배가 했던 말 신경 쓰지 마세요."

"신경 안 써, 그딴 말."

두 사람 사이에 다시 침묵이 흘렀다. 이번에 그 침묵을 깬 건,

승언 쪽이었다.

"이런 내가 속 좁아 보여?"

"아니요."

"왜?"

"네?"

"이유가 있을 거 아니야. 속 안 좁아 보이는 이유."

"……."

"괜히 내 앞이라고 마음에도 없는 소리 한 거야?"

"말이 좀 까칠한 것 같은데, 아직 화 덜 풀렸죠?"

"몰라."

그러면서도 잡고 있는 손을 놓지 않는다. 그 모습이 살짝 귀엽고 속이 훤히 보이는 것 같아서 윤희는 저도 모르게 피식 웃어 버렸다.

"너 근데 지금 몇 시인 줄은 알아?"

"몇 신데요?"

"새벽 3시 넘었어."

"네?"

분명 회식 장소에서 나왔을 때는 10시도 되지 않았던 것 같은데. 막 열린 승강기 밖으로 자신을 붙잡고 나가는 승언에 힐끔 눈치를 살폈다. 이 이상으로 화를 내도 할 말이 없는 처지였다.

"걱정 많이 했겠어요. 미안해요."

"알면 다음부터 그러지 마."

"네……."

잔뜩 주눅 들어서는 문 앞에 섰다.

"잘 자요."

문을 열고 집으로 들어온 순간, 윤희의 한숨이 깊어졌다. 자신 때문에 승언은 승언대로, 또 대표인 동현은 동현대로 난감한 처지와 귀찮은 일이 발생한 것이었다.

"으이고! 으이고!"

윤희는 제 얄팍한 실수를 크게 타박하며 머리를 세차게 쥐어 박았다.

"다시는 이런 일 없게 해야지."

강건한 그녀의 결의 속에 세상은 점점 환하게 밝아 오고 있었다.

11

"으…… . 속 쓰리다."

몇 시간 자지 않은 침대에서 꾸역꾸역 빠져나와 냉장고 문을 열었다. 눈에 보이는 우유를 집어 들어 컵도 쓰지 않고 벌컥벌컥 들이마신 후, 화장실로 들어가 몰골을 살폈다.

"세상에."

거울에 비친 얼굴은 스스로 보기 민망할 정도로 퉁퉁 부어 있는 상태였다.

"이 얼굴로 승언 씨를 보고 회사를 나가야 한다니, 정말 최악이다."

조금이라도 붓기를 빼기 위해 찬물로 샤워를 하고 나와 출근 준비를 끝냈다. 문을 열고 나왔을 때, 집과 집 사이 벽에 기대선 승언과 눈이 마주쳤다. 퉁퉁 부은 자신과는 달리 승언의 얼굴엔 피로함 하나 깔려 있지 않았다.

"피곤할까 봐 일부러 전화도 안 했는데……."

"피곤해."

승언이 기대고 있던 몸을 일으켜 승강기 버튼을 눌렀다.

"혼자 가도 돼요. 가서 한숨 더 자요."

"됐어."

"……."

"자는 것보다 너 보는 게 나아."

염치가 없다는 것을 알면서도 슬그머니 피어오르는 웃음에 어쩔 줄을 몰라 했다.

"웃으려면 웃고."

제 표정이 꽤나 부자연스러워 보였는지, 승언이 웃음기 섞인 목소리로 핀잔했다. 오늘 새벽의 어색함이 남아 있을까, 걱정스러웠는데 다행히도 두 사람 사이에 더 이상의 어색한 잔해는 남아 있지 않았다.

"어제는 진짜 미안해요. 처음이라고 술을 주는데, 빼는 것이 조금 난감했어요. 하지만 이제 두 번 다시는 그런 일 없을 거예요. 한 번만 용서해 주세요. 정말 다시는 그런 일 없게 만들게요. 만약에 내가 또 그런 일을 만든다면……!"

"알았으니까 그만해."

"신경 안 쓰이게 할게요."

"어딜 가든 술은 취하지 않을 정도로 마셔야 하는 거야. 그래야 실수도 안 하고."

승언은 윤희가 술만 마시면 평소 가지고 있던 감정보다 훨씬 풍부하게 표현하는 것을 알고 있다. 기쁘면 그 두 배로 신이 나고, 화가 나면 또 그 두 배로 화가 나는.

그래서 윤희가 술을 마시는 것이 마냥 불안했다.

"네. 알고 있어요. 진짜 앞으로 절대 안 그럴게요."

"다음에 또 술 그렇게 진탕 마시고, 다른 남자하고 집에 돌아오면 이 정도로 안 끝나."

승언의 경고에 윤희의 얼굴이 금세 더욱 시무룩해졌다. 상황의 심각성이 꽤 깊다는 것을 안 그녀가 깊게 한숨을 내쉬었다.

"이제 정말 안 그럴게요."

몇 번이고 다짐을 받아 냈으면 됐다. 이 정도까지 했는데 다음에 안 그러겠지.

사회생활을 하다 보면 자신의 의지와는 다르게 흘러가는 분위기에 어쩔 수 없이 몸을 던져야 할 때가 많다. 더군다나 어제는 신입 사원인 윤희를 위해서 마련된 자리이니만큼 그녀도 어쩔 수 없는 상황에 직면해 있었다는 것을 이해하기 때문에 이쯤에서 그만하기로 했다.

"뭐 안 먹었지?"

"네."

"이거라도 마셔."

그가 건넨 것은 해독 주스였다.

"직접 갈았어. 너 생각하면서."

"좋은 뜻이죠?"

"그렇게 받아들이는 게 좋지 않겠어?"

"아무튼 고마워요."

주스를 건네받으며 차에 올라타 주차장을 빠져나왔다. 차가 윤희의 회사 근처에 도착하자 승언이 두리번거렸다. 그의 신경을 바짝 곤두서게 했던 동현의 모습이 오늘은 보이지 않았다.

"들어가."

"네. 저녁에 봐요."

가볍게 인사를 하고 사무실 안으로 들어왔다. 오늘도 역시 가장 먼저 출근한 윤희는 준비실로 가서 커피 머신을 켜고 업무를 준비했다. 종이에 디자인을 대충 스케치를 한 후, 컴퓨터 창을 띄워서 직접 그림으로 작업을 시작했다.

얼마 가지 않아 주변이 시끌시끌하더니, 곧 직원들이 출근했다.

"어? 윤희 씨, 일찍 왔네요. 속은 괜찮아요? 어제 많이 마신 것 같던데."

집에서 나오기 전까지만 해도 속이 뒤집히려고 해서 힘들었는데, 막상 회사에 나와서 일을 하다 보니 괜찮아졌다.

"오셨어요? 네, 속 괜찮아요. 어제 정신이 없어서 인사도 못 드리고 갔어요, 죄송해요, 잘 들어가셨죠?"

"우린 잘 들어갔지. 뭐, 약간 못 들어가신 분도 있을 듯한데."

아리송한 선배의 말에 윤희가 고개를 갸웃해 보일 때쯤이었다.

"윤희 씨, 어제 인사도 안 하고 가더라?"

뒤쯤에서 들어오던 권 팀장이 슬그머니 윤희 곁으로 다가와 퉁명스럽게 말했다.

"정말 죄송합니다. 사정이 있어서……."

"아무리 사정이 있어도 그렇지, 안에 사원들 있고 상사도 있는데, 인사도 안 하고 가는 신입 사원이 어디에 있어?"

"정말 죄송합니다."

권 팀장의 말에 윤희의 주변에 있던 사원들이 눈치를 살피며 서둘러 각자의 자리로 돌아갔다.

"윤희 씨, 대표님 대학 후배라면서?"

"네……."

물어보는 목소리에서 심상치 않은 의도가 느껴졌다.

"그래서 사회생활을 좀 편하게 하려나 본데, 그러지 마. 사람들한테 미움받아 봤자 좋을 거 없잖아."

사회생활 편하게 하려는 마음을 가져 본 적은 없지만, 어제의 일만 해도 상대방은 분명 그렇게 오해했을 수도 있다고 생각했다. 자신의 행동이 미지했던 것을 인정하며 윤희가 머리를 숙였다.

"어제 일은 죄송합니다. 신경 쓰이지 않게 열심히 일하겠습니다."

"그럼 열심히 일해야죠. 여기서 열심히 일 안 하는 사람은 없으니까 잘하기도 해야 돼요. 그리고 사이트 시안 나오면 대표님이 보시기 전에 제가 한 번 볼게요. 저한테 가져오세요."

"네, 팀장님."

"그리고 나 커피 한 잔만 사다 줄래?"

"네!"

"여기서 나가서 우측으로 쭉 직진하면 사거리 나와. 거기서 좌측으로 쭉 내려가면 편의점 나오는데, 그 골목 사이로 들어가면 'The life' 라는 카페가 있어. 거기서 아메리카노 뜨거운 걸로 부탁할게. 내가 미지근한 커피는 좀 싫어하거든? 그러니까 서둘러서 사다 줘."

검지와 중지 사이에 카드를 껴서 건네는 팀장의 살짝 건방진 행동에도 윤희는 표정 하나 바뀌지 않고 두 손으로 카드를 받았다.

"아차, 혹시 윤희 씨 나가다가 대표님 보면 내 커피 사러 간다고 할 거야?"

"네?"

윤희가 부정하지 않고 눈을 굴리자 팀장이 답답하다는 듯이 눈을 흘겼다.

"그러면 안 되지. 그럼 내가 괜히 윤희 씨한테 텃세 부리는 것 같잖아."

"아……."

무슨 뜻인지 알겠다는 의미로 낮게 고개를 끄덕이곤 곧장 회사를 빠져나왔다.

"나 엿 먹이려고 아예 작정을 하신 듯하군."

은근히 몰려오는 짜증에 평소 하지도 않던 비속어를 낮게 내뱉었을 때였다.

"어디 가?"

뒤에서 동현의 목소리가 들려왔다.

"안녕하십니까, 대표님."

승언도 신경 쓰이고, 방금 팀장에게서 듣고 온 말도 있는 탓에 윤희는 최대한 동현과의 선을 그으며 깍듯하게 인사를 건넸다.

"속은 좀 괜찮아?"

"네, 괜찮습니다. 신경 써 주셔서 감사합니다."

지극히 의례적인 목소리와 미소를 장착하고 인사를 한 후, 돌아서려던 윤희를 동현이 다시 불러 세웠다.

"표정과 목소리는 전혀 감사한 사람이 아닌데? 나한테 뭐 화난 거 있어?"

"아니요, 제가 대표님께 화날 이유가 뭐가 있어요? 아무것도 없는데."

자신의 웃는 모습이 보이진 않지만, 상대방이 보기엔 확실히 어색해 보일 터였다.

"표정이 전혀 아닌데. 그런데 어디 가는 거야?"

"그냥 잠깐 부족한 비품 좀 사려요."

팀장의 주의대로 대충 둘러댄 후, 서둘러 길을 나섰다.

"우측, 좌측…… 편의점 골목길……"

간신히 도착한 카페에서 아메리카노를 받자마자 최대한 서둘러 뛰어 회사로 들어왔다. 다행히 사무실에 들어올 때까지 아메리카노는 따뜻했다.

"팀장님, 여기요."

"안 식었겠죠? 난 식은 건 안 먹거든요."

"네. 아주 뜨끈뜨끈합니다."

자신에게 눈길조차 주지 않는 팀장에 카드와 아메리카노를 건네주고 자리로 돌아왔다. 자리에 앉는 윤희에게 재영이 슬쩍 다가왔다.

"하필이면 찍혀도 팀장한테 찍히다니. 우리 윤희 씨, 앞으로의 회사 생활이 고단하겠어."

"정말요?"

"응. 저분은 뒤끝이 만리장성 같으셔서……."

재영이 차마 말을 잇지 못하고 체념의 얼굴로 고개를 내저으며 심심한 위로를 전하고 있을 때였다. 대표실 문이 열리고 밖으로 동현이 나왔다.

"정윤희 씨."

"네?"

윤희가 칸막이 위로 미어캣처럼 허리를 빳빳하게 들고 대답했다.

"디자인 시안 짰어요?"

"네, 대충……."

"그럼 그거 가지고 지금 들어와요."

"아니, 그……."

팀장에게 먼저 컨펌을 받기로 되어 있었기 때문에 난감함에 이러지도 저러지도 못하자 눈이 마주친 팀장이 얼른 들어가 보라고 눈짓했다. 그제야 윤희가 스케치한 디자인을 들고 대표실로 들어갔다.

윤희는 동현이 앉은 반대편에 자리를 잡고 앉았다. 그리고선 서둘러 스케치북을 펴서 디자인에 대한 설명을 하려는데, 동현의 손이 불쑥 앞으로 다가와서는 스케치북을 덮어 버렸다.

"밥 안 먹었지?"

"네?"

동현이 자리에서 일어나 베이커리의 이름이 적혀 있는 종이 봉투를 들고 돌아왔다.

"먹어."

샌드위치와 함께 병에 들어 있는 과일 주스였다. 윤희의 마음이 심하게 불편해졌다.

"개인적으로 저를 불러서 챙겨 주신 거 알면 직원들이 많이 서운해할 텐데요. 저도 불편하고요."

"그럼 어떡해? 챙겨 주고 싶은 사람이 너밖에 없는데."

"후배의 정 때문에 그러시는 거라면……."

"꼭 먹어야겠지?"

동현이 장난스러운 미소를 지으며 말했다.

"후배의 정 때문이라면 먹지 않을래요. 공사 구분할 줄 아셔야죠. 아까도 말씀드렸다시피, 저만 이런 식으로 챙겨 주시면 밖에 있는 직원들이 엄청 서운해할 겁니다."

"고작 샌드위치랑 커피일 뿐이야. 너무 오버한다는 생각 안 들어? 우리 직원들이 그렇게 소심한 사람들도 아니고."

"……."

"그래. 먹고 싶지 않고, 불편하다면 먹지 마. 나도 싫다는 사람 억지로 먹일 생각은 없으니까."

동현은 시종일관 입가에 장난스러운 미소를 거두지 않고 말했다. 하지만 윤희는 끝까지 샌드위치를 먹지 않고 사무실에서 나왔다. 어쩐지 그가 보이는 호의가 단순히 선후배 사이에서 나온 정 때문은 아닌 것 같다는 느낌이 들었기 때문이었다.

"눈이 막 이렇게 생겨서……."

윤희가 과장되게 두 눈꼬리를 손으로 콕, 집어 하늘 방향으로 쭉 늘어트렸다. 아주 얄밉고도 괴상한 눈이 되자 큼큼, 목소리를 다듬었다.

"난 식은 커피 안 마시거든요? 이러는데! 와, 진짜!"

"을의 갑질이 제일 얄밉지."

승언의 말에 윤희가 완전 공감한다는 듯 고개를 끄덕였다.

"그러게요. 어쨌든 지도 을이면서. 아, 그냥 세상에 갑과 을이 다 사라져 버렸으면 좋겠어요. 사람들이 전부 돈의 노예가 된 것 같아요. 어쨌든 갑도 돈이 없으면 을이 되는 거잖아요. 결국 돈이 최고라는 뜻이니까. 모두가 돈의 노예인 거죠. 고작 그런 종이 쪼가리 때문에 내가 이렇게 고달프게 살아야 한다니!"

그녀가 한탄을 하며 커다란 소파 위로 벌러덩 드러누웠다. 그리고는 앞에 앉아 있는 승언의 허리를 꼭 끌어안았다. 허리에 둘러 있는 팔을 가만히 거둔 그가 윤희가 누운 자리에 나란히 누워 그녀를 마주 봤다.

"그러게. 겨우 그딴 종이 쪼가리 때문에 속상해진 우리 윤희를……."

그의 손이 슬그머니 윤희의 윗옷을 거두어 안으로 들어와 젖가슴을 가리고 있는 속옷에 닿았다.

"내가 좀 달래줘야겠다."

속옷 사이를 파고들어 정점을 손톱으로 긁는 그의 행위에 발끝이 찌릿해져 왔다.

"핑계는 좋아요."

싫지 않게 핀잔을 늘어놓는 윤희의 옷을 완전히 위로 들어 올린 승언이 능숙하게 속옷을 풀었다. 그러자 그녀의 작고 앙증맞은 가슴이 드러났다.

승언이 입술을 살며시 벌려 한껏 입에 물었다.

"으음!"

혀끝으로 살살 문지르고 힘을 주어 깊게 빨았다. 윤희의 여린 젖가슴이 아무 저항 없이 오래도록 그의 입속에서 마구 뭉그러지고 깨물렸다.

✳   ✳   ✳

그로부터 며칠 동안, 윤희는 최대한 동현을 피해 다녔다. 불필요한 상황에서는 눈도 마주치지 않았고, 최대한 조용히 지내려고 노력했다.

당장 때려치울 수 없는 건 책임감 때문이었다. 퇴사를 하더라도, 어쨌든 자신에게 넘어온 디자인을 완벽하게 끝나고 나가야만 했다.

퇴사할 생각에 한숨이 튀어나왔다. 다시 눈이 빠져라 채용 공고를 보고, 새롭게 이력서를 작성하고, 포트폴리오 만들고…….

"윤희 씨, 이번 촬영한 사진들 메일로 보냈어."

상품을 찍으면 그것을 포토샵으로 수정하여 홈페이지에 올리는 것 역시 윤희의 몫이었다.

"네, 대리님."

이메일로 들어가 사진들을 전부 다운 받은 뒤 포토샵을 켜고 수정 작업에 들어갔다. 이번 홈페이지 컨셉에 맞게 좀 더 깔끔하고 모던한 느낌으로 작업하고 있을 때였다.

"윤희 씨."

팀장의 부름에 컴퓨터 앞에 앉아 있던 윤희가 잽싸게 달려갔다. 프린터 앞에 선 팀장은 용지 박스를 놓는 자리를 눈길로 힐끔 가리켰다.

"용지가 다 떨어졌네? 비품실 알지? 좀 채워 놔."

비품들을 채워 놓는 담당자는 따로 있었지만, 하나하나 따져 가면서 야박하게 일하고 싶지 않았다. 제 눈에 보이는 팀장의 옹졸하고도 유치한 모습에 똑같은 사람이 되고 싶지 않아 입가에 최대한 상냥한 미소를 깔며 대답했다.

"네, 알겠습니다."

"아니, 그런데 이런 걸 내가 일일이 말을 해야 하나? 좀 알아서 할 수는 없는 거지?"

"죄송합니다. 앞으로는 팀장님이 말씀하시기 전에 미리 채워놓도록 하겠습니다."

행여나 한마디가 더 나올까 싶어 얼른 몸을 틀어 비품실로 내달렸다.

이번 회사만큼은 오래 다니고 싶었으나 어쩐지 여러 이유로 오래 다니지 못할 것만 같은 예감이 들었다. 물론 팀장의 유치한 텃세 정도는 눈감아 줘도 진짜 큰 문제는 동현이었다. 아침에 있었던 일들이 떠올랐다.

"알고는 있지? 내가 너 대학 때 좋아했던 거."

그 얘기를 지금 시점에서 굳이 꺼냈다는 것은 현재의 상관관계를 인정하고 싶지 않다는 뜻이 은근히 내재되었다는 것을 부정할 수가 없었다.

"휴……."

한숨과 함께 용지 박스를 으차, 하고 들었을 때였다.

"무거워서 그래?"

"엄마야!"

뒤에서 갑자기 들려오는 동현의 목소리에 윤희가 깜짝 놀라 그대로 박스를 놓치고 말았다.

"악!"

그 바람에 무거운 박스가 그녀의 발등을 짓눌렀다.

"괜찮아? 어디 좀 봐봐."

급하게 달려온 동현이 박스를 치우고 윤희의 발등을 제 쪽으로 끌어당겼다. 서둘러 그녀의 양말을 벗겨 발등을 확인했다.

"심하게 무거웠나 본데? 멍들려고 하는 것 같아."

"아악!"

살짝 만진 것 같은데, 지나치게 욱신거려 윤희는 저도 모르게 자지러지는 비명을 내질렀다.

"아파……."

"안 되겠다. 병원 한 번 가 보자."

요새 하도 들락날락했더니, 병원이라면 지겹다.

"병원은 안 가도 될 것 같아요."

말마따나 발등에 박스 하나 내려찍었다고 병원을 가는 사람도 없을 거였다.

"양말 주세요."

동현이 손에 쥐고 있던 양말을 건넸다. 윤희는 땅에 떨어져 있던 박스를 다시 들어 올렸다.

"내가 해 줄게."

"제가 할 수 있어요."

상냥함 속에 숨겨진 것은 단호한 거절이었다. 아무 말도 하지 않고 서 있는 동현을 피해 윤희는 박스를 들고 비품실에서 나왔다. 박스를 채워 두고 다시 자리로 돌아와 하던 작업을 마저 해 나갔다.

PC에 시선을 두고 집중하는 척해 보아도 대표실에서 느껴지는 동현의 시선이 자꾸만 신경이 쓰였다.

퇴근 시간이 될 무렵, 발의 통증이 더욱 깊어지는 것 같았다. 화장실에 들려 변기통을 의자 삼아 앉아 확인하니, 심각하진 않지만 살짝 멍이 들어 있었다.

괜히 이런 일로 다쳤다고 하면 승언이 신경을 쓸까 싶어 티를 내지 않기로 했다. 다시 양말을 신고 회사 밖으로 나오자 얼마 되지 않아 승언의 차가 눈앞으로 다가와 섰다. 윤희가 조수석에 올라타자 그가 무언가를 불쑥 내밀었다. 대학로에서 하는 연극 표였다.

"와, 웬 표예요?"

"오늘 무슨 데이트를 할까, 고민하다가 갑자기 연극이 생각나서. 막 연애를 시작하는 연인들이 보기 좋은 연극이래."

"재밌겠다."

대학로에 도착한 두 사람은 복잡한 거리로 차를 가져갈 수 없어 적당히 떨어진 곳에 주차를 했다.

"연극 시작하려면 한 시간 반 정도 남았으니까 저녁 먼저 먹을까?"

"네."

차에서 내린 승언이 손을 내밀었고 윤희가 커다란 손 위에 제 손을 얹었다. 주차장을 나서 메인 거리로 나가니 상당히 복잡해져 윤희가 저도 모르게 몸을 움츠렸다. 행여나 욱신거리는 발이 밟힐까 싶어 걱정스러움에서 나온 반사적인 행동이었다.

"왜 그래?"

그런 미세한 행동을 금세 눈치챈 승언이 걸음까지 멈추고 물어왔다.

"뭐가요? 아무 일도 없는데."

승언이 걱정할 것을 배려해서 씩씩하게 대답했다. 그의 눈동자가 윤희의 반응에 대해 전적으로 믿는 눈치는 아니었지만, 다시 몸을 돌려 가던 길을 걸었다.

"뭐 먹고 싶어?"

"음, 오늘 면이 좀 당겨요."

"쌀국수 어때?"

"좋아요."

길을 잘 아는 듯, 그의 걸음엔 막힘이 없었다. 승언을 따라 부지런히 걸음을 옮겨가던 윤희가 복잡한 길에서 그만 덩치가 꽤 큰 남자에게 발을 밟혀 버리고 말았다.

"악!"

발등을 부여잡으며 자지러지는 비명을 내지르자 앞에 있던 승언이 화들짝 놀라 돌아보았다. 밟힌 발등이 너무 아픈 탓에 윤희는 사람이 붐비는 거리라는 것도 망각한 채 주저앉아 버렸다. 윤희가 주저앉을 줄 생각도 못 했던 사람들이 그녀를 툭 치며 지나가다가 경로를 방해한 장애물쯤으로 여기는 눈빛으로 바라보았다.

"어디 아픈 거야?"

승언이 사람들로부터 그녀의 몸을 보호하며 물었다.

"아니, 사실 발, 발등이……."

혼잡한 곳에서 확인할 수 있는 사항은 아니었다. 윤희가 다시 일어나려고 몸에 힘을 준 순간, 몸이 공중으로 붕 날아올랐다. 승언이 너무 가볍게 그녀를 들어 올렸다.

"어? 내, 내려 주세요."

"그러다가 또 밟히면."

생각만 해도 끔찍해서 윤희는 가만히 승언의 품에 안겨 있었다. 사람들의 의아한 시선에 의식을 할 만한데도 윤희는 그런 것에 전혀 신경 쓸 겨를이 없었다. 발등이 욱신거리는 와중에 더 걱정되는 건 따로 있었다.

"나 무거워요?"

"안 무거워."

그의 목소리와 함께 귓가에서 일정하게 뛰고 있는 심장 소리가 듣기 좋았다. 그래서 자신을 안고 있는 승언이 힘들 거라는 생각도 못 하고 주책바가지처럼 이죽거렸다. 쌀국수 집은 바로 뒤쪽에 있어 빠른 걸음으로 금방 도착한 승언이 직원의 안내를 받고 향한 의자 위에 그녀를 내려놓아 주었다.

"어디 봐봐."

의자 앞에 쭈그려 앉은 승언이 그대로 신발과 양말을 벗겨 냈다. 멍은 처음 봤을 때보다 훨씬 더 짙어져 있었다. 승언의 얼굴이 확 굳어져 윤희로 향했다.

"왜 말 안 했어?"

"말하면 걱정할까 봐요."

"내가 안 하면 누가 해, 네 걱정을?"

"진짜 별거 아니에요."

"별거 아니긴 뭐가 별거 아니야. 색깔만 봐도 아픈데."

속상한지 그가 내쉬는 뜨겁고도 깊은 한숨이 그녀의 발등에까지 와 닿았다.

"기다려."

"어디 가요?"

"약국."

"진짜 괜찮은데……."

"음식 시켜 놓고 있어."

괜찮다고 거듭 말하는 윤희에 승언은 아무 대답도 없이 가게를 빠져나갔다. 전면이 유리창인 곳에서 내려다본 그가 급하게 주변을 둘러보더니, 어딘가를 향해 달려갔다.

"저렇게까지 안 뛰어도 되는데."

말은 그렇게 하면서도 왜 자꾸만 입가에 슬그머니 미소가 떠오르는지 모르겠다. 그냥 마음이 푸근하고 좋았다. 살짝만 다쳐도 안절부절못하고 속상해하는 누군가가 있다는 것에 사랑을 받고 있는 기분이라 좋았다.

"나 푼수 같아, 진짜."

하지만 사랑받는 사람의 미소는 조절을 한다고 자제할 수 있는 것이 아니었다. 그의 사랑을 여실히 깨닫고 있었다.

자신이 사랑하는 것 또한 승언이라 단언했다. 동현이 해 주던 걱정과는 상반되게 괜스레 마음이 뿌듯했기 때문이었다.

윤희는 메뉴판을 끌어당겼다. 메뉴를 보는 눈빛에선 주책없게 설렘이 뚝뚝 떨어지고 있었다.

❋　　　❋　　　❋

연극까지 다 보고 승언과 함께 집으로 돌아오던 윤희는 오피스텔에 도착할 무렵, 창문 너머로 보이는 낯익은 사람으로 인해 심장이 얼어붙는 기분이었다.

"대, 대표님이 왜 여기에……."

그곳엔 다름 아닌 동현이 서 있었다. 당황한 낯빛으로 바라보던 승언의 얼굴은 무서운 속도로 굳어지고 있었다. 윤희는 커다란 눈망울을 깜빡거리며 멈춘 차에서 얼른 뛰어내려 동현에게로 달려갔다.

"대표님이 여기에는 무슨 일로……?"

"밖에서까지 굳이 그렇게 부를 필요 있어? 그냥 편하게 선배라고 불러."

"네? 아니에요. 밖에서 새는 바가지 안에서도 샌다고, 아니지. 안에서 새는 바가지……."

"안녕하세요."

동현의 존재에 언어 영역을 담당하는 뇌가 고장이라도 난 것처럼 어버버거리고 있는 사이 주차를 끝낸 승언이 곁으로 다가와 인사를 건넸다. 동현도 사람 좋은 얼굴을 지으며 그의 인사를 받았다.

"네, 또 뵙네요."

"그러게요."

짧은 대화 속에서도 두 사람의 날카로운 신경전이 느껴졌다. 윤희의 속이 불편해져 왔다.

"대표님, 근데 여기 근처에 볼일 있으셨던 거예요?"

"아니. 너한테 볼일 있어서 온 거야. 이거. 멍은 좀 괜찮아졌어?"

그가 차 위에 올려놓았던 비닐봉지를 건넸다. 봉지에는 '약국'이라는 이름이 새겨져 있었기 때문에 안에 무엇이 들어 있는지 알 수 있었다. 난감한 상황을 더욱 악화시키는 물건일 수밖에 없었다.

"아니, 저 약 있는데. 제가 신경 쓰지 말라고 말씀드렸는데. 아니, 어쨌든 감사하긴 한데요. 그……."

남들 보기도 민망하게 왜 이렇게 당황했는지 알 수가 없었다. 승언의 눈치를 살피랴, 동현의 눈치를 살피랴 윤희는 머리가 터질 것만 같았다.

"윤희한테 뭐라고 하지 말아요. 내가 그냥 마음에 걸려서 온 거니까."

눈치를 보고 있는 윤희에 먼저 말문을 연 건 동현이었다. 하지만 그 말이 승언에겐 엄청난 자극을 줄 것이라고 그녀는 직감할 수 있었다.

"뭐라고 할 생각도 없었어요. 앞서 나가시기를 좋아하시나 보네요."

"네. 누구보다도 앞서 나가니까 이런 사업도 하고 있겠죠?"

"그러시구나. 김칫국을 좋아하시구나."

입가에 미소를 장착하고 흘러가는 혼잣말이었지만, 결코 상냥하지도, 작지도 않은 말투였다. 마주 보고 있는 두 남자의 눈빛이 일촉즉발의 상황임을 경고하고 있었다.

한편 승언은 속으로 부글부글 끓어오르는 분노를 잠재우고 있었다. 마음 같아서는 지금 쥐고 있는 이 주먹으로 동현의 면상을 강하게 강타해 버리고 싶지만, 어쨌든 그녀의 상사였다.

행여나 이 일로 회사에서 불이익이라도 받아 윤희가 자신을 원망할까 싶었다. 신중해야 했다.

그리고 지금은 다친 부하 직원을 위해 기꺼이 약을 사 온 상사가 아닌가? 섣불리 한 행동에 폭행 사건으로라도 휘말려 경찰서에 간다면, 주변 사람들은 이해하지 못할 상황이 올지도 몰랐다.

가장 마음에 걸리는 건, 금방이라도 울어 버릴 것 같은 윤희의 모습이었다.

한 번만 더 참자. 마지막으로 한 번만 더.

"대표님, 잘 바를게요. 감사합니다. 그럼 조심히 들어가시고 내일 뵙겠습니다."

얼른 수습해야겠다고 생각한 윤희가 재빠르게 인사를 하고 승언의 등을 오피스텔 단지 안으로 떠밀었다. 뒤도 돌아보지 않고 단지 안으로 들어와 마침 도착해 있는 승강기 안으로 승언을 또다시 밀어 넣었다. 다행스럽게도 그는 아무 반항 없이 순순히 안으로 들어갔다.

승강기 안에 들어와서도 승언은 그저 무표정한 얼굴로 숫자가 올라가는 번호판만 바라보고 서 있었다. 그녀가 손에 쥐고 있는 약국 봉지를 구겨 쥐었다.

"화났어요?"

"아니. 전혀 화 안 났어. 전혀."

말과 달리 표정과 목소리는 감정에 충실했다. 그는 지금 이 상황이 마음에 들지 않는다고 적나라하게 표출하고 있었지만 윤희는 아무 말도 할 수가 없었다.

도착한 승강기 문이 열리고 두 사람이 함께 내렸다. 승언은 자신의 집으로 향하는 윤희를 향해 여전히 무표정한 얼굴로 말했다.

"샤워하고 나서도 약 꼭 바르고, 쉬어."

화난 것이 분명했다.

집에 도착해서 샤워를 하고 나왔다. 목이 말라 냉장고 문을 열어 넣어 둔 시원한 맥주 한 캔을 꺼냈다. 그러다가 승언이 자꾸만 마음에 걸려 윤희는 그의 집 방향으로 신경을 곤두세웠다.

이대로 두기에는 마음에 걸리는 것이 너무 많았기 때문에 윤희는 편한 옷차림으로 갈아입고 맥주 두 캔을 손에 들고 승언의 집 문을 노크했다.

한참 후에야 나온 그의 머릿카락은 젖어 있었고, 은은한 바디 클렌저 냄새가 코끝을 스쳤다. 그럼에도 아무 생각 없이 물었다.

"뭐 하고 있었어요?"

"샤워하면서 이런저런 생각."

"화 많이 났죠?"

그녀의 질문에 가만히 바라보고 있던 승언이 갑자기 깊숙이 상체를 기울여 그녀에게 입술을 맞췄다. 그리고선 귓가로 입술을 가까이 가져가서는 뜨거운 입김과 함께 야릇한 목소리를 내었다.

"그래서 달래 주려고 왔어?"

흠칫, 하고 놀라는 윤희의 허리를 승언이 부드럽지만 강하게 끌어안았다. 촉촉하게 젖어 느슨하게 감았다가 뜨며 자신을 담고 있는 승언의 눈동자에 마음이 설레어 왔다. 그의 손이 허벅지 밑으로 내려와 가볍게 윤희를 안아 올렸다.

"어! 잠깐 저 맥주, 맥주요."

순식간에 땅에서 발이 떠오르며 승언에게 안겨진 윤희가 깜짝 놀라서 그의 어깨를 꽉 붙들었다. 윤희의 다급한 외침에 그가 한 손으로 그녀의 허리를 잡고 나머지 손으로 맥주를 받아 소파로 집어던졌다.

진심으로 화가 나거나 포악해 보이기보다는 살짝 장난기가 어려 보았다.

"화 풀렸어요?"

"네가 풀어 주질 않는데, 어떻게 화가 풀어져?"

"정말 화났어요?"

"너한테 화난 건 아니고, 그 인간 말이야. 네 상사만 아니었으면……."

그의 입술에서 험한 말이 나올까 싶어 얼른 입을 맞추었다. 예기치 못한 키스에 승언의 굳어져 있던 얼굴이 사르르 녹아내리더니 슬그머니 웃음꽃이 피어올랐다.

"풀렸어요?"

"한 10%정도?"

"몇 %가 끝인데요?"

"당연히 1000%지."

"허억! 그렇게나 많이?"

"달래 주려면 한 달은 걸리겠네. 어떤 식으로 풀어 주려나? 우리 윤희가."

그가 붉은 혀로 자신의 입술을 슬쩍 핥았다. 그 모습이 지나치게 관능적으로 느껴졌다.

"오빠, 기대해도 되지?"

"매일 밑에서 쳐다보다가 위에서 쳐다보니까 더 잘생긴 것 같다."

깜짝 놀라는 순간도 잠시, 위에서 바라보는 그의 얼굴이 신선하다. 어깨에 두고 있던 손끝으로 승언의 정갈하고 반듯한 눈썹을 살포시 쓸었다. 까슬까슬하면서도 보드랍다.

"강아지 같기도 하고, 대형견."

윤희는 아래에서 자신을 도란도란한 눈동자로 바라보는 그의 모습이 귀여워 두 손으로 볼을 감싸고 모인 입술에 제 입술을 포개었다.

"윤희야."

"네?"

"너 왜 이렇게 예뻐?"

닭살 돋는 그의 멘트에 윤희가 몰라요, 하고 어깨를 살짝 때렸다.

"왜 이렇게 예뻐서 매일 나를 힘들게 만들어?"

"제가 뭘 또 얼마나……."

말이 다 이어지기도 전에 그가 상체를 들어 올려 윤희의 입술을 맞추었다. 포개어진 입술 사이로 승언의 부드럽고 촉촉한 혀가 밀고 들어왔다. 그의 욕망이 어김없이 표출되어 그녀에게로 집요하면서도 깊숙이 파고들었다.

엉성하게 있던 윤희의 혀를 단숨에 휘어잡았다. 아직 스킨십에 익숙하지 못한 그녀가 흠칫, 굳은 것이 느껴졌다.

자신의 목을 끌어안고 능숙하진 않지만 최선을 다해 자신을 받아들이고 있는 윤희의 몸짓이 새삼 귀엽게 느껴졌다. 키스를 하며 온 침대 위로 승언이 윤희를 드러눕혔다. 잠시 떨어진 입술로 드는 은근한 아쉬움이 몰려들려는 찰나, 그의 입술이 다시 포개어졌다.

흡, 하고 차가운 공기와 함께 안으로 다시 파고드는 그의 혀의 움직임이 좀 전보다 거셌다. 뜨거운 두 혀가 입안에서 끈적하게 뒤엉켰다. 그의 커다란 손이 슬그머니 윗옷을 걷어 내고 맨 살결을 어루만지며 위로 올라왔다.

"흐음."

아직 속옷에 가려진 가슴을 꽉, 움켜쥐는 커다랗고 강한 손길에 윤희의 발끝이 움찔댔다. 손에 꽉 쥔 가슴에 원을 그리며 움직이자 몸속 깊은 곳에서 간지럽고 야릇한 무언가가 슬슬 올라오는 것 같았다.

윤희가 제 의지와는 달리, 몸을 살짝 비틀었다. 입술을 떼어 낸 그가 윤희의 옷을 걷어 올려 벗겨 냈다. 손에 그러쥐고 있던 속옷도 그대로 벗겨지자 휑해진 기분에 몸이 서늘해져 왔다.

"예쁜 내 윤희."

하지만 그 잠깐의 여운도 느끼지 못한 채 윤희의 가슴이 그대로 승언의 입속으로 빨려 들어갔다.

그의 존재만으로도 이미 흥분이 되어 있던 유두를 혀끝으로 살살 핥다가 이내 이로 살짝 깨물었다.

"흠!"

돌발적인 행동에 반사적으로 반응을 보이며 윤희의 잇새 사이로 한껏 달뜬 신음이 터져 나왔다. 흠칫 놀라는 그녀의 반응에도 승언의 입술은 여전히 유두에 머물러 있었다. 한쪽은 손에 한껏 쥐어 지분거려졌고, 다른 가슴은 그의 입에 한가득 물려 빨렸다.

아래가 지나치게 뜨거워졌다. 그것을 눈치챈 것인지, 승언이 그녀의 두 다리를 벌려 제 쪽으로 힘껏 잡아당겼다. 윤희의 몸이 순식간에 그에게 빨려 들어가듯 미끄러졌다.

그의 손가락이 팬티 위를 문질렀다. 선명하게 갈라진 틈 사이를 파고들자 윤희가 온몸으로 퍼지는 전율에 파르르 몸을 떨었다.

"갑갑할 거야, 그렇지?"

여차할 틈도 없이 어느새 승언의 손엔 그녀의 작은 팬티가 들려 있었다. 완전히 맨몸이 되어 버린 윤희가 쑥스러움이 몰려올 때쯤, 그도 상체를 일으켜 제 몸을 감싸고 있던 옷을 전부 벗었다. 언제 보아도 다부지게 배긴 근육은 멋있었다.

짜릿함에 정신없던 순간에도 윤희는 승언의 잘 다듬어진 몸을 보며 슬그머니 미소 지었다.

"왜?"

"네?"

"왜 그렇게 귀엽게 웃어?"

승언의 기다란 손가락이 윤희의 여리지만 뜨거운 열기로 달아올라 있는 아래의 살점을 찾아 손가락으로 문질렀다.

"너무 보드라워."

"음."

그녀의 여린 몸부림이 점점 자신을 지배하려 드는 짜릿한 황홀함으로 격렬해지는 것 같았다. 입술 사이로 터져 나오는 야한 신음이 자신의 것 같지 않게 낯설었지만 싫지 않았다.

손가락이 더욱 깊숙이 들어와 클리토리스를 비비고 안을 정복하려는 듯 거칠게 헤집고 다녔다. 시간이 지날수록 더욱 격렬해지던 승언의 손가락은 이내 허리를 휘며 격한 절정에 도달한 윤희를 보며 빠져나왔다.

부르르, 몸을 떨며 복숭앗빛을 두른 얼굴로 자신을 바라보는 윤희에 승언의 심장은 어느 때보다 더욱 격렬하게 요동쳤다.

예쁘다, 이리 보고 저리 봐도 예쁘다. 조금이라도 격하게 대하면 부서질까, 무너질까, 걱정이 될 정도로 여리고 예쁘다.

그래서 조심스럽게 대하고 싶다가도 손이, 입술이, 벌써 팽창할 듯 부풀어 살짝만 닿아도 터질 듯이 아픈 페니스가 그녀의 것에만 닿으면 전부 망각시킨 채 멋대로 굴었다.

없던 욕망이 그녀로 인해서 생겨나고, 없던 욕심이 그녀로 인해서 피어나는 기분이었다. 몸이, 마음이 그녀에게 완전히 조련되어 종종 멋대로 본성을 드러내기 시작했다.

잔뜩 애액이 묻어 있는 그곳으로 내려가 혀끝으로 다시 한번 쓸었다. 흠칫, 자신의 것에 반응을 보이는 그녀의 모습이 여전히 사랑스럽다.

"잠, 잠깐만요."

예상치 못한 그의 농도 짙은 애무에 당황한 윤희가 얼른 자신의 아래를 손으로 막았지만 금세 승언에게 제지당하고 말았다.

허벅지를 벌려 잡은 승언이 잔뜩 부풀어져 있는 그녀의 살점을 혀끝으로 핥고 빨아들였다.

"아홋!"

그 어떤 애무보다 자극적으로 느껴지는 짜릿함에 공중에 떠 있던 윤희의 두 발이 뻣뻣하게 세워졌다.

모든 신경 세포가 그가 매만지고, 움직이는 곳에만 반응을 보이듯 찌릿했다. 그의 것인지, 자신의 것인지 알 수 없었지만 아래가 엄청 미끄러워졌다는 게 느껴졌다.

"안, 안 더러워요?"

"네 건데, 왜?"

너무 아무렇지 않게 돌아오는 대답에 윤희는 괜스레 웃음이 나왔다.

"근데 윤희야."

"네?"

"나 이제 더는 못 참겠어."

승언이 수축하려는 질의 입구를 두 손가락으로 단단히 벌려 곤두선 자신의 페니스 끝부분을 살짝 집어넣었다.

"흐윽!"

천천히 밀고 들어온 그의 페니스가 윤희의 안을 꽉 채웠다. 승언의 머리는 금방이라도 터져 버릴 것처럼 찌릿했고 온몸에서의 열기가 한층 더 뜨거워지고 있다는 것을 느꼈다. 윤희와 제 몸이 완전히 포개어져 있는 지금이 인생을 살면서 가장 황홀한 순간이기도 했다.

승언과는 다르게 윤희의 얼굴은 고통으로 구겨졌다. 승언이 그녀의 얼굴을 손으로 부드럽게 매만지며 천천히 허리를 움직였다.

"아!"

아파하고 있다는 것을 알면서도 곧 괜찮아질 거라는 말로 제 이기심을 채워 본다. 승언이 다시 허리를 움직여 그녀의 것에서 빠져나왔다가 들어가기를 반복했다.

윤희의 아래가 그의 것을 꽉 물었다. 이제 그를 멈출 수 있는 건 아무것도 없었다.

승언이 움직일 때마다 날카로운 무언가가 콕콕 쑤시는 고통이 이어졌다. 움직임에 맞춰 윤희의 몸이 격렬하게 움직였다.

하지만 어느 순간부터 고통이 쾌감으로 변해 갔고 두 사람의 끈적끈적하게 부딪히는 살의 마찰로 인한 음란한 소리와 동시에 윤희의 입술 사이로 신음이 새어 나오고 있었다.

빠지고 들어갈 때마다 멀어지려는 그녀의 허리를 꽉 붙잡고 안으로 더욱 잡아당겼다. 시간이 지날수록 약해지기는커녕 더욱 거세지는 것 같은 그의 몸놀림에 윤희의 머릿속이 이따금 하얗게 질려갔다.

집요하고 빠르게 들어온다. 뒤틀리는 몸에 따라 신음이 점점 깊어져 갔다. 흔들리는 엉덩이를 꽉 움켜쥔 그의 손에 또 한 번 쾌감이 몰려왔다.

승언이 배로 그녀의 다리를 지그시 누르자 페니스가 안을 더욱 꽉 채우는 기분이었다.

한참을 격렬하게 그녀에게 휘두르던 그의 허리가 마지막을 향해 세차게 움직였다. 두 사람이 동시에 강한 신음을 내뱉었다. 승언이 윤희의 옆으로 그대로 쓰러졌다.

"땀 좀 봐……."

윤희가 옆에 누운 승언의 콧등에 난 땀을 닦아 주었다. 그 손을 승언이 빠르게 낚아채 가볍게 입을 맞추고선 방향을 틀어 그녀를 꼭 끌어안아 이마에 또 한 번 입을 맞추었다.

"오늘 자고 가."

"내가 있어야 악몽 안 꾸죠?"

윤희의 질문에 승언이 귀엽다는 듯, 그녀의 콧잔등을 손으로 어루만지며 대답했다.

"응, 네가 있어야 악몽 안 꿔."

"알았어요, 오늘 자고 갈게요."

그녀를 품에 안고 있으면 세상의 모든 걱정이 거짓말처럼 녹아내린다. 그래서 행복하다. 그녀의 곁에서는 진심으로 미소를 지을 수가 있다.

"이번 주말에 야구 보러 갈까?"

"야구요? 그래요."

연애하는 것이 즐겁다. 그녀를 사랑하는 것이 즐겁다.

세상 사는 것이 그녀로 인해 즐거워졌다.

12

    윤희는 제 눈 위로 사정없이 쏟아지는 햇살에 잠에서 깨어났다. 살포시 눈을 떴을 때, 가장 먼저 보이는 승언의 얼굴에 저도 모르게 한껏 입술을 끌어 올려 웃었다. 한참 동안 그를 바라보고 있다가 회사를 떠올리며 황급히 일어났다.

    자신을 끌어안고 깊고 달콤한 잠에 빠진 승언이 깨지 않게 조심조심 일어나 옷을 입고 집을 빠져나왔다.

    피곤했던 모양인지 그는 그녀가 집을 나오는 순간까지도 깨지 않았다. 바로 옆에 있는 자신의 집으로 돌아와 회사를 가기 위해 서둘러 씻고 나왔다.

    일찍 서두른 덕분에 버스는 한산했고, 윤희는 창문을 살짝 열어 미적지근한 바람을 맞으며 커피를 마셨다. 쓰지만 고소한 커피가 기분 좋게 목을 타고 내려갔다.

    막 회사 근처의 정류장에서 내리려 할 때 승언에게서 연락이 왔다.

　—왜 혼자 갔어? 깨우지.

"잘 자고 있어서 깨울 수가 있어야죠."

　—진한 뽀뽀로 깨워 줬어야지.

"아, 그럴 걸 그랬다. 아까워서 바라보기만 했는데."

　—매일매일 진하게 부둥켜안고 예뻐해 줘도 안 닳아.

　여전히 졸음이 완전히 가시지 않은 목소리로 내뱉는 밀어에
윤희가 까르르 웃었다.

　—수고하고, 저녁때 데리러 갈게.

"네. 승언 씨도 수고해요."

　회사에 가장 먼저 도착해 열심히 업무를 보고 있다 보니, 직
원들이 하나둘씩 출근했다. 팀장이 출근을 하자마자 윤희를 찾
았다.

"어제 수정하라는 디자인 좀 가지고 올래요?"

　가시가 잔뜩 박혀 있는 것이 여전히 자신을 못마땅하게 여기
고 있다는 것을 느끼며 윤희가 디자인 시안을 들고 팀장에게로
향했다.

　그녀는 무심한 손길로 종이를 휙휙, 넘겨 보았다.

"이 부분 너무 튀는 것 같은데? 윤희 씨가 생각보다 디자인
감각이 별로 없는 것 같네."

　팀장은 어제부터 오늘까지 단 이틀 만에 무려 다섯 번이나 윤
희의 디자인을 깠다. 참다 못한 윤희가 팀장에게 직접 색을 골
라 주기를 청했고 자신이 고른 색도 알아보지 못하는 팀장의 능
력이 조금은 우스워 보일 뿐이었다.

팀장의 말에 윤희는 터져 나오려는 비웃음을 꾹 참고 침착한 모습으로 입술을 떼어 냈다.

"이거 어제 팀장님께서 직접 고르신 색으로 진행한 디자인입니다."

윤희의 말에 팀장이 꿀 먹은 벙어리처럼 입을 다물고선 매서운 눈으로 그녀를 노려보았다.

"그래서 지금 기분 나쁘다는 거예요?"

"아니요. 그건 아니지만 하셨던 말씀을 번복하시면 제가 어떻게 감을 잡아 디자인을 해야 할지 너무 막막해서요."

"그거까지 알려 주면 그게 회사예요? 학원이지."

팀장이 디자인을 윤희에게 거칠게 건네주며 큰 소리로 면박을 주었다. 그녀가 속으로 거친 숨을 깊게 들이마셨다가 내쉬었다.

이래서 회사 생활이 싫다. 별것도 아닌 것들이 경력과 나이만 많다고 무작정 우기고 꼰대질하려는 게 싫어서 견딜 수 없었다. 또다시 같은 일이 되풀이되는 것 같아 짜증이 났지만 그래도 이번엔 꾹 참아 보기로 했다.

"그럼 다시 수정해서 가지고 오도록 하겠습니다."

자리로 돌아와 우울하고 열불 나는 마음을 승언의 생각으로 잠재웠다. 휴대폰을 열어 그와 한 문자를 보고 있으려니 슬그머니 웃음이 떠올랐다.

윤희가 고개를 빠끔히 들어 여전히 신경질이 잔뜩 묻어 있는 얼굴로 업무를 보는 팀장을 보았다.

당신보단 내가 훨씬 더 많은 것을 가졌다. 적어도 내겐 승언 씨가 있으니까.

그렇게 생각하니 마음이 조금은 위로가 되는 것 같았다.

※　　　　※　　　　※

팀장의 유치함은 끝이 없었다. 드라마나 소설에서나 볼 법한 언행에 윤희는 혀를 끌끌 찼다. 그녀는 점심시간이 되자 윤희를 제외한 다른 직원들의 어깨를 가볍게 치며 자신이 쏘겠다며 데리고 나갔고, 얼결에 윤희는 혼자 남게 되었다.

"참나⋯⋯."

하는 짓이 초등학생만도 못해서 웃음밖에 나오질 않았다. 도대체 자신이 뭘 얼마나 밉보이는 짓을 했기에 저러나 싶기도 했다. 혼자 밥 먹는 게 뭐 그리 대수로운 일이라고. 지갑을 챙겨 들고 막 회사를 빠져나왔을 때였다.

"밥 먹으러 가?"

곧 오픈할 오프라인 매장에 갔다가 늦게 출근한 동현과 회사 앞에서 마주치고 말았다.

"네, 대표님."

"그런데 혼자야? 나머지 사람들은."

이 상황을 어떻게 설명해야 하나. 그저 머리를 긁적이며 망설이고 있는 윤희를 향해 동현이 어색한 미소를 지었다.

"권 팀장 때문인가?"

"알고 계셨던 거예요?"

"권 팀장이 질투가 좀 심한 편이지."

동현이 이해하라는 듯이 콧잔등을 찡긋했다.

"권 팀장 대신 내가 사과의 의미로 점심 사 줄게. 가자."

"혼자 먹어도 괜찮은데……."

"내가 싫어서 그래. 내가 싫어서."

그래도 꿈쩍하지 않고 머뭇거리는 윤희를 향해 동현이 살짝 머쓱한 미소를 지어 보였다.

"난 너 다시 봤을 때 되게 반가웠어. 오래도록 잊고 지냈다고 생각했는데, 널 보자마자 다시 기분이 이상해지더라."

점심 먹으러 가기 위해 나온 회사 앞에서 뜬금없이 날아오는 그의 말에 윤희는 당황해서 주변을 살폈다. 어디선가 권 팀장이 눈에 불을 켜고 노려보고 있을 것만 같았기 때문이었다.

"뭐가 이상했는데요?"

"그냥 예전 감정들이 새록새록 다시 살아나는 것 같아. 그래서 막 물을 주고 싶어. 얼마나 예쁜 꽃이 피어날지 궁금하거든."

평범하게 회사에 다니고 싶었다. 하지만 이런 식으로 불편한 관계가 계속 지속된다면, 그것조차 평탄치 않으리라 단언했다.

연인이 있는 여자를 좋아하는 것도, 연인이 있음에도 자신에게 마음을 보이는 남자를 계속 곁에 두는 것은 누군가에 대한 예의를 넘어선 불순한 행동이라 생각했다.

윤희는 자꾸만 동현과 있는 이 시간이 내키지 않고 불편하기만 했다.

"그러지 마세요."

"안 그러려고 하는데, 자꾸만 예전 추억들이 떠올라서."

대학 시절 함께 밥을 먹고 실습 준비를 하고, 매일 붙어 다녔던 그 시절을 이야기하는 듯싶었다. 단순히 친하고 편안해서가 아니라 상대방에겐 다른 이유 때문이었을지도 모른다는 생각에 문득 미안해져 왔다.

"그래도 이젠 전 애인도 있고……."

동현은 윤희를 소리 없이 바라보았다. 대학 졸업하고 곧장 외국으로 날아가 살았던 삶은 전쟁통처럼 치열했다. 언어의 장벽까지 뛰어넘으려면 매일 일을 끝내고 와서 공부를 해야 했고, 그랬기에 잠자는 시간조차 부족하게 여기며 지내 왔다.

누군가를 생각할 겨를 같은 것은 없었다. 한국에 돌아와서도 마찬가지였다. 사업에 실패하고 다시 재기할 때까지 동현은 오롯이 자신만을 생각했다. 사업에 성공하고 나서 윤희를 만나게 된 것이 우연이 아닌 운명처럼 느껴졌다.

기회가 닿지 않아 고백조차 하지 못했던, 그래서 종종 아쉬워하고 생각하고 있던 그녀를.

하지만 윤희는 예전과 같음 모습임에도 더 단호했고 냉정했다. 지금 그녀의 곁에 머물고 있는 그가 부러워졌다. 질투가 났고, 화도 났다. 오래전 그녀를 갖지 못했던 미련한 마음이 이제서야 우둔하게 드러나는 것 같았다.

"그냥, 단순하게 대표랑 같이 밥 먹는다고 생각하면 되잖아."

"대표님이 그러지 않으시니까."

"그래서 나랑 밥 먹는 게 불편할 것 같아?"

동현의 말에 윤희가 낮게 고개를 끄덕였다. 그녀를 불편하게 하고 싶진 않았기에 하는 수 없이 동현이 한 걸음 물러섰다.

"그럼 맛있게 먹어."

"네. 대표님도요."

망설이지 않고 자신을 스쳐 지나가는 야속한 윤희의 모습을 사라질 때까지 바라보았다. 가질 수 없다고 하니 더 갖고 싶은 그녀였다.

❋   ❋   ❋

퇴근 시간, 회사 앞에 있다는 승언의 문자에도 윤희는 업무를 끝낼 수 없었다. 동현은 점심을 먹고 다시 외근을 나간 상태였다.

아직 아무도 퇴근하지 않았고 한 시간 전, 담배를 피우러 나간 팀장이 아직도 들어오지 않았기 때문이었다. 그녀에게 인사를 안 하고 갔다가 또 며칠을 시달릴 바에는 승언을 기다리게 하는 것이 더 나았다.

〈아직 팀장님이 안 들어오셔서요. 들어오시면 인사하고 나갈게요. 조금만 기다려 줘요. T_T〉

문자를 보내자마자 사무실 문이 벌컥 열리더니, 팀장과 함께 나갔던 대리가 들어왔다. 그녀는 들어오자마자 호들갑을 떨며 입술을 떼어 냈다.

"지금 우리 회사 앞에 어떤 남자가 와 있는데, 완전 훈훈한 게 딱 내 스타일. 그거 알지? 부담스럽지 않은 얼굴인데, 호감 있는 얼굴들. 인상도 좋고, 우리 쇼핑몰 모델 했으면 좋겠다."

대리의 말에 팀장이 붉은색이 칠해진 입술에 과한 미소를 걸 쳤다.

"가서 내 명함이라도 줘 볼까? 나도 우리 쇼핑몰에 딱 적합해 보이던데."

"그래요, 그래 봐요!"

대리의 재촉에 팀장이 자신의 명함을 들고 나섰다. 그 뒤로 여자 직원들이 몰래 훔쳐보겠다며 뒤따랐다. 모두가 나가고 윤 희의 한숨은 짜증이 뒤섞여 밖으로 거침없이 터져 나왔다. 밖에 서 승언이 기다리고 있어 얼른 퇴근하고 싶은데, 일이 생각처럼 되지 않아서였다.

집중되지 않는 정신을 가다듬고 다시 PC로 시선을 돌렸다. 얼마 뒤에 나갔던 팀장과 직원들이 다시 들어왔다.

"아쉽다, 아쉬워."

"그런데 저렇게 무표정한 얼굴로 관심 없다고 말하는 모습조 차도 참 훈훈하네요."

"그렇지? 난 저런 얼굴이 좋더라. 부담스럽지 않고, 마치 남 자 친구의 정석을 보는 듯한 저 훤칠함."

팀장의 말에 모두 공감했다. 그러거나 말거나 윤희는 얼른 팀 장이 퇴근하길 바라고 있을 뿐이었다. 마침내 팀장이 가방을 들 고 일어났고 직원들도 하나둘씩 퇴근했다. 신입 사원이라 눈치 를 보며 마지막으로 나온 윤희는 회사 앞에 서 있는 승언의 차 로 냉큼 올라탔다.

"많이 기다렸죠? 미안해요!"

"혹시 팀장 성이 권씨야?"

"어떻게 아셨어요?"

"명함 주던데."

그의 말에 방금 전가지 사무실에서 직원들이 떠들어 대던 훈훈한 남자가 승언이라는 사실을 깨달았다. 하긴 자신이 봐도 승언은 정말 멋있었다.

"헉."

"민망했어."

그러면서도 입가에 슬그머니 도드라지는 미소가 모든 것을 말해 주고 있었다.

"그러면서 한편으로는 기분 좋았죠?"

"아니, 딱히."

"에이, 기분 좋았네."

옆구리를 콕, 찌르며 말하자 승언이 자지러질 듯 웃는다.

"나 간지러움 진짜 많이 타. 하지 마."

"네."

대답하고 휙 돌아서 검지를 까딱이자 승언이 못 말린다는 얼굴로 헛웃음을 지었다.

"아, 드디어 내일 주말이다!"

윤희가 행복하다는 비명을 내질렀다. 오랜만에 출근하게 된 회사에서 이리 치이고, 저리 치이다 보니 이번 주말이 그저 달콤하게 느껴졌다.

"야구 몇 시예요?"

"2시."

더군다나 그 주말을 승언과 함께 보낼 생각을 하니, 더욱 달콤하지 않을 이유가 하나도 없었다.

✻ ✻ ✻

오늘도 그날 입었던 것처럼 커플 유니폼을 입고 야구장으로 향했다. 양손에 든 빵빵한 볼을 흔들며 열심히 응원할 준비도 끝냈다.

"야구의 룰을 여전히 잘 모르겠는데요. 그래도 분위기는 꽤 재밌어요."

언제나 느끼는 바였지만, 누군가 '무엇을' 하느냐가 중요한 것이 아니라 무엇을 '누군가'와 하느냐가 중요하다. 야구 룰 같은 걸 하나도 몰라도 곁에 승언이 있으면 그것으로 된 거였다.

얼마 지나지 않아 경기가 시작되었다. 사람들은 환호를 했다가 절망도 했고, 만연하게 웃음꽃을 피웠다가 화를 내기도 했다.

"아!"

야구에 지나치게 집중을 한 승언이 어정쩡하게 자리에서 일어났다가 허탈하게 주저앉기를 여러 번. 슬슬 윤희에겐 지루함이 찾아올 무렵이었다.

"어어!"

쉽게 흥분을 하지 않던 승언을 포함하여 갑자기 사람들이 무서울 정도로 우르르 일어나 앞쪽으로 손을 뻗었다.

뭐지? 하고 사람들의 시선을 끄는 방향을 바라보았다. 별안간 야구공이 날아와 의자에 한 번 부딪쳐 튕기더니 그대로 윤희의 콧잔등을 거세게 퍽! 하고 내리쳤다.

벽돌, 아니 그것보다 더한 것이 날아와 박힌 것처럼 너무 아파 비명도 지르지 못하고 코를 부여잡았다.

"윤희야!"

놀란 승언이 뒤로 넘어지려는 윤희의 몸을 감싸 안았다. 금방이라도 정신을 잃을 것처럼 눈앞에 캄캄해져 왔다. 마치 코뼈가 함몰된 듯이 욱신거림을 넘어선 고통이 몰려왔다. 자신의 의지와는 다르게 뜨거운 눈물이 볼을 타고 흘러내렸다.

"너, 너무 아파요."

"코피, 코피!"

승언의 눈이 휘둥그레졌고 주변에선 119로 신고하는 소리가 들려왔다. 아니, 정말 이게 무슨 날벼락이람?

왜 나는 하는 짓마다 이렇게 시트콤 같은 일들이 일어나는 거야? 남자 친구랑 황금 같은 주말에 기분 좋게 야구 보러 와서 날아오는 공에 얻어맞아 쌍코피를 흘리며 병원에 실려 가는 여자라……

이건 정말 길이길이 스스로에게 악몽 같은 일로 남게 될 것이라 단언했다.

그나마 다행인 건 황급히 도착한 응급실에서 코뼈는 부러지지 않았다는 의사 선생님의 진단이었다. 공이 코를 간신히 비껴 갔고, 그 타격에 놀라 코피를 쏟은 것 같다며.

이것을 다행이라 해야 할지, 뭐라 해야 할지.

"아……"

콧구멍에 두 개의 솜을 꽂고 주변에 시퍼런 멍이 들어 있는 자신의 몰골을 화장실 거울로 마주 보며 윤희는 절망감에 눈물을 훔쳤다.

"괜찮아?"

화장실에서 나오자 앞에서 기다리고 있던 승언이 여전히 심각한 얼굴로 윤희에게 물어왔다.

"괜찮아요."

말을 할 때 무의식중으로 코에 힘을 주었다가 또 한 번 악! 하고 소리를 지를 뻔했다.

"집에 가서 쉬자."

"네……."

예기치 못한 일로 승언과의 데이트를 완전히 망쳐 버린 것만 같아 기분이 우울해져 왔다.

그 어느 때보다 행복해야 마땅한 주말, 윤희는 아픈 몸을 이끌고 집으로 향해야 했다. 이대로 들어가는 것이 너무 아쉽게 느껴졌다.

"마트에 가서 맛있는 거라도 사 가요."

"그래, 그러자."

승언이 차를 돌려 근처 마트로 향했다. 주말이라 그런지 사람들로 북적거렸고, 승언은 윤희가 행여나 사람들과 부딪치진 않을까 노심초사하며 한 손으로 그녀를 가리고 다니느라 바빴다.

"뭐 해 먹을까요?"

"뭐 먹고 싶은데. 내가 해 줄게."

"승언 씨가요?"

"너 아프잖아."

"음, 떡볶이 할 줄 알아요? 나 떡볶이 먹고 싶은데."

"해 보지, 뭐."

자신 없어 보이는 승언의 모습은 처음이었다. 떡볶이에 들어갈 재료들을 열심히 골라 카트에 담았다.

승언이 직접 해 준 떡볶이를 먹고 쉬기 위해 자신의 집으로 건너온 윤희는 요란스럽게 울려 대는 휴대폰을 냉큼 받았다.

—너 어쩜 그렇게 연락을 안 해?

취업에다 연애까지 하느라 정신이 없어 한동안 연락을 하지 못했던 보영이었다. 그녀는 상당히 화가 난 목소리였다. 윤희는 변명 대신 사과를 먼저 했다.

"미안, 미안. 요즘 정말 바빠서."

—아무리 바빠도 그렇지! 문자 하나를 못 보내?

"어디야? 뭐 하고 있어? 우리 집 놀러 올래?"

—안 그래도 나 지금 네 오피스텔 단지 앞이야.

"정말!?"

—그럼 내가 뭐 얻겠다고 그런 거짓말을 하겠어?

얼마 지나지 않아 초인종이 울리고 문을 열라는 보영의 큰 목소리가 들려왔다. 윤희가 얼른 뛰어나가 문을 열자 화를 내려고 단단히 벼르고 있던 보영의 눈이 휘둥그레졌다.

"너 코가 왜 그래?

"그럴 일이 좀 있었어, 얼른 들어와."

옆집에 있는 승언이 행여나 나오기라도 할까 싶어 윤희가 보영을 얼른 잡아끌었다.

"무슨 일인데? 혹시 술 마시고 싸움이라도 붙었어?"

"아니야, 그런 거. 일단 뭐라도 좀 마실래?"

"술 한잔하려고 그랬는데, 상태 봐서는 안 되겠구만? 그냥 시원한 거 줘."

윤희는 시원한 오렌지 주스를 컵에 채워서 침대에 털썩 주저앉아 있는 보영에게로 향했다. 그녀는 갈증이 났는지, 단숨에 주스를 들이켰다.

"그래, 뭐 얼마나 바쁘기에 연락도 없고, 코는 왜 그렇게 됐는지 좀 들어보자. 아차, 그리고 그 남자는 어떻게 됐어? 너랑 원나잇했⋯⋯!"

행여나 옆집에 들릴세라 윤희가 얼른 보영의 입을 틀어막았다. 보영이 괴로움에 발버둥 치다가 윤희를 홱 밀어냈다.

"야, 화장 지워져! 아까부터 꼭 누가 들을까 봐 노심초사하는 애처럼 왜 이래?"

자세한 내막을 알 턱 없는 보영의 말에 윤희가 숨을 고르게 몰아쉬었다. 그리고서 보영에게 전달하지 않았던 일부터 천천히 말을 이어 나가기 시작했다. 승언과 사귀기까지의 과정과 중간에 취업을 했고, 오늘 야구장에 갔다가 날아오는 공에 코를 맞고 응급실에 갔다 온 것까지.

"어머, 운도 더럽게 없어라. 야구장에서 날아오는 공에 맞아 코피 터지기가 그다지 흔한 일은 아닌데."

보영의 안타까워하는 눈빛 속에서도 욱신거리는 코에 윤희가 공감할 수밖에 없었다.

"그래서 결론은 그 옆집 남자랑 사귄다는 거잖아. 그러니까 지금 이 바로 옆집에!"

보영이 옆집 벽을 틱! 하고 쳤다.

"네 애인이 있다는 거잖아!"

"반대쪽 벽이야."

"아, 그러니까 이쪽?"

침대에서 일어난 보영이 반대쪽 벽을 탁, 치며 말했다.

"그래, 그쪽."

윤희의 대답에 보영의 눈동자가 얇게 그려졌다. 꿍꿍이를 품은 것이 분명했다.

"보고 싶어. 소개해 줘."

"뭐? 오늘은 안 돼."

"왜!"

딱히 그럴 만한 이유는 없지만 오늘은 어쩐지 내키지 않았다. 제 몸이 너무 피곤했고, 승언도 그래 보였기 때문이었다. 무엇보다 아직 승언에게 보영에 대해 알리지 않아 더 곤란했다.

"다른 날. 오늘은 안 돼."

"왜?"

"아, 많이 피곤해했어."

"치……. 그래 놓고 또 연락 안 하려고."

"아니야! 진짜 다음에 날 제대로 잡아서 소개시켜 줄게."

그럼에도 쉽게 물러서지 않으려는 보영을 달래느라 진땀을 뺐다.

보영은 그 뒤로 회사에서 있었었던 속상한 일, 두 번의 소개팅 건에 대해 한동안 불만을 털어 내다 12시가 넘어서야 일어났다. 그녀가 가고 난 후, 윤희도 아픈 코를 부여잡으며 씻고 침대에 드러누웠다.

피곤함이 무서운 속도로 몰려왔고 그대로 까무룩 잠이 들었다.

13

주말 내내 함께 먹고 낮잠도 자고 TV를 보며 깔깔 웃기도 했다. 늦은 오후에는 대청소를 하겠다며 부산을 떨었고 그러다가 맥주 한 잔을 마시고 그대로 곯아 떨어져 버리고 말았다.

새벽녘이 되어서야 잠시 잠에서 깨어난 승언은 제 품에 와락 안겨 잠들어 있는 윤희를 가만히 바라보았다. 어둠에 익숙하지 않았던 시야가 시간이 흐를수록 윤희의 모습을 뚜렷하게 보여주었다. 이렇게 중간에 잠에서 깨어나 윤희의 얼굴을 볼 수 있는 것이 행복했다.

오래도록 찾아오지 않을 것만 같아 초조하게만 느껴졌던 행복이 제 곁에 와락 달라붙어 있다고 생각하니, 승언의 머릿속엔 많은 것들이 스쳐 지나갔다.

이제 완벽히 익숙해진 어둠 속에서의 윤희는 햇살을 받던 그 어떤 낮보다 예뻤다.

누구에게도 이 행복을 빼앗기고 싶지 않았고 윤희와 더 많은 시간을 함께 보내고 싶었다. 연애를 한 지 얼마 되지 않았지만, 함께할수록 더욱 뚜렷해지는 의지는 결국 승언의 마음속에서 그 몸집을 더욱 키우고 있었다.

결혼. 그녀와 결혼을 하고 싶었다. 매일 같이 함께 몸을 부비고, 웃고, 아프면 곁에서 함께 아파해 주고, 살고 있다는 것을 절실히 느낄 수 있게 그녀의 숨소리를 매일 가까이서 듣고 싶다.

지금 이 순간이 행복하다 해서 드는 충동적인 감정하고는 확실히 달랐다. 모든 것을 보장시키고 싶었다. 자신이 누군가를 사랑하고, 누군가가 자신을 사랑하고 있다는 것을 결혼이라는 울타리 안에 집어넣어 평생 누리고 싶었다.

먼저 결혼했던 친구들이 했던 말이 문득 떠올랐다. 몇 년을 함께해도 '결혼'이라는 확신이 서지 않는 여자가 있지만, 몇 개월만 사귀어도 꼭 '결혼'을 하겠다는 결심을 서게 만드는 여자가 있다고 했다. 승언에겐 그 결심을 서게 만드는 여자가 지금 바로 앞에 있는 윤희였다.

예쁘고, 요리도 잘하고, 청소도 잘 하고, 생활력도 있고. 그 무엇보다도 자신과 말이 잘 통하고, 자신이 잘 이해해 줄 수 있는 여자이기 때문에, 너무 간절히 사랑하고 있기 때문이다.

승언은 깨울지도 모른다는 생각이 들었지만 도저히 참을 수 없어 그녀의 볼을 쓰다듬었다. 그의 손길이 느껴졌는지 몸을 뒤척이는 그녀를 향해 상체를 수그려 입술을 맞췄다. 촉촉하고 보드라운 감촉이 금세 입술을 타고 온몸에 퍼지는 것 같았다.

보고 있으면 더 보고 싶고, 안고 있으면 더 안고 싶고, 사랑하고 있어도 더 사랑하고 싶다.

"윤희야."

그냥 불러 보고 싶은 이름. 자꾸만 부르고 싶은 이름.

"윤희야."

짙은 어둠을 뚫고 날아간 승언의 나지막한 목소리에 윤희가 대답하듯 으흠, 하고 옅은 신음을 냈다. 그 모습이 귀여워 승언은 한참 그녀를 사랑스러운 눈빛으로 바라보았다. 몸을 흔들어 깨우고 싶었다. 그래서 자신에게 반응하는 뜨겁고 부드러운 몸을 마음껏 안고도 싶었다.

하지만 그녀는 피곤해했고, 내일 회사까지 가야 하니 체력을 아껴 줘야겠다는 생각을 했다. 그녀를 안고 있던 제 몸이 점점 뜨거워졌지만 승언은 애써 속으로 가만히 양 떼를 불러 모아 셌다.

그러다 자신도 모르는 새에 까무룩 잠이 들었다. 오늘도 여전히 그녀로 인해, 평온한 밤에 승언의 얼굴은 편안해 보였다.

＊　　　＊　　　＊

모든 것이 순탄하게 흘러간 것 같았지만 그러지 못했다. 감정을 보인 남녀 사이가 드라마나 영화에서처럼 쿨해지기란 어지간해선 어려운 일이었다. 윤희가 창문 너머로 보이는 동현을 발견한 순간, 운전석에 있는 승언의 눈치를 살폈다.

그의 눈이 불꽃을 심어 놓은 것처럼 활활 타오르고 있었다.

"큼……."

괜한 민망함에 헛기침을 하는 윤희의 반응도 눈치채지 못하고, 승언은 이제 막 자신들을 발견하고 시선을 돌린 동현을 사납게 노려보고 있었다.

"대표님 얼굴 뚫어지겠어요."

"네 대표가 하도 쳐다보기에 눈을 돌리면 예의가 아닐 것 같아서. 그건 그렇고, 너 지금 대표 편드는 거야?"

"유치하게, 편이 어디 있어요?"

승언의 투기 어린 불만에 윤희가 피식, 웃어 버렸다. 신경 쓰인다는 승언의 말을 뒤로하고, 가볍게 인사를 한 윤희가 차에서 내렸다. 그리고는 사무실 앞에 멈춰 서서 자신을 기다리고 있던 동현에게로 막 다가갔을 때였다.

"내 사랑."

승언의 목소리로 처음 불린 그 닭살스러운 호칭에 윤희가 자리에 경직되어 천천히 돌아보았다. 온몸에서 솟아오른 좁쌀만한 닭살이 선명하게 곤두서 있었다.

하지만 그런 윤희의 반응에도 아랑곳하지 않고 승언은 화사한 미소를 지으며 두 사람에게로 다가왔다. 승언과 동현이 가볍게 묵례를 취했다.

동현에게 잠시 두었던 승언의 시선은 아무 미련 없이 휙 돌려져 윤희에게로 닿았다.

"휴대폰을 두고 갔네?"

"아, 고마워요."

"그럼 오늘도 데리러 올게. 내 사랑, 좀 이따 봐."

'내 사랑'이라는 말을 내뱉을 때의 승언이 살짝 흠칫하며 망설이고 있는 것이 윤희에겐 여실히 느껴졌다. 동현의 앞에서 일부러 확실한 선을 긋기 위해 선택한 단어겠지만, 스스로에게 민망하긴 마찬가지인 듯싶었다.

어울리지 않게 유치하게 구는 승언이 윤희는 마냥 귀여웠다.

"네, 이따가 봐요."

승언이 당당하게 돌아서 차에 올라타고 출발을 한 후에야 윤희와 동현은 사무실로 들어왔다.

"남자 친구하고 사이가 좋은가 봐, 매일 데려다주고 데리러 오는 것 같네."

"네. 제 인생에서 가장 첫 번째가 된 것 같아요."

동현은 대답 대신, 입술에 어색한 미소를 지어 보일 뿐이었다. 그 불편한 공기 속에서 반갑게도 윤희의 휴대폰이 울렸다. 발신은 엄마였다.

"저 엄마한테 연락이 와서요. 전화 받고 금방 가겠습니다."

윤희는 동현에게 양해를 구하며 사무실로 들어가기 직전에 있는 휴게실로 들어갔다.

"응. 엄마."

―회사야?

"응! 근데 아침부터 무슨 일이야?"

―아, 우리 이사 때문에. 금요일에 이사가.

"금요일? 와, 시간이 벌써 이렇게 됐어?"

정신없던 나날들을 보낸 것이 확실했다. 엊그제 다녀온 듯한 대전에 갔다 온 지가 벌써 몇 주가 지나있다는 것에 윤희는 놀라움을 감출 수가 없었다.

　—많이 바쁘게 사나 보네. 우리 딸. 정신 멀리 놓고 사는 거 보면.

　은근한 비꼼과 서운함이 섞인 엄마의 목소리에 윤희가 고개를 갸웃해 보였다.

　"좋은 뜻이죠?"

　—네 신경에 좋을 대로 생각해.

　"내일 일 끝나고 바로 갈게. 주소 문자로 보내 줘."

　—응. 돼지고기 사 와. 삼겹살로. 먼지 많이 먹으니까, 돼지고기 먹어 줘야지.

　"알았어요."

　전화를 끊자 순간 승언이 떠올랐다. 대전에 내려갔을 때까지만 해도 부모님께 소개를 시켜드리는 것이 조금 이르다고 생각했는데, 이젠 소개를 해도 무난하다는 생각이 들었다. 먼저 그의 의견을 물어봐야 했지만, 벌써 승언과 가족들이 만날 상상을 하니 심장이 벌렁벌렁했다.

　잘생긴데다, 능력도 좋고, 성격도 좋은 그를 부모님이 반겨줄 거라 확신했다. 설레는 마음으로 윤희가 휴대폰을 열어 승언에게 문자를 넣었다.

　〈이번에 가족들이 대전에서 서울로 이사 와요. 이번 주 금요일에 같이 갈래요?〉

　그에게선 얼마 가지 않아 답장이 날아왔다.

〈그래, 좋아.〉

그 긍정적인 대답에 기분이 히죽, 하고 좋았다가 다음으로 날아온 문자에 금세 얼굴이 시무룩해졌다.

〈그런데 오늘은 못 데리러 갈 것 같아. 사정이 좀 있어서, 저녁도 같이 못 먹겠네. 미안해.〉

승언의 사정은 함께 일을 하는 동료가 급성 장염으로 나오지 못해서 그 빈 수업을 대신 들어가야 하는 상황이라고 했다. 오후 9시에 수업을 들어가서 두 시간 후에 끝나고 정리하고 집에 오면 12시가 훌쩍 넘어 있을 거라는 그의 말에 윤희의 외로움은 더욱 증폭되는 기분이었다.

갑자기 온몸에 기운이 쭉 빠지는 듯 힘이 들어가지 않았다. 일 때문이라니 어쩔 수 없었다. 윤희는 서운한 마음을 추스르고 간단히 답변한 뒤 얼른 시간이 지나가기만을 바랐다.

퇴근을 하고 혼자 집으로 돌아오는 길이 지나치게 외롭다.

"이제 겨우 7시인데……. 다섯 시간이나 더 기다려야 돼."

예전에는 이 시간을 혼자 어떻게 지냈는지에 대한 기억이 가물가물할 정도로 축 처진 어깨에 늘어지려는 발걸음을 간신히 끌어당기며 집으로 느릿느릿 걸어가고 있었다.

"심심해. 들어가기 전에 맥주나 두 캔 사서 들어가야겠다."

혼잣말을 내뱉으며 편의점으로 향하는 윤희의 발걸음은 그 어느 때보다 무거웠다.

❋ ❋ ❋

새벽 12시가 조금 안 돼서 오피스텔에 도착한 승언은 전화를 받지 않는 그녀의 집 현관문을 노크하려고 올렸던 손을 다시 내렸다. 윤희도 꽤 피곤해서 잠이 들었을 거라 생각하며 아쉬움을 뒤로 하고 집 문을 열었다.

신발을 벗고 지친 몸을 이끌어 소파에 드러누웠다. 하루 종일 여덟 시간 넘게 강의를 했더니, 온몸의 수분이 전부 빠져나가는 기분이었다. 움직일 힘도 없다고 여겨지면서도 머릿속에는 윤희의 생각이 절실하다.

"보고 싶다."

나지막하게 흘러 버린 혼잣말이 제 귓가에만 스칠 뿐이었다. 한참을 그렇게 윤희를 생각하다 얼른 씻고 자야겠다 결심하며 일어나 욕실로 향했다. 씻고 나니 한층 개운해져 젖은 머리를 말리며 침실을 열었을 때였다. 침대에 불룩 튀어나온 사람의 인영이 시야로 깊숙이 들어와 자리매김했다.

윤희였다. 아무렇지 않게 알려 준 집 비밀번호를 열고 들어와 자신을 기다리고 있을 윤희를 생각하니, 여태 온몸에서 감돌던 피로함이 한순간에 싹 날아가 버리는 것 같았다. 그리고 그런 욕심이 들었다. 매일 저녁, 이렇게 늦은 밤에 퇴근을 해도 그녀가 자신의 공간에 함께 있어 줬으면 하는.

"윤희야."

참으라고 아우성치는 이성이 조금씩 제 몸의 형태를 쪼개어 내고 있었다. 승언이 기어코 이불 밑에 누워 있는 윤희를 톡톡 건드렸다.

"으음."

"윤희야."

"음? 왔어요?"

한껏 잠에 취한 목소리였다. 그럼에도 불구하고 승언은 그녀의 이름을 계속 불렀다. 마음속 깊이 새기고 있는 본색에선 그녀를 깨우고 싶어 안달이 나 있었다.

자꾸만 감기려는 눈을 힘겹게 뜨고 자신을 바라보는 윤희의 입술에 가볍게 입을 맞췄다.

"언제부터 있었어?"

"집에 혼자 있는데, 너무 심심해서요."

부스럭거리며 옆에 누운 승언의 품으로 파고든 윤희가 다 꺼져 가는 촛불처럼 아주 미세한 목소리로 말을 이어 나갔다.

"그냥, 여기 있으면 꼭 같이 있는 것만 같아서……. 근데 지금 몇 시예요?"

"1시 다 되어 가."

"정말 늦게 왔네. 저녁……."

말을 다 잇지 못하고 다시 그대로 잠이 들어 버렸다. 승언은 제 품에서 중얼거리다가 잠든 윤희를 꽉 끌어 안아 주었다.

윤희는 제게 안식처와 같은 존재였다. 그리고 자신 또한 윤희에게 그런 존재가 되기를 바랐다.

잠에서 깨어났을 때, 코끝에서 승언의 냄새가 느껴졌다.

한겨울날의 따뜻한 이불 밑보다 더욱 빠져나오기 힘든 그의 품 안으로 더 깊숙이 파고들었다. 이런 아침을 맞이하는 것이 좋았다.

눈을 뜨자마자 가장 먼저 승언을 마주하게 되는 아침.

"아함."

늘어지게 하품을 하며 여전히 곤히 잠들어 있는 승언의 품에서 기어 나와 욕실로 향했다. 가볍게 세수를 하고 양치질을 한 후 나온 윤희는 시간을 체크했다. 출근까지 아직 시간이 넉넉하게 남아 있었다.

냉장고 문을 열어 아침을 차릴 재료들을 꺼냈다. 승언과 함께 먹을 것이기 때문에 더욱 정성을 쏟아부으며 요리가 거의 완성되어 갈 무렵이었다.

"언제 일어났어?"

방문이 열리고 뒤에서 들려오는 그의 목소리에 윤희가 입술을 떼어 냈다.

"일어난 지 얼마 안 돼요. 씻고 나와요."

"응."

욕실로 들어간 승언이 다 씻고 나왔을 때는 식탁 위에 먹음직스러운 음식들이 차려져 있었다.

"이걸 언제 다 차렸어?"

"제 손에 모터 달았어요."

"고마워. 잘 먹을게."

"네. 맛있게 많이 드시고 힘내세요."

맞은편에 앉아 막 밥 한 숟가락을 뜨려던 승언이 불현듯 떠오르는 생각에 고개를 들었다.

"이번 주 금요일이라고 했지? 가족들 이사 오는 날."

"네."

"긴장된다. 뭘 사 가야 좋을까?"

"너무 긴장하지 말아요. 그리고 삼겹살만 사 가면 돼요. 그때 삼겹살 사 오래요. 엄마가."

윤희는 별로 신경 쓰지 말라는 말을 덧붙였지만, 승언의 입장에선 전혀 그렇게 할 수가 없었다. 그래서 먼저 준비를 끝내고 윤희가 준비를 하는 걸 기다리는 동안 열심히 인터넷 검색을 해 보았다.

애인 부모님 처음 만나는 자리.

애인 부모님에게 선물하기 좋은 것.

애인 부모님에게…….

"어머님은 꽃다발, 아버님은 술……."

가장 무난할 것 같다는 생각에 선물을 확정 지은 순간, 심장이 미세하게 떨려왔다. 윤희의 부모님을 처음으로 만나게 될 그 자리가 벌써 승언의 긴장을 증폭시켰다.

"가요!"

준비를 끝내고 나온 그녀를 태워 가는 길이 이젠 익숙했다. 아침에 이 길을 가지 않으면 서운하고 허전함이 들 정도였다. 하지만 그 끝에 이르렀을 때, 간혹 보이는 동현의 존재는 여전히 승언의 심기를 불편하게 만들기에 충분했다.

"대표님, 아직도 신경 쓰여요?"

"신경 안 쓰인다면 거짓말이지. 난 그런 거짓말 못 해."

"네……."

살짝 주눅 들어 대답하는 윤희를 향해서도 승언은 차마 웃어줄 수가 없었다. 억지스러움으로 나온 웃음에 결코 속아 넘어갈 그녀가 아니라는 것을 알기 때문이었다.

"얼른 들어가 봐."

윤희가 내려서 사무실 근처로 가자, 마치 동현이 자신을 보란 듯이 그녀에게 말을 시키며 안으로 들어갔다.

승언은 그의 행동을 보면 분명 윤희에게 이성으로 마음이 있다는 것을 확신할 수 있었다. 만약 동현이 그녀에게 마음이 없다면 오해를 받는 것 자체가 싫어, 애인이 있는 여자를 멀리할 것이다.

하지만 동현은 그러지 않았다. 오히려 보란 듯이 윤희에게 말을 건네고 친절한 행동을 보였다.

그렇다고 속 좁게 회사를 때려치우라고 할 수도 없는 노릇이었다. 이젠 낯익은 사람은 보이지 않는 사무실 입구를 바라보는 승언의 눈빛이 한동안 무언가를 골똘히 생각하듯 깊어졌다. 그러다 이내 탄성이 흘러나왔다. 그의 입꼬리가 살며시 올라갔다. 무언가, 만족스러운 결과가 나왔다는 뜻이었다.

한편 사무실로 들어온 윤희는 아무리 자신이 동현과 아무런 감정이 없다고 해도 계속 신경 쓸 승언을 생각하면 마음이 편하지 않았다.

"윤희야. 오늘 점심, 같이할까?"

그리고 그 마음을 전적으로 이해한다. 만약, 입장을 바꾸어 생각해서 승언을 좋아하던 여자가 함께 일을 한다고 한다면?

"아, 끔찍해. 싫어."

"그, 그렇게도 싫어?"

걸음을 멈춰서 놀란 눈으로 물어오는 동현에 윤희가 네? 하고 되물었다. 그러다 자신이 승언을 너무 깊게 생각한 나머지, 동현이 건넨 말을 듣지 못했다는 것을 알게 되었다.

"아. 그런 뜻으로 한 건 아닌데, 그냥 혼자 생각하다가 나온 말이에요. 죄송해요."

"그럼 그건 같이 점심 먹겠다는 소리지?"

"어, 그게……."

불편하다. 불편해. 모든 것이 불편해. 함께 먹는다고 하면 분명 승언이 굉장히 신경을 쓸 거였다. 거짓말을 하고 싶지 않았고, 거짓말을 하지 않아도 문제가 될 일이었다. 더군다나 승언이 동현에 대한 존재에 굉장히 예민해하는 걸 알면서도 굳이 그와 사적으로 엮이고 싶진 않았다.

이렇게 마주 보고 서서 함께 숨을 쉬고 있는 것조차도 불편하다 느끼려는 찰나, 휴대폰이 울렸다. 확인하니, 보영에게서 문자가 하나 와 있었다.

"잠시만요."

〈오늘 점심 약속 있어? 없음 내가 너희 회사로 갈 테니까 같

이 먹어.〉

　보영의 문자가 이렇게 반가울 수가 없었다. 윤희는 동현과 함께 점심을 먹지 않는다는 생각에 저도 모르게 환하게 웃어 보였다.

　"아, 죄송해요. 제가 점심 약속 있는 걸 깜빡했어요."

　"그래? 그럼 어쩔 수 없지. 뭐."

　아쉬워하는 동현이 앞서가고 그 뒤를 조용히 따랐다. 윤희는 점심에 만나게 될 보영과 장소를 정하고서 자리에 앉아 업무를 시작했다.

　한참 업무에 몰두하다 보니, 시간은 금세 흘러갔고 오늘도 팀장은 윤희를 제외한 나머지 사원들을 이끌고 점심을 먹으러 향했다.

　"유치해. 유치해."

　너무 어이가 없어서 나오는 웃음을 흘리며 윤희는 보영에게 연락했다. 이미 도착했다는 그녀의 답변을 받고 서둘러 약속 장소로 향했다. 문을 열고 들어서자 보이는 차가운 물을 벌컥벌컥 들이마시고 있는 보영의 모습은 멀리서 봐도 화가 많이 나 있어 보였다.

　"무슨 일 있어?"

　"왔어? 일단 음식부터 시키자. 배고파서 죽겠다."

　맞은편에 앉는 윤희를 향해 메뉴판을 건넨 보영은 볼 정신도 없다며 똑같은 것을 달라 주문했다.

　"대체 무슨 일이야?"

대충 주문을 하고 보영을 향해 물었다.

"나 회사 그만뒀어."

"회사를?"

"응. 오늘 사표 내고 나오는 길이야. 내가 사회 경험이 엄청 난 건 아니지만, 이제 더는 못 참겠어. 아니, 지들이 잘났으면 얼마나 잘났다고 사람을 막 무시하고 그러니?"

보영은 예전부터 상사에 대한 불만이 많았다. 감각도 없이 그 저, 자신이 상사라는 명분만 내세운 을의 갑질을 더는 버티지 못하겠다고 몇 번이고 분노했던 것들이 떠올랐다.

"내가 다른 애들한테 말하면 다들 그래. 남들 사는 거 너도 그냥 참고 살라고. 근데 왜 그래야 돼? 내 인생은 내 인생인데, 왜 내가 아프고 힘든 것까지 남들 인생과 똑같이 살아야 하느냐 고. 그거 말고도 힘든 거 많은데."

"그래. 맞아. 힘들고 아픈 거 굳이 할 필요 없어. 찾아보면 힘 들지 않고 재밌는 게 분명 있을 테니까."

마침 주문한 식사가 나왔지만 보영은 입에 댈 생각조차 하지 않는 듯 보였다. 그녀는 잔뜩 뿔난 얼굴로 계속해서 말을 이어 나갔다.

"그렇게 사람도 덜된 놈 비위 맞춰 주며 사느니, 차라리 내가 사랑하는 사람들 비위 맞춰 주면서 사는 게 나아. 그리고 뭐, 내 가 그 회사 말고는 어디 돈 못 벌까 봐서 그래? 웃기지 마. 거기 말고도 돈 벌 곳 많아."

"맞아. 이렇게 건강하고 멀쩡한데, 어딜 못 들어갈까?"

윤희도 보영의 장단에 맞추어 몸을 흔들어 댔다. 그러다 문득, 제 회사 일을 떠올렸다. 팀장의 텃세가 사표를 쓰게 할 만큼 지독한 것은 아니지만, 윤희의 마음에 진짜 신경이 쓰이는 건 동현이었다.

동현만 생각하면 여러 가지 이유로 마음이 불편했다. 이번에 맡은 일만 끝내면 사표를 내야 할까, 하고 고민이 몰려왔다.

"그래서 하는 소리인데, 윤희야."

"응?"

"나 창업하려고. 알지? 나 예전부터 작은 카페 차리고 싶어 했던 거. 이번에 적금 털고 우리 집에 있던 건물 1층에 작은 상가도 비어서 보증금이랑 월세 없이 들어갈 수 있거든."

이제야 겨우, 젓가락을 들어 반찬 하나를 먹은 보영이 좀 전과는 상반되게 신난 얼굴로 말을 이어 가기 시작했다.

"카페?"

"응. 브런치 카페."

"그래서 하는 소리인데, 너 거기 와서 일할래? 너 요리 잘하잖아."

보영이 손을 깍지 껴서 턱을 괴고 눈을 과하게 끔뻑이며 되물었다. 무언가를 부탁할 때 나오는 특유의 부담스러운 애교였다.

"글쎄, 생각해 볼게."

말은 그렇게 하면서도 윤희도 은근히 그 제안에 솔깃했다. 지금 다니고 있는 회사에서 동현과 팀장의 행동이 너무나 불편하게 느껴진 탓이었다.

보영과 점심을 먹고 회사에 돌아오는 순간까지도 고민은 꼬리의 꼬리를 물어 끊어질 기미 없이 계속되었다.

"정윤희 씨."

막 들어서는 윤희를 팀장이 불렀다. 또 뭐 때문에 저러나 싶지만 애써 싫은 티를 내지 않고 다가갔다.

"네. 팀장님."

"지금 몇 시야?"

"아. 1시 1분이요."

"우리 점심시간이 몇 시까진데."

1분 늦었다고 눈을 메두사처럼 사납게 치켜뜨며 되묻는 건가 싶어 어이가 없었다. 그래도 어쨌든 1분을 늦은 것은 제 탓이니 뭐라 해명할 것도 없다고 생각했다.

"죄송합니다. 1분 늦어서 죄송합니다."

"정신 바짝 차리고 살아요."

"네."

"그리고 우리 준비실에 커피 좀 채워 놔요. 이런 거 내가 매일 일일이 말해야 하나?"

빽, 하고 지르는 고함에 여태 잘 참고 있던 자존심이 상해 버린 윤희가 참지 못하고 입술을 떼어 냈다.

"그건 제 담당이 아닌데요."

"어머. 같이 일하는 동료끼리 내 일, 네 일이 어디 있어요?"

그럼 네가 좀 채우지 그러셨어요, 하고 말하려던 걸 큰 싸움 날까 싶어 꾹 참았다.

"네. 알겠습니다. 채워 놓도록 하겠습니다."

"그따위로 일하면서 월급 받기 미안하지도 않아요?"

"죄송합니다."

"얼른 채워 놓고 와요. 또 느릿느릿 농땡이 피울 생각하지 말고."

농땡이 피울 생각은 안 해도, 팀장의 얼굴에 주먹 날릴 생각은 수두룩했던 윤희는 이를 바득 갈며 준비실로 향했다. 회사를 그만둬야 하나, 말아야 하나의 고민이 한쪽으로 확 기울어지는 순간이었다.

❋　　　❋　　　❋

"성질나 죽겠어, 정말!"

자신이 만든 매운 닭발을 손에 든 윤희가 시원하게 맥주를 들이켠 후 열불을 냈다. 열불 때문인지, 아니면 몇 모금 마신 맥주 때문인지, 벌써부터 붉어진 그녀의 얼굴을 마주 보며 승언이 작게 미소를 머금었다.

"왜?"

"우리 팀장 말이에요. 날 미워해도 너무 미워해요."

"팀장? 지가 뭐라고, 내 여자 친구를 미워해?"

"몰라요. 그냥 내가 마음에 안 드나 봐요. 사사건건 시비가 장난 아니에요. 점심시간 1분 늦은 거, 그래. 1분이라도 늦은 건 늦은 거니까, 내 잘못이라고 생각해요. 그런데 저 화장실 딱 한 번 가려고 일어났거든요? 근데 나보고 회사에 화장실 다니려고 오냐는 거예요! 사람들 그 많은 데서 민망하게!"

"정말?"

"그거뿐만이 아니에요. 작업하려면 어쩔 수 없이 마우스를 많이 쓰는데, 자기는 그 소리가 너무 신경 쓰인다면서 면박을 주는 거 있죠? 그럼 나보고 일을 도대체 어떤 식으로 하라는 거야?"

닭발을 무자비하게 뜯으며 작은 뼈들을 봉투에 후두둑, 내뱉었다. 그리고선 매움과 열이 잔뜩 끼어 있는 입에 차갑고 고소한 맥주를 들이부었을 때였다.

"윤희야."

그녀를 빤히 바라보고 있던 그가 참 담백한 목소리로 이름을 불렀다.

"네."

"나한테 시집와."

"네. 네?"

"고생 안 시킬게."

무의식중에 대답을 했다가 그 의미를 제대로 파악한 윤희가 화들짝 놀라 되물었다. 하지만 그는 여전히 요란하지도 떠들썩하지도 않았다.

"우리 결혼하자고."

다시 한번 들어도 결코, 자신이 잘못 들은 것이 아님이 확실했다. 여자라면 누구나 유치하고, 오글거린다고 하지만 화려한 프러포즈에 대한 환상이 있었다.

그래서 윤희 자신도 그런 화려한 프러포즈를 받아야지만 결혼에 대한 '설렘'을 품을 수 있을 거라고 생각했다.

하지만 그건 착각이었다.

프러포즈를 '어떻게' 중요한 것이 아니라, 프러포즈를 '누가' 하느냐고 중요했던 것이다. 초저녁, 맥주에 닭발을 뜯어 먹으며 받는 프러포즈도 제법, 사람을 설레게 만들었다.

"무슨 결혼하자는 말을 이 음식 좀 달다, 간이 심심하다 라는 식으로 말하는 거예요? 그리고 사귄지 얼마나 됐다고⋯⋯."

불퉁거리는 윤희의 목소리에 싫지 않은 웃음이 잔뜩 껴 있었다. 승천한 광대는 쉽게 내려올 기미를 보이지 않고 계속 위에서 춤을 추듯 부들부들 떨고 있었다.

"사귄 기간이 뭐가 중요해? 내가 앞으로 영원히 이 여자를 책임지고 사랑할 수 있겠다, 마음먹으면 하는 거지."

"그런 마음을 먹게 된 결정적인 이유가 뭔데요?"

"음. 잘해서?"

그가 혀로 입술을 관능적이게 쓸며 말했다. 그것이 무엇을 의미하는지 알고 있었기 때문에 윤희의 얼굴이 붉어지지 않을 수 없었다.

"네?"

"요리를 잘해서."

당황해하는 윤희를 놀리기라도 하듯. 승언이 닭발 하나를 콕 집어서는 흔들었다.

"정말 그 이유가 다예요?"

"설마, 그러겠어? 당연히 네가 좋아서 그렇지. 이제 너랑 떨어져 지내는 건 상상이 안 가."

그건 피차 자신도 마찬가지기 때문에 가만히 수긍할 수밖에 없었다.

"그리고 먼저 결혼한 내 친구가 그러더라. 진짜 결혼할 사람은 몇 주만 봐도 '아, 이 사람이구나'라고 느낌이 온대. 내가 지금 그런 것 같아. 아, 나 이 사람 없으면 제대로 못 살겠구나. 잘 살려면 내가 이 사람이랑 꼭 결혼해야겠구나."

순간 짧게나마 승언과의 결혼 생활을 상상했다. 요즘 주말 내내 함께하던 그 순간을 떠올리며 그때와 같을까? 하는 궁금증이 생겼다.

"너 그렇게 별것도 아닌 사람들한테 구박받아서 속상해하는 거 보고 싶지 않아. 그리고……."

잠시 말을 끊은 그가 가만히 윤희를 두 눈에 담았다. 깊이를 알 수 없는 그의 까만 눈동자가 윤희를 옴짝달싹 못 하게 옭매고 있는 것 같았다. 한참을 그렇게 윤희를 바라보던 그가 다시 입술을 떼어 냈다.

"그 대표랑 계속 같은 공간에서 일하는 것도 신경 쓰이고. 내가 너 하나 책임지고 살게. 그러니까, 일 그만두고 집에서 하고 싶은 거 하면서 지내."

누군가를 책임진다는 삶이 얼마나 무거운 것인지 승언 같은 남자가 모를 리가 없을 터였다. 하지만 그는 기꺼이 '결혼'으로 '책임'이라는 울타리를 힘겹게 만들고 버티고 보듬어 주기로 결심하고 있었다.

그의 까맣고 확신에 가득 찬 두 눈빛이 윤희에게 무언의 확신을 전달해 주고 있었다. 자신의 품에 들어오라고, 그래도 안전하다고. 태풍이 몰아치고, 벼락이 떨어져도 지켜 주겠다고. 그렇게 말해 주고 있었다.

"생각해 볼게요."

얼굴은 이미 그의 프러포즈에 홀라당 빠져서는 허우적거리는 설렘이 가득했지만, 입에서 나오는 말은 달랐다. 윤희의 애매한 대답에 승언이 왜? 하고 되물으며 그녀의 옆구리를 콕 찔렀다.

"지금 대답해."

"알죠? 원래 여자는 몇 번 튕겨야 하는 거."

"그래야 매력 있으니까?"

"네."

"나 기다리는 동안 애탄다."

"그래도 어쩔 수 없어요. 신중해야 하니까."

"그럼."

그가 손을 뻗어 윤희가 들고 있던 닭발과 맥주를 뺏어 식탁 위에 내려놓았다.

"네?"

"침대 위에서 생각해 보는 건 어때?"

"네?"

대답할 겨를도 없이 승언이 그대로 윤희를 안아 올렸다. 윤희가 맥주와 닭발을 더 먹고 싶다며 발버둥거렸지만, 그는 봐주지 않고 그녀를 침실 안으로 데리고 들어갔다.

탁!

"윤희야!"

승언의 발로 인해 문이 닫히자마자 다시 열리고 윤희가 허겁 지겁 옷을 입으며 밖으로 나왔다.

"윤희야! 정윤희! 혹시 옆집에 있나?"

밖에서 들려오는 보영의 목소리 때문이었다. 그 말에 그녀가 휴대폰을 찾았다. 마침 손에 넣어서 무음으로 바꾸려는 순간, 보영이 한 발자국 더 빨랐다. 휴대폰이 요란스럽게 울리고.

"정윤희! 너 거기 있니?"

이번엔 그녀의 주먹이 승언의 현관문을 두드렸다.

14

"지나가는 길에 들렀어."

말은 그렇게 하면서도 보영의 얼굴엔 안으로 들어가고 싶어 안달이 나 있는 감정이 그대로 드러났다. 윤희는 승언의 집에 아무리 친구라 하더라도 여자가 들어가는 것이 내심 마음에 걸려 벗어 놓았던 신발을 냉큼 신었다.

"나랑 지금 연애하고 있는 승언 씨."

아무리 급해도 처음 만나는 두 사람 인사 정도는 시키는 것이 예의 같아서 보영에게 승언을 두 손으로 가리키며 말했다.

"안녕하세요. 승언 씨. 처음 뵙겠습니다."

자신의 멱살을 손바닥으로 눌러 잡고서는 있는 고상, 없는 고상을 다 떨고 있는 친구를 보며 윤희는 터져 나오려는 웃음을 가까스로 참았다.

"그리고 이쪽은 오래된 친구 최보영이요."

"만나서 반가워요."

승언이 악수를 청했고 보영이 오버하다는 과한 표정을 하고 선 두 손으로 그와 악수를 했다.

됐다. 인사 끝났으니까!

"이제 우리 집으로 가자."

윤희가 보영의 등을 떠밀렸지만, 산에 박힌 바위처럼 꼼짝도 하지 않았다.

"맥주 한 잔 시원하게 할 생각인데, 우리 둘만 마셔?"

진짜 목적은 따로 있었고, 한 번 목적을 잡으면 그것을 쟁취할 때까지 쉽게 포기하지 않는 보영의 성격을 잘 알고 있었다. 그녀가 난감한 얼굴로 승언을 바라보았다. 그런 윤희의 시선에 뭘 말하는지 알고 있었기에 승언은 괜찮다고 낮게 고개를 끄덕였다.

"맥주요? 집에 맥주 있어?"

승언의 물음에 윤희가 고개를 내저었다.

"그럼 보영 씨랑 먼저 들어가 있어. 내가 편의점 가서 맥주랑 안줏거리 좀 사 갈게."

"감사합니다."

꼼짝 안 할 것 같던 보영이 당당하게 윤희의 집으로 향했다. 미안함과 고마움이 섞인 눈빛으로 바라보는 그녀에게 승언이 얼른 들어가 보라는 제스처를 취했다. 윤희가 비밀번호를 누르고 현관문을 열자, 보영이 우아한 발걸음으로 들어갔다.

"너 걸음걸이가 왜 그래?"

문을 닫고 함께 들어오며 물어오는 윤희에 보영이 뻣뻣하게 피고 있던 어깨에 힘을 풀며 달려들었다.

"나 방금 품위 있어 보였지? 아니 왜, 사람이 우아하고 있어 보여야 너도 위신이 살지. 내가 막 방정맞고 양아치 같아 보이면 너도 창피하잖아."

보영은 창피함의 기준을 잘 모르는 듯했다. 윤희는 안으로 들어와 식탁 위에 이것저것 세팅했다. 젓가락과 앞 접시. 그리고 각자 마실 물과 컵까지.

"야. 네 남자 친구 생각보다 이게 멋지네."

보영이 손으로 얼굴을 휙휙 내저으며 말했다.

"그렇지? 잘생겼지?"

"저 사람이 그, 맞지? 너랑 원나……."

보영의 입술에서 일촉즉발로 나오려는 그 단어를 윤희는 들고 있던 앞 접시로 막아 버렸다.

"한마디만 더 해! 아주 그냥!"

"아휴! 아파! 알았어. 말 안 할게. 절대 안 해."

대답과는 달리, 보영의 얼굴은 굉장히 음흉해 보일 정도로 뭔가 꿍꿍이가 있는 것 같았다.

"그런데 그 표정 뭐야."

"그냥 해 본 거야. 네 반응이 너무 귀여워서."

아무래도 불안한 보영을 달래고 또 달래는 동안, 초인종이 울렸다. 급하게 나가서 문을 여니, 승언이 양손 가득 꽤 많은 것들을 들고 있었다.

"뭘 이렇게나 많이 사 왔어요."

"그래도 친구분 처음 보는데."

보쌈에 치킨, 거기에 과자와 씹을 건어물 종류, 맥주가 들어 있는 봉지들은 윤희가 다 들지 못할 정도로 무거웠다. 보영이까지 합세하여 식탁에 음식들을 깔고 잠시 욕실에 들어갔던 승언이 나왔다.

"어머, 이렇게 많이 안 사 오셔도 되는데! 너무 감사하게 잘 먹을게요."

어울리지 않게 지나친 상냥함을 장착한 보영이 예의 바르게 허리까지 굽히며 인사를 했다.

"드시다가 부족하신 거 있으시면 더 말씀하세요."

세 사람이 식탁에 앉고 각자 원하는 맥주를 골랐다.

"와, 센스 있으시네. 맥주를 종류별로 사 오시고."

보영의 과한 칭찬에 머쓱한지, 승언이 어색하게 웃어 보였다.

"자, 이렇게 만난 것도 반가운데, 저희 짠 한 번 하죠!"

술 앞에서 우아함이 다 떨어져 나가는 모양이다. 보영이 한층 신난 목소리로 맥주캔을 들어 올렸고 승언도 제법 신이 난 얼굴로 들어 올렸다.

"못산다. 진짜."

보영을 못 말려 하며 윤희도 맥주를 들어 올렸다. 공중에서 건배를 하고 내려온 맥주들이 각자의 입으로 들어가 시원스럽게 빠져나갔다.

"갑작스럽게 놀러 와서 좀 당황하셨죠?"

"네? 아니요. 괜찮아요."

승언이 덤덤한 목소리로 말했다.

"정말, 생각보다, 많이 잘생기셨어요. 오호호호호!"

거의 돌려 말하는 법이 없는 보영의 갑작스러운 칭찬에 승언이 살짝 당황해서는 윤희를 바라보았다.

"인정?"

윤희가 장난스럽게 승언에게 묻자, 그가 실소를 터트렸다.

"와, 이거 보쌈 너무 맛있다. 잘 먹을게요!"

"이 집 보쌈이 유명해요. 많이 드세요."

세 사람은 맥주를 마시며 안주 이야기도 하고, 서로가 겪은 사회 경험 이야기도 하며 점점 맥주를 비워 나갔다. 와락, 웃음이 터져 나왔다가 시무룩한 얼굴들로 말을 이어 나가기도 했다.

그리고 보영이 벌써 다섯 번째 캔을 따며 붉어진 얼굴로 승언을 마주 보았다.

"있잖아요. 승언 씨."

보영의 말에 윤희의 입가에 묻은 과자를 털어 주던 승언이 시선을 돌려 그녀를 보았다.

"두 사람 자꾸만 질투 나게 내 앞에서 막, 애정 행각하고 그럴 거야? 어? 그럴 거예요?"

윤희와 승언에게 번갈아 가며 삿대질을 하면서도 그녀의 얼굴에선 웃음이 떠나지 않고 있었다.

"보영아. 너 너무 많이 마시는 거 아니야? 이제 그만 마셔."

"아, 왜! 술이 이렇게나 많은데, 왜 그만 마시래?"

"취한 것 같다니까……."

"안 취했어어."

그러다 보영은 자신의 붉어진 두 뺨을 손바닥으로 제법 세게 찰싹 때렸다.

"우리 윤희 말이에요."

꽤 취해 보이는 보영의 모습이 불안했다. 뒤에 어떤 말이 나올지, 조마조마하여 윤희는 냉큼 입이라도 틀어막을 생각으로 준비 태세를 취했다.

"우리 윤희는 요리도 되게 잘하고, 청소도 잘하고, 빨래도 잘해요. 되게 천상 여자 같은 아이예요!"

예기치 못한 보영의 칭찬에 윤희가 슬그머니 다시 자리에 앉았다. 그녀는 여전히 잔뜩 취한 얼굴을 하고서는 말을 이어 나갔다.

"겉으로는 되게 강해 보이고 별생각 없는 애처럼 보여도 마음은 진짜 여린 아이예요. 잘해 주세요."

쿵. 마지막 말과 함께 보영이 식탁에 그대로 머리를 박고 잠들었다.

"보영아?"

보영의 모습에 윤희가 화들짝 놀라서는 그녀의 어깨를 흔들었다. 하지만 꿈쩍도 하지 않고 거친 숨을 몰아쉬며 더욱 깊은 잠에 빠져들었다.

"완전 깊이 잠들었나 봐요."

윤희가 어이없다는 얼굴을 하고선 난감한 목소리로 말하자, 승언도 넋을 놓고 있다가 고개를 끄덕인다.

"유쾌한 분이신 것 같아. 널 많이 아끼는 것 같고."

"그렇죠? 재미있고 착하고, 쿨하고. 참 좋은 친구예요."

잠들어 있는 보영을 바라보는 윤희의 시선이 그 어떤 때보다 따뜻했다.

"내가 도와줄게."

불편해 보이는 보영이를 부축하려고 들 때, 승언이 함께 일어나 보영에게로 손을 뻗었다.

"어어! 터치 노노!"

이 와중에 승언이 다른 여자 만지는 것이 싫어 윤희가 다급하게 말리고 나섰다. 그런 윤희의 마음을 눈치챈 승언이 손을 떼어 냈다.

"만지는 게 싫어? 도와주려는 건데?"

"네. 그래도 어째 싫어요."

"욕심쟁이."

"그래서 싫어요?"

"아니. 안 싫어."

승언이 윤희의 볼에 가볍게 입을 맞추며 대답했다.

"보영이도 있는데! 깨면 어쩌려고!"

윤희가 승언의 가슴을 때리려다 제지당했다.

"네 목소리에 더 깨겠어."

"아……."

가만히 입을 다물고선 다시 보영을 부축해 침대에 눕혀 놓고 다시 나왔다. 식탁을 정리하고 있는 승언의 등을 와락 안고서는 얼굴을 깊숙이 파묻었다.

"아, 좋다."

윤희가 파묻은 그의 등에 대고 연신 피어오르는 미소를 한껏 지었다. 그녀를 따라 승언도 마음껏 미소를 지어 보였다.

"나도 좋다."

그냥, 모든 게 좋은 날들이다.

❋   ❋   ❋

"그럼, 오늘 저녁에 만나요."

오늘은 함께 이사한 윤희의 가족들을 찾아가기로 한 날이었다. 윤희가 창문을 열어 마주한 승언에게 애교 섞인 눈웃음을 지으며 인사했다. 곧장 사무실로 들어온 그녀가 PC를 켰다. 이제 모든 작업들의 마무리 단계를 끝내고 마지막 점검에 나섰다.

잠시 후, 직원들이 하나둘씩 출근을 했고 오늘도 어김없이 자신을 눈엣가시 존재로 느끼며 이것저것 시키는 팀장에게 마무리를 끝낸 디자인 파일을 보냈다.

"팀장님. 메일 확인 한 번 부탁드릴게요."

대답도 하지 않고 메일을 확인한 팀장이 씰룩거리는 입술로 괜찮다는 대답을 내놓았다. 그 말을 듣자마자 윤희는 사표를 들고 그녀에게 다가갔다.

처음 이곳을 들어왔을 때부터 생각했던 것일지도 몰랐다. 남들은 자신을 철없다고 생각할지 모르겠지만, 윤희는 가장 소중한 것을 지키기 위한 결정을 했을 뿐이었다. 가장 소중한 것. 지금 윤희에게 가장 소중한 것은 승언뿐이었고, 그의 행복이 가장 중요했다.

자신으로 하여금 그가 속상해하고 신경 쓰는 것을 원치 않았고 자신 또한 동현과의 불편한 만남을 계속 이어 가고 싶지 않았다.

일이야 다시 구하면 되지만, 승언 같은 남자는 절대 어디 가서 다시 구할 수도 없는 노릇이었다.

"사표?"

전혀 놀라는 기색도 없는 팀장의 반응을 보며 윤희는 속으로 피식, 하고 헛웃음이 나와 버렸다. 무슨 이유 때문인지는 몰라도 자신을 정말 마음에 들어 하지 않았다는 것이 노골적으로 드러나는 순간이었다.

"인수인계는 하고 가야겠죠?"

"일단 내가 대표님께 말씀드려 볼게요."

"네. 알겠습니다."

팀장이 윤희의 사표를 들고 당당한 걸음으로 대표실에 들어간 지, 5분도 되지 않아 윤희가 불려 들어갔다. 동현은 심각한 얼굴을 하고서 소파에 앉아 있었고 윤희가 그 맞은편에 앉았다.

"팀장님은 나가 보세요."

"네? 아, 네."

못마땅한 얼굴로 팀장이 나간 후, 동현은 앞에 놓인 사표를 다시 윤희에게 내밀었다.

"나 때문이라면 그만두지 마."

"아니요. 그만두는 게 정답이에요. 계속 이렇게 지내는 게 너무 불편해요. 누구에게도 좋은 모습이 아니거든요."

동현이 아무 말 없이 가만히 그녀의 사표를 바라보았다.

"그때는 나도 너무 어리고 나중에는 정신이 없었고, 그러다가 널 다시 만난 게 내게 큰 행운 같이 느껴졌어. 그런데 넌 아니었던 거야?"

"네. 저는 아니에요. 사표 수리해 주세요."

잠시의 망설임도 없이 할 말만 하고 정중하게 인사를 건넨후, 대표실을 나왔다.

사람이 인생을 살다 보면 자기 뜻대로 흘러가지 않는 상황들이 너무 많다.

회사 생활이 싫어 과감하게 때려치우고 바꾼 프리랜서 일로는 도통 수입이 되지 않아 다시 직장을 구했지만, 그곳에서의 생활 또한 평탄치 않아 이렇게 그만두게 되었다.

평범하게 사는 것이 가장 힘들다는데, 그 말이 절실하게 느껴졌다. 그래도 마음 한구석 무겁게 짓누르고 있던 무언가가 홀가분하게 떠나간 기분이었다. 처음부터 이렇게 하는 것이 답이었는데, 맡은 업무를 마무리 짓지 않아 시간이 끌어진 것뿐이었다.

"팀장님 때문에 그만두시는 거예요?"

슬그머니 곁으로 다가와 묻는 재영에게 윤희는 제법 여유로운 미소를 지었다.

"고작 저런 사람 때문에 내 인생이 좌지우지 하지는 않죠. 저런 사람들한테 내 인생 휘둘리면 안 돼요. 그만두는 건 그것보다 훨씬 더 큰 이유 때문이에요. 내 인생이 좌지우지 될 수도 있는 아주 중요한 이유."

❋   ❋   ❋

"류 선생. 그러다가 밥 식겠어."

은경의 핀잔에 그제야, 승언이 머쓱해 하는 얼굴로 손에서 휴대폰을 내려놓았다. 오늘도 어김없이 혼자 밥을 먹고 있다며 칭얼거리는 윤희의 문자에 정신이 팔려 숟가락 한 번을 들지 못했다.

그 바람에 시킨 죽의 윗면이 완전히 식어 있었다.

"정말, 연애를 하면 달라지나 봐. 오가면서도 휴대폰 들여다보고 있는 것을 생전 본 적 없는데, 요즘엔 휴대폰을 아예 공기처럼 보면서 다녀."

은경의 말에 옆에 있던 성우가 핼쑥해진 얼굴로 고개를 끄덕였다.

"정말 우스운 소리지만, 나도 장염 한 번 걸렸으면 좋겠다. 성우 선생 살 빠진 거 보니까."

은경의 말에 성우가 아팠던 날들이 떠올랐는지, 발끈한 얼굴로 따졌다.

"진짜 철없는 소리. 언제 철들래?"

"철들면 돈 나오나?"

"돈이 나올지, 뭐가 나올지는 어떻게 알아?"

두 사람의 티격태격 하는 모습을 지켜보던 승언의 시선이 또다시 자연스럽게 휴대폰으로 향했다. 윤희로부터 답장이 와 있었기 때문에 손에서 숟가락을 쥐고 답을 보내느라 바빴다. 그런 승언을 은경과 성우가 못 말린다는 얼굴로 바라보며 조용히 고개를 내저었다.

"그래도 승언 씨 좋아 보여서 다행이야."

시선이 제게 또 집중되었다는 것을 느낀 승언이 문자를 보내고 얼른 휴대폰을 내려놓았다.

"그래 보여요?"

"훨씬. 이러나저러나 사람은 사랑을 하고 살아야 돼."

부러워하는 은경에게 긍정의 의미로 옅은 미소를 보였다. 정말 세상이 달라지는 기분을 만끽하고 있었다. 살 만한 곳이었고 살고 싶은 곳이라는 것을 알려 준 건, 사랑이었고 그리고 그 사랑을 준 것이 윤희였다.

그러기 때문에 그녀의 존재가 승언에겐 더욱 애틋하게 느껴질 수밖엔 없었다. 점심을 먹고 학원으로 들어가려던 승언의 눈길이 무언가를 발견하고 멈칫했다.

"류 선생."

"먼저 들어가세요."

자신을 부르는 은경을 뒤로한 채 승언은 그대로 가게 문을 열고 들어갔다. 그가 본 것은 액세서리 전문점의 유리창 너머의 반짝거리는 에메랄드빛의 시계였다. 보자마자 윤희가 떠올랐다. 그녀의 하얗고 여린 팔뚝에 하면 잘 어울릴 것만 같아 망설일 필요가 없었다.

"이 시계 하나 주시겠어요?"

"어머, 마침 딱 오늘 신상품으로 나온 시계인데 손님이 처음으로 구매하시는 거예요."

직원의 말에 괜히 기분이 좋아졌다. 정성스레 포장까지 한 시계를 들고 매장을 빠져나와서 학원 건물 안으로 발을 디뎠을 때였다.

승언의 맞은편 시야로 낯익은 아이가 굳은 얼굴을 하고 서 있었다. 방금 전까지 윤희를 생각하며 싱글벙글하던 승언의 얼굴이 함께 굳어졌다.

자신만큼 놀란 아이가 무참히도 요동치는 눈동자를 하고서는 버석하게 마른 입술을 떼어 냈다.

"선생님……."

그 아이였다. 1년 전, 학교 창문 밖으로 뛰어내린 아이를 지켜보던 무리들 중 한 명. 그래도 양심이 있었는지, 유일하게 웃지 않고 있던 새하얗게 질린 얼굴로 아래를 바라보던 그 아이.

"네가 여긴 웬일이야?"

대전에 있어야 할 아이가 이 시간에 서울에서 배회하고 있다는 사실이 놀라워 되물었다.

"아, 저…… 이 건물 학원 등록하려고요."

"이 건물 학원에?"

"네."

승언이 건물 내에 있는 학원이 적혀 있는 안내판을 바라보았다. 그중에선 검정고시에 관련된 학원도 있었다. 승언의 눈길이 그곳에 머물렀다가 아이에게로 향했다.

"학교 자퇴했어요."

기어들어 가는 아이의 목소리가 여전히 그날의 고통을 떠올리게 만들었다.

"그랬구나."

아이는 승언과 눈도 제대로 마주치지 못하며 시선을 바닥으로 힘없이 떨어트렸다. 교무실에서 교무실에서 눈물을 보였던 아이였다.

잘못된 일에 휘말린 듯 억울해 보이기까지 했지만, 아이는 끝까지 침묵했다. 그 침묵이 승언을 더욱 힘들게 했고 마음의 상처를 입은 그 아이를 더욱 몰아붙였다.

그래서 아이를 바라보는 것이 버겁고 힘들게 느껴졌다.

"그래. 선생님이 이 건물 영어 학원 강사로 일하고 있어."

"아……."

"그럼, 열심히 하고."

사정에 대해서 물어보고 싶지 않았다. 더는 그 일에 스스로를 상처라는 늪으로 내던져 찢기고 싶지 않았기 때문이었다. 그대로 돌아섰다.

쇼핑백을 들고 있는 그의 손이 금방이라도 으스러질 것처럼 꽉 쥐어졌다.

✳   ✳   ✳

퇴근하고 서둘러 회사를 빠져나온 윤희가 주변을 두리번거렸다. 언제나 그렇듯 늘 같은 자리에 승언의 차가 멈춰져 있었고 안에는 그가 타 있었다.

"무슨 생각을 저렇게 골똘히 하는 거지?"

평소엔 승언 역시, 윤희가 나오는 곳을 바라보고 있다 눈이 마주치면 환한 미소와 함께 손을 흔들어 주었다. 그런데 오늘은 무서울 정도로 굳은 얼굴을 하고서는 한곳만 주시하곤 깊은 사색에 잠겨 있었다.

윤희가 조심스럽게 다가가 창문을 노크했다. 그러자 그가 깊이 빠져 있던 생각에서 벗어나 그녀를 바라보았다.

"어. 왔어?"

"무슨 생각을 그렇게 해요?"

보조석에 앉아 안전벨트를 매며 넌지시 물어봤지만, 승언에게선 별거 아니라는 싱거운 대답이 돌아왔다.

"일 힘들었지?"

"그냥저냥요."

애매하게 대답을 늘어놓았던 윤희가 다시 급하게 입술을 떼어 냈다.

"사실, 저 오늘 사표 냈어요."

"사표 냈다고?"

"네. 팀장도 너무 괴롭히고, 그리고 뭐 회사 생활이 딱히 잘 맞는 거 같지도 않고, 알죠? 저 야행성인 거. 근데 아침에 일찍 일어나려니까, 너무 힘들고……. 아무튼, 그냥 이런저런 이유로요."

윤희의 말을 들어 주던 승언의 얼굴이 더욱 무거워졌다.

"나 신경 쓰여서 그런 거지?"

"시집오라면서. 일 그만두고."

"진짜 그거 때문이야?"

"당연하죠."

웃으면서 좋아할 줄 알았던 승언이 의외로 조용히 웃으며 손을 뻗어 그녀의 머리를 쓰다듬어 주었다.

"그래. 서둘러 부모님도 찾아뵙자."

미소의 뒤끝이 쓸쓸하다. 윤희는 승언의 작은 변화에도 쉽게 눈치챌 수 있었다.

"주소가 어떻게 돼?"

내비게이션을 켜서 물어오는 승언에게 윤희가 직접 찍고 나서도 편치 않은 마음을 밖으로 그대로 드러냈다.

"무슨 일 있어요?"

"아니. 아무 일도 없는데. 왜?"

"표정이 안 좋아 보여요."

"긴장해서 그런가 보다. 아차, 뭘 사야 할지 몰라서 한우랑⋯⋯."

"한우를 샀어요? 아휴, 돼지고기 사면 된다니까!"

"그래도 혹시 몰라서. 전복도 좀 샀어."

"전복을요? 내가 이렇게 돈 팡팡 쓰라고 데려가는 거 아닌데! 진짜, 사람 미안해지게."

미안한 마음에 평소보다 훨씬 하이톤으로 오버를 해서 말했다.

"미안해하지 않아도 돼."

분명, 미소를 장착하고 있지만 그 쓸쓸함과 고독함은 한층 더욱 짙어져 그의 곁에 머물렀다.

윤희는 다시 한번, 아무 일도 없느냐고 물으려다가 입을 굳게 다물고 운전에 집중하려는 승언을 바라보며 말았다. 딱히 무언가를 말하고 싶어 하지 않는 현재 그의 상태를 고려해 주고 싶었다.

주소를 찍은 내비게이션에서 곧 도착한다는 상냥한 목소리가 나왔다. 그러자 윤희의 심장이 걷잡을 수 없이 뛰기 시작했다.

승언처럼 긴장이 되는 건, 윤희도 마찬가지였다.

아파트 단지로 들어온 차를 주차 시키고 서둘러 돌아다니며 동을 찾았다.

"여기다. 엄마가 302동 301호라고 그랬거든요."

집을 찾은 윤희의 말에 승언이 잔뜩 긴장한 얼굴로 제 옷매무시를 다시 한번 가다듬었다. 그런 승언을 도와주기 위해 윤희 역시 손을 뻗어 그를 어루만져 주었다.

"멋져요. 너무 멋져. 아마, 우리 엄마가 어디서 저렇게 잘난 남자를 데리고 왔냐면서 엄청 좋아하실 거예요."

"정말 그랬으면 좋겠다."

"당연히 그러죠. 그리고 우리 아빠는 좋으면서 괜히 질투 나서 퉁명스러울 거예요. 딱 봐도 그림 나와요. 내 동생은 약간 소심해서 아마 있는 듯 없는 듯 굴 거예요. 이제 곧, 고3이라 많이 예민하거든요. 그래도 나쁜 애는 절대 아니에요."

"응. 당연히 널 닮으면 착하고 잘생겼겠지."

"내가 잘생겼어요?"

"302호라고?"

"301호!"

대답을 회피하며 걸음을 빠르게 옮기는 승언을 따라 윤희도 촉박하게 걸음을 옮겼다. 승강기에 올라타 3층을 누르고 기다리는 동안에도 두 사람은 서로를 마주 보는 눈빛에서 긴장했다는 것을 절실하게 느낄 수 있었다.

띵!

소리와 함께 목적지에 도착한 승강기 문이 열리고 문이 활짝 열려 있는 301호를 발견한 윤희가 큼큼, 헛기침을 하며 먼저 안으로 들어갔다.

"엄마, 나 왔어!"

아빠와 함께 끙끙거리면서 서랍장을 옮기고 있던 엄마와 윤환이가 윤희를 바라보았다.

"그런데 왜 안 들어오고 그러고 서 있어? 돼지고기는?"

"엄마, 잠깐만. 내가 소개해 줄 사람이 있어! 그 사람은 바로, 내 남자 친구……."

말을 다 잇기도 전에 뒤에서 무언가가 쿵, 하고 떨어졌다. 깜짝 놀라서 돌아보니 승언이 들고 있던 전복 박스가 바닥에 내동댕이쳐져 있었다.

깜짝 놀란 윤희가 시선을 올려 승언을 바라보았다. 넋이 나간 표정, 길을 잃은 눈동자, 작게 벌어진 입술 밖으로 나오는 옅은 신음. 고운 미간이 점점 구겨지더니, 승언이 힘겹게 한숨을 토해 낸다.

혼란스러운 그의 표정에 불길한 예감을 느낀 윤희가 천천히 가족들에게로 시선을 옮겼다.

승언과 같은 표정. 같은 반응.

잘못돼도 무언가가 확실하게 잘못되었다는 것을 감지할 수가 있었다.

"선생님께서 여길 어떻게……."

엄마의 수분이 빠진 목소리가 가늘게 떨리고 있었다. 윤환이 뒷걸음질 치더니 그대로 방으로 들어가 문을 걸어 잠갔다. 심장이 벼랑 끝으로 곤두박질쳐지는 기분이었다.

내가 원한 반응은 이런 게 아닌데. 정확히 무슨 상황인지 몰 랐지만 윤희는 갑자기 눈물이 나기 시작했다. 자신이 가장 소중 하게 생각하는 사람들이 보인 반응에 진실을 듣는 것이 두렵고 무서웠다.

"왜 그래, 다들 왜……."

윤희가 가장 먼저 붙잡은 건 승언이었다. 그가 떨고 있었다. 붉게 충혈이 된 두 눈으로 윤희를 바라보았다.

"왜 그래요? 나 무섭게."

혼자 사막에 떨어진 것처럼 절망적이었다. 어떤 희망도 없는 눈동자가 섬에 마지막으로 남은 나뭇잎처럼 처량하게 흔들렸다. 그녀가 지금 마주하고 있는 승언의 눈에선 어떤 희망도 읽을 수 없을 정도로 비관적이었다.

미안해. 그의 입술이 작게 모양을 그리며 그렇게 속삭였다.

"아니야."

윤희가 승언의 사과를 부정하며 손을 더욱 꽉 그러쥐었다. 하 지만 자신을 만져 주던 따뜻했던 그 손이 서서히 차갑게 식어 갔다.

안 돼요. 짤막하게 말하는 순간, 그가 손에 들고 있던 모든 것 들을 놓고 비상구를 향해 달려갔다. 승언이 놓아 버린 그것 중 에는 윤희의 손도 포함되어 있었다.

"승언 씨!"

다급하게 그를 따라가려던 윤희의 몸이 누군가의 붙잡음으로 움직이지 않았다.

"너 저 사람 쫓아가면 안 돼. 안 돼. 윤희야."

엄마의 눈물 섞인 애원에도 윤희는 크게 발버둥 치며 울부짖었다.

한순간에 제 앞에서 사라져 버린 이 모든 것들이 꿈이길 바라면서.

15

　윤희를 놓고 그대로 달려 나온 승언은 멈추지 않고 달렸다. 무작정 달렸다. 절망과 슬픔이 악착같이 쫓아오는 두려움 속에서 자꾸만 휘청거리는 다리에 힘을 주어 달렸다. 떨어트리고 싶었다. 그 지독한 상처와 죄책감으로부터 달아나고 싶었다.

　윤희의 집에서 직면한 가혹한 현실에서 무작정 도망쳐 나왔지만, 여전히 사방에서는 상처라는 이름을 매달고 첨예한 칼날이 심장을 향해 내리꽂히는 것처럼 아팠다. 상처로부터 꼭꼭 숨어 홀연히 사라져 버리고 싶었다.

　하지만 승언은 알고 있었다. 어디에 숨어도 상처는 반드시 자신을 찾아 잔혹하게 꽂혀 영원히 주변에 남아 자신을 괴롭힐 것이란 걸.

　어딘지 모를 골목으로 들어선 승언이 더는 버티지 못하고 벽에 등을 기대고 그대로 주저앉았다. 몸이 있는 모든 수분이 다

빠진 것처럼, 아무 힘이 없었다.

윤희가 자신을 소개하려는 직전을 참지 못하고 걸음을 옮겨 가장 먼저 본 얼굴이 왜 하필이면 오늘 낮에 보았던 윤환이의 얼굴이었을까. 왜 하필이면 그 아이가 그곳에 있었던 걸까.

왜 하필이면 윤희가 그들의 가족이고. 왜 하필이면, 왜 하필 이면…….

이 순간에도 왜 하필이면 자신이 윤희를 사랑했는지에 대한 말은 나오지 않았다. 오로지 그녀였기에 사랑한 것이다. 윤희를 원망할 순 없었다.

잘못 본 것이라고 단언하고 싶었다. 다른 사람을 착각한 것이라 웃으면서 넘기고 싶었다. 지금 일어난 일들이 그렇게 단순하게 넘어갈 수 있게 잠깐 꾼 악몽이기를 원했다. 윤희가 작은 손으로 어깨를 문지르며 예쁜 목소리로 어서, 일어나라고 깨워 줬으면 싶었다.

그래서 그녀를 품에 끌어안고 이상한 꿈을 꾸었다며 한탄을 하고 싶었다. 하지만 아무리 애를 써도 바꿀 수도 없는 기구한 운명에 승언은 또다시 무너져 내렸다.

"윤희야…….”

아직 완전히 가시지 않은 상처가 그들을 용서하지 않았다고 말하고 있었고, 그들을 아직 용서하지 못한 마음이 결국 승언을 윤희에서부터 도망치게 만들었다. 그들과 마주한 순간, 선명하게 되살아나는 상처를 견딜 자신도, 지켜볼 자신도 없었다. 그들과 함께 웃고 떠들고 신뢰와 사랑을 할 자신도 없었다.

"윤희…….”

그럼에도 불구하고 자꾸만 보고 싶고 욕심이 나는 윤희를 지울 수 없어 승언은 한동안 괴로움에 몸부림을 쳐야 했다.

❋   ❋   ❋

거실에 앉은 가족들의 얼굴은 전부 어둠 속에 잠식되어 있었다. 절망과 슬픔, 훌쩍이는 엄마를 윤희가 눈물이 그렁그렁 달린 눈으로 바라보았다.

"그런데 왜 아무도 나한테 말해 주지 않았어? 그런 일이 있었으면 나한테 말을 했어야 할 거 아니야!"

"서울에서 힘들게 일하는 너한테까지 말할 필요 없다고 생각했어. 너도 그럼 속상해할 거니까."

엄마의 설명에도 윤희는 전혀 이해가 가지 않았다.

"아니. 말했어야 돼. 무슨 일이 있어도 나한테 말했어야 돼. 어떻게 된 거야? 정윤환. 네가 얘기해 봐."

애써 침착하게 건넨 윤희의 독촉에 고개를 푹 숙이고 다리 위에 손을 꽉 그러쥐고 있던 윤환이의 손등 위로 뜨겁고 투명한 눈물들이 후드득 떨어졌다.

"미안해. 누나. 누나 미안해."

"뭐가 미안한데?"

"한 아이가 왕따를 당했어."

전에 승언이 해 주었던 이야기가 자꾸만 떠올랐다. 불안하게,

슬프게, 절망적이게, 자꾸만 그 이야기가 떠올랐다.

"빨리 말해. 정윤환. 뭐가 미안하다는 건데."

"우리 학교 선생님이셨어. 그런데, 내가 원해서 그런 건 아니야. 나도 무서워서 그랬어. 나도 정말 무서워서 그랬어."

"그 아이가 자살 시도를 했어. 두려워하면서도 죽길 원했어. 죽음으로서 도망가고 싶었던 거야."

횡설수설하면서 절규하는 윤환에 윤희가 아랫입술을 꽉 깨물었다.

"말 똑바로 못 해? 말 똑바로 하라고."

"내 친구가 왕따를 당했어. 아이들의 괴롭히던 수준이 도를 지나쳐 갔지. 그 애가 나한테 도와 달라고 했는데, 난 못 도와줬어. 내가 도와주면 걔들이 나까지만 가만두지 않을 거라고 협박했어."

윤환의 말이 끝나기가 무섭게 곁에 있던 엄마가 다가와서는 윤환이의 팔을 걷어붙였다. 그러자 붉게 상처가 난 것들이 팔등에 드문드문 나 있었다. 그 상처가 꽤 깊어 보였다. 그러고 보니, 아직은 더위가 남아 있는 이 날씨에 긴팔 티셔츠를 입고 있는 것이 이상했다.

"그 친구를 도와주면 너도 같이 죽을 거라고, 담배로 이랬다더라. 그러니까 너무 윤환한테 뭐라고 하지 마."

"그러니까…… 그러니까……"

감히, 동생에게 가해자라는 말을 할 수가 없었다. 사랑하는 동생이 어쩔 수 없이 가해자의 입장에 설 수밖에 없었던 상황도 너무나 이해가 갔기 때문에 마음이 찢어질 것처럼 아파서 아무 말도 할 수가 없었다.

마음을 부여잡고 입만 벙긋거리며 눈물을 흘렸다.

"미안해. 누나. 그런데 나도 그 애가 자살 시도를 하고 나서, 너무 미안한 죄책감에 자퇴하고……. 그래도 용서받지 못할 거 알아. 하지만 누나, 나도 정말 무서워서 그랬어. 나도 정말 무서워서 그랬어……."

아직도 그때의 후유증이 남은 모양인지, 몸을 벌벌 떠는 윤환이를 끌어안았다.

하지만 어쨌든 그의 상처에 내 가족이 끼워져 있다는 것에도 견딜 수 없을 만큼 마음이 아파 왔다. 왜 그 수많은 사람들 중에 하필이면 내 가족과 승언이 그런 관계로 얽매여 있는지, 보듬어 줄 수 없는 그들의 상처에 아무것도 할 수 없다는 이 가혹한 현실에 윤희의 세상이 무너져 내렸다.

세상을 살아가면서 크게 욕심 같은 것을 내본 적 없었던 것 같다. 없으면 없는 대로, 있으면 그 이상을 바라지 않고 딱 있는 대로, 그냥 그렇게 살아왔다. 남들에게 특별히 상처를 줬던 기억도 없다. 이간질 같은 것도, 도둑질을 해 본 적도, 크게 상처를 준 말도 한 적 없다. 오히려 남들에게 상처를 줄까 싶어, 조심하고 한 발자국 뒤로 물러나고 했던 지난날들의 자신을 떠오르며 윤희는 쭈그려 앉아 있는 무릎 사이로 제 얼굴을 파묻었다.

그런데 왜, 자신이 이렇게 큰 상처를 감당해야만 하는지 윤희는 울컥 서러워졌다.

욕심을 낸 건, 승언 하나뿐인데. 영원히 손에 그러쥐고 싶었던 건 정말 승언 하나뿐인데. 그것마저도 안 된다고 운명이 악을 질러 되는 기분이었다.

"흐으……."

후드득, 그 어떤 빗방울보다도 굵은 눈물이 발등 위로 쏟아졌다. 서럽고 억울함에서 터져 버린 눈물이 쉴 새 없이 흘러내렸다. 가족 집에서 돌아와 벌써 세 시간째, 아무도 없는 승언의 집 현관문 앞에 앉아 그를 기다려도 돌아오지 않았다. 그가 정말 이대로 영영 돌아오지 않을까 봐 겁이 나고 두려웠다.

"이제 안 되는데……. 이제, 나 당신 없으면 안 되는데……."

승언이 받았던 상처를 생각하면 유리 조각을 삼키기라도 한 것처럼 괴롭고 쓰라리다. 그런데 그의 상처 일부분을 자신의 가족이 줬다고 생각하면 견디기 버거울 정도로 괴로웠다. 어떻게 해야 할지 모르겠다. 정말 아무것도 모르겠다.

무릎 사이에 파묻혀 있던 얼굴이 번뜩 들어진 것은 승강기 문이 열리는 소리 때문이었다. 윤희가 자리에서 벌떡 일어났지만, 승언이 아니었다. 승강기에서 내린 두 여자는 복도에 쭈그리고 앉아 있다 상기된 얼굴로 일어나 자신을 마주 보는 윤희의 존재에 깜짝 놀랐다가 금세 관심을 거두었다.

"여기에 사는 남자 아니었어?"

"그렇지? 나도 잘못 본 거 아니었구나."

"술 많이 마신 것 같은데, 경비원 아저씨한테 말이라도 했어야 했나?"

두 여자가 자신들의 현관문 비밀번호를 누르며 윤희의 어깨 너머의 집을 가리켰다. 그들이 말하고 있는 남자가 승언이라는 것을 윤희는 단박에 눈치챌 수 있었다.

"어디 있어요?"

그래서 안으로 들어가려는 사람들을 붙잡고 다짜고짜 물었다. 두 여자가 살짝 당황한 얼굴로 윤희를 바라보았다.

"네?"

"어디 있냐고요. 방금 말한 그 남자 어디서 보셨어요?"

오피스텔 단지 옆쪽에 딸려 있는 주차장에 있다는 소리를 듣고 윤희는 곧장 그곳으로 내달렸다. 그곳엔 윤희가 그토록 애타게 기다리고 있던 승언이 술에 취해 쓰러지다시피 누워 있었다. 평소의 그답지 않은 모습에 윤희의 속상함은 더욱 깊어졌다.

"승언 씨!"

윤희가 다급하게 그에게로 달려가 몸을 일으켜 세웠다. 간신히 앉는 자세를 한 승언이 감겨 있던 눈을 버겁게 떠 그녀를 보았다. 갈 길을 잃은 아이처럼 막막함과 두려움이 잔뜩 희석된 눈을 마주하자 윤희는 왈칵 눈물이 쏟아지려 했다.

"왜 여기서 이러고 있어요……. 요즘 날씨가 쌀쌀해서 감기 걸린단 말이에요."

윤희의 눈물 섞인 말에도 승언은 입을 굳게 다물고 그녀를 바라보았다. 오로지, 바라만 보았다. 이제 한풀 꺾인 더위를 대신해 가을이 자신이 왔다는 것을 알리기라도 하듯, 쌀쌀한 바람을 일으켰다. 아무것도 모르고 반팔을 입은 탓에 제법 냉랭한 기운이 감돌았다.

"올라가요. 우리."

말을 하며 몸에 힘을 주어 그를 부축했지만 꼼짝도 하지 않았다. 윤희가 털썩, 그의 옆에 주저앉아 버리고 말았다. 그의 상처가 얼마나 더 깊어졌을까, 두려워 짐작조차 할 수 없었지만 곁에서 내뱉는 한숨 소리만 들어도 대충 알 수 있었다. 버겁게 내쉬어지는 한숨에 분명한 고통이 서려 있었다.

"윤희야."

한참 만에 자신의 이름을 불린 그 목소리가 서러울 정도로 다정했다. 그가 비틀거리던 몸을 반듯하게 세우고 그녀를 마주 보았다. 눈에 붉은 핏줄이 서 있었고 그 핏줄이 투명한 눈물로 가득 뒤덮여 있었다.

이름을 부르고도 그는 한동안 말을 잇지 못했다. 그러다 곧 자신의 어깨에 두르고 있는 그녀의 손을 꽉 붙잡고서는 아래로 내렸다. 그의 어깨에서부터 떨어진 윤희의 손에 곧, 닿아 있던 승언의 손에서도 떨어져 나왔다.

자신의 손을 놓아 버린 승언에 윤희의 숨이 턱, 하니 막혀 오는 것만 같았다. 모든 것이 끝날지도 모른다는 불길한 예감이 인정 없이 심장을 관통해 버렸다.

"미안해."

그 말이 무엇을 의미하는지 알 것만 같아 참고 있던 눈물이 두 뺨을 흠뻑 적셨다. 그의 눈에서도 고인 눈물이 떨어져 밑에 있던 그녀의 손등 위를 적셨다.

"미안해. 윤희야."

쉽게 뛰어넘을 수 없는 상처라는 것을 이해했다. 그래서 그를 붙잡을 수가 없었다. 제게는 그를 붙잡을 자격이 없다는 것을, 아무 자격이 없다는 것을 뼈저리게 각성하고 있었다.

비틀거리면서도 그녀의 도움을 받지 않으려고 애쓰며 자리에서 일어난 그가 한 발자국, 또 한 발자국, 그녀에게서 멀어지고 있었다.

아무것도 할 수가 없었다. 단지 그가 함께 머무르고 있었던 하지만 지금은 비워진 그 자리를 하염없이 바라보며 크게 소리도 내지 못하고 울었다.

하지만 이대로 그를 보낼 순 없었다. 문득 모든 것이 억울해져 이대로 보낼 수가 없었다. 한동안 그 자리에 앉아 울던 윤희가 급하게 눈물을 닦아 내며 오피스텔 안으로 돌아왔다.

"잠깐만요. 나랑 잠깐만 얘기 좀 해요!"

그의 현관문을 주먹으로 내리치며 울부짖었다. 문이 그의 손에 의해 천천히 열렸다.

"너무 억울해. 난 아무것도 몰랐잖아! 이렇게 못 헤어져요. 당신이랑 이렇게 못 헤어진다고!"

서러움에 북받친 감정 때문인지 문장이 정리되지 않고 제멋대로 튀어나왔다. 사실 다른 감정과 사정을 추스를 정신이 없었다. 금방이라도 홀연히 사라져 버릴 것만 같은 승언에 대한 불안함만 남아 있을 뿐. 윤희가 손을 뻗어 그를 잡았다.

"미안해요. 내가 다 미안해. 그러니까……."

"널 보면 윤환이가 떠오르고…… 윤환이를 떠올리면 내가 아파했던 그날들이 자꾸만 떠올라."

그가 자신의 손을 붙들고 있는 윤희의 손을 애처롭게 바라보았다. 곧 다른 손이 올라와 그녀의 손을 부드럽고 따뜻하게 감쌌다. 승언의 두 손이 지금 그의 무너지는 심정을 대신 말해 주듯, 여실히 떨고 있었다.

"윤희야, 난…… 난 있잖아."

그가 하는 말에 이별은 없었으면, 제발 이별만큼은 없었으면, 윤희가 속으로 간절히 원하고 바랐다.

"그 상처를 안고 널 볼 자신이 없어. 미안해."

"……."

"생각할 시간이 좀 필요해. 생각할 시간을 조금만 줄 수 있어? 힘들다고, 상처받는다고 무작정 도망치는 거 비겁한 짓인 거 아는데……."

아는데도 그것이 쉽게 되지 않아 괴로워하는 그의 모습을 보니, 윤희는 더 이상 자신의 감정만 앞세울 수 없었다. 그가 숨어 버리면 자신이 힘들다. 자신이 힘들다고 무작정 그를 숨어 버리지 못하게 하는 것 또한 이기적인 행동이라 생각했다.

"기다려 줄게요. 생각할 시간 가질 수 있게. 기다려 줄게요. 대신, 내일 아침 같이 먹어요."

그는 아무 대답도 하지 않았지만, 윤희는 그렇게 약속을 잡고 자신의 집으로 돌아왔다. 하지만 다음 날, 승언은 사라지고 없었다.

쪽지에 미안하다는 한마디만 남겨 둔 채로.

✻　　　　✻　　　　✻

아무 정신이 없는 와중에도 해는 뜨고 일은 가야 했다. 무엇도 할 힘이 남아 있지 않아서 화장도 하지 못하고 회사로 향했다. 평소보다 훨씬 늦게 도착했더니 사무실 안에는 이미 다른 직원들이 출근해 있었다.

"정윤희 씨."

윤희가 안으로 들어가자마자 팀장이 그녀를 불렀다. 윤희가 멍한 표정으로 팀장에게 다가갔다.

"지금 시간이 몇 시야?"

물음에 윤희가 벽에 걸린 시계를 바라보았다. 8시 57분.

"신입 사원이 이 시간에 출근한다는 게 말이 돼?"

"말이 안 될 건 뭔데요?"

평소 같았으면 죄송합니다, 하고 끝낼 윤희였지만 지금은 그 모든 것이 억울하고 감정이 격해져서 참을 수가 없었다.

"뭐라고?"

"말이 안 될 게 뭐가 있냐고요. 지각한 것도 아니잖아요."

"아, 아니. 정윤희 씨! 지금 어디서 말대답이야?"

윤희의 말에 딱히 트집을 잡을 것이 없다고 생각한 팀장의 얼굴이 점점 붉어지기 시작했다.

"말대답이 아니라, 그냥 사실을 이야기하는 것뿐입니다."

"이봐, 정윤희 씨. 지금 뭐 기분 나쁜 일이 있어서 나한테 화풀이하다시피 말하는 것 같은데……!"

"화풀이요? 한 번도 그런 생각해 본 적 없는데, 팀장님은 뭐 기분 나쁘실 때 같이 일하는 동료들을 화풀이 상대로 생각하시나 봐요."

"이제 곧 그만둔다고 막 나가자는 거야?"

"마음대로 생각하세요."

말만 했다면 전부 삐뚤게 받아들이는 팀장에 더는 할 말이 없다고 생각한 윤희가 제 자리로 돌아왔다. 그러자 팀장이 길길이 날뛰기 시작했다.

"지금 어디를 가? 상사가 말하고 있는데!"

"무슨 소란입니까?"

이제 막 사무실 안으로 들어오는 동현에 의해 상황은 일단락되었다. 팀장은 억울하다는 얼굴로 대표인 동현에게 하소연하려고 했지만, 그의 시선은 이미 자리에 앉아 있는 윤희에게로 향해 있었다.

"윤희 씨는 잠깐 나 좀 봐요."

동현의 부름에 그녀가 대표실 안으로 들어섰다.

"무슨 일 있어? 안색이 안 좋아 보여."

"제 후임자는 언제쯤 오나요?"

자신의 물음에 대답하지 않고 지쳐 버린 얼굴로 묻는 윤희에 동현이 한숨과 함께 대답을 해 주었다.

"오늘 면접 보기로 했어."

"네. 알겠습니다."

"혹시 그 사람이랑 싸우기라도 한 거야?"

"지나친 관심은 꺼 주셨으면 좋겠습니다. 그럼, 이만."

그대로 대표실을 나와 다시 자리에 앉았다. 받은 사진들을 수정하고 홈페이지에 올리면서 자꾸만 눈물이 흘러내렸다. 황급히 닦아도 소용이 없었다.

입맛이 없어 점심도 먹지 않고 내내, 일만 했다. 그러다 점심 이후, 면접자가 왔다. 경력자여서 딱히 인수인계가 크게 필요 없을 것 같다는 동현의 말에 윤희는 그럼 당장 그만두어도 되냐고 물었다.

"정말 무슨 일 있는 거야?"

"아니요. 아무 일도 없어요. 이번 주 상품은 전부 올렸어요. 되도록 빨리 퇴직하고 싶어요."

그러지 않으면 정말 쓰러지기라도 할 것 같은 윤희의 모습에 그는 알았다고 말했다.

"그래. 그럼 내일부터 출근하지 마."

"고마워요. 그리고 미안해요."

"그래도 우리 가끔 연락해서 만날 수 있는 사이로 남는 거지?"

대답 대신 어색한 미소를 지었다. 일이 끝나고 곧장 집으로 돌아온 윤희는 아무 소리도 들리지 않는 승언의 집을 멍하니 바라보았다. 그러다 손에 쥐고 있던 휴대폰으로 번호를 눌렀다. 신호는 가지 않았고 꺼져 있다는 음성만 들려올 뿐이었다. 서러움이 또다시 북받쳐 올랐다.

"내가 보고 싶지도 않아요? 난 이렇게 보고 싶은데. 사람이 왜 그렇게 잔인해? 정말 날 좋아하긴 했어?"

아무도 듣지 않을 현관문에 대고 몇 번이고 울부짖었다.

"나만 이렇게 힘든 거야? 나만?"

그렇게 원망을 하다가도, 그도 어디선가 혼자 힘들어할지도 모른다는 생각을 하면 다시 마음이 미어졌다. 현관문 앞을 서성거리며 한참을 그리워하다가 들어온 윤희는 도통 맨정신으로 버틸 수가 없었다. 냉장고 문을 열어 눈에 보이는 술들을 꺼내 안주도 없이 마셨다.

속이 타들어 가는 고통이 있었지만, 그것이 승언에 대한 그리움에 미어지는 고통에 비하면 아무것도 아니었다. 술기운이 점점 차올랐다. 식탁에서 비틀거리며 일어난 그녀가 침대 위에 벌러덩 드러누웠다.

침대 위에서 포근한 이불을 함께 덮고 서로의 맨살의 따뜻한 기온을 느끼며 웃던 날들이 떠올랐다. 자신을 품에 안고 즐거운 듯, 환하게 웃으며 콧잔등에 가볍게 뽀뽀를 해 주던 승언의 그 웃음이 그리워졌다.

그리움을 밀어내고 차오르길 바랐던 술기운이지만, 약했나 보다.

"보고 싶어."

눈물이 쉴 새 없이 떨어져 침대 위를 적셨다. 휴대폰을 들어 받지 않는 전화에 음성 메시지를 남겼다.

"잘 지내고 있어요? 승언 씨가 떠나간 이후로 단 한 번도 제대로 잠들지도 못하고……."

말을 하다 울컥, 눈물이 차올라서 저장하지 않고 그대로 끊었다. 그러다 다시 휴대폰을 들어 올렸다.

"잘 지내고 있죠? 난 잘 지내고 있……. 거짓말이잖아. 거짓말이야!"

다시 전화를 끊고 걸고.

"이 못된 남자야!"

다시 전화를 끊고 걸고.

수십 번을 반복하다가 결국 한마디도 못 하고 휴대폰을 놓아 버리고 말았다. 이 고통과 슬픔을 감당하기엔 너무 약했다. 자신이 너무 약하다는 생각이 들었다.

✻　　　✻　　　✻

"선생님, 저 좀 살려 주세요. ……살고 싶어요. 저 제대로 살고 싶어요."

자신을 부르는 그 아이의 목소리가 지나치게 선명했다. 절망적인 눈빛을 마주하는 순간, 바닥으로 추락해 버리는 그 아이를 잡지 못한 죄책감에 온몸이 무언가로 짓눌러졌다.

또 시작이었다. 한 번 이렇게 악몽을 꾸고 가위에 눌리기 시작하면 정말 아무것도 할 수가 없었다. 한참을 뒤척이다 겨우 잠에서 깨어난 승언의 온몸은 땀으로 뒤범벅되어 있었다.

"하아……."

깊고 짙은 한숨이 버석한 입술 사이를 비집고 나왔다. 윤희와 헤어지고 나서부터 더욱 극단적인 악몽이 시작되었다.

살아 있다는 것이 고통스러웠다. 이렇게 숨을 쉬고 있는 것 자체가 무의미하다고 생각했다. 세상을 등지고 아무것도 아닌 존재로 돌아가고 싶은 마음이 간절했다. 한참을 죽은 사람처럼 침대에 누워 있던 승언의 귓전으로 방문이 열리고 동생, 승우가 들어왔다.

"형."

승우는 서울 생활을 잘만 하다가 갑자기 자신이 있는 곳으로 돌아온 승언의 모습에 오래도록 걱정을 해왔다가 더는 방임할 수가 없어 작정을 하고 곁으로 다가왔다.

방바닥엔 빈 술병이 나뒹굴었고, 승언이 한동안 피지 않았던 담배가 수두룩하게 쌓여 있었다.

"대체 무슨 일인지 말 안 할 거야?"

"아무 일도 없다니까."

초췌해진 승언의 얼굴을 승우는 걱정스럽게 내려다보았다.

"형."

"정말 아무 일 없어."

아예 돌아서 누우려는 그를 승우가 꽉 잡아 억지로 일으켜 세웠다. 평소 같았으면 힘이 밀려서 가능한 일도 아니었지만, 지금의 승언은 타인의 손길에 쉽게 일으켜 세워질 만큼 아무 힘도 없었다.

"아무 일도 없는 사람이 이래? 내가 말 안 하려고 했는데……. 일주일 내내 술 마시고 숨죽여 울고. 정신 나간 사람처럼 굴고, 다시는 오고 싶지 않다던 대전엘 내려오고. 대체 왜 그래? 내가 볼 때 지금 형은 1년 전 그때 사건보다 더 심하면 심했지, 덜하진 않아."

조금만 덜 밀어닥치지. 숨을 쉴 때마다 떠오르는 윤희 때문에 숨을 쉬는 것조차도 겁이 났다. 저를 향해 윽박을 내지르듯 쏘아붙이는 동생의 말에도 승언은 아무 정신이 없었다.

"말을 해야 할 거 아니야!"

"정말, 아무 일도 없어. 정말."

끝까지 말을 하지 않는 승언에 승우가 면전에 깊은 한숨을 내쉬었다.

"나 일 갔다 올게. 뭐 먹고 싶은 건 없고?"

"응. 없어. 조심히 다녀와."

동생의 어깨를 가볍게 다독이고선 다시 드러누웠다. 벽을 바라보고 누운 형의 뒷모습을 안타깝게 바라보던 승우가 나가자마자 그의 버석하게 메마른 입술 사이로 흐느낌이 터져 나왔다.

돌아가고 싶다. 분명한 건, 그녀에게로 돌아가고 싶다.

하지만 돌아가서 윤희를 마주 보며 감당해야 할 상처의 무게가 지나치게 무겁다는 것을 승언을 잘 알고 있었다. 자신을 보며 매일 미안한 얼굴을 지을 그녀와 그 모습을 보며 간신히 치유되었다고 믿었던 상처를 다시 헤집을 것만 같은 자신.

사랑이라는 감정이 아닌 미안하다는 감정이 앞서 서로의 곁에 머무른다면 남는 것은 더 큰 상처밖에 없다는 것 또한 알고 있었다.

그리고 무엇보다도 지금으로서는 그녀의 가족들을 받아들일 준비가 되지 않았다. 그 사이에서 혼자 곤란해하고 힘들어할 윤희를 생각하면 곁으로 다가가는 것이 하염없이 망설여졌다.

심장이 아파 왔다. 누군가가 깨진 유리로 긁는 것처럼, 망치를 들고 못을 박고 있는 것처럼, 참을 수 없는 고통이 몰려왔다.

미어지는 가슴을 주먹으로 내리쳤다. 아무리 내려쳐도 고통엔 무방비한 상태였다. 그러다 문득, 그녀가 보고 싶어져 휴대폰을 켰다. 그녀의 이름으로 온 부재중 전화와 처음 보는 번호로 온 문자를 제대로 확인하지도 않고 사진첩으로 들어갔다.

함께 찍었던 동영상을 보고 사진을 보고, 소리 내어 불러보기도 하면서 만져 보기도 했다. 아무 대답도 없는, 아무것도 느껴지지 않는 그녀를 작은 휴대폰 안에서만 느끼고 불렀다.

✳   ✳   ✳

얼굴 위로 쏟아지는 햇살이 반갑지 않다. 아니, 어쩌면 그것을 느끼고 있는 자신의 존재가 반갑지 않은 것일지도 몰랐다.

승언과 연락이 되지 않은지, 벌써 일주일이 지나가고 있었다. 학원까지 휴가원을 내고 꼭꼭 숨어 버린 그를 기다리는 일주일 동안 윤희의 삶은 지옥과 마찬가지였다. 미칠 것만 같았다.

시간이 지나면 괜찮아질 거라는 사람들의 위로에 화가 났다가도, 차라리 그랬으면 좋겠다는 생각이 절실하게 들 정도로 아팠다.

몸을 일으켜 집을 나서서 바로 옆집인 승언의 집으로 향했다. 버튼을 들어 올려 비밀번호를 누르고 안으로 들어갔다. 주인을 잃은 집은 서늘한 기운만이 맴돌았다.

"언제 돌아올지도 모르는데……."

그가 언젠가는 반드시 돌아올 거라 믿고 싶었다. 돌아오지 않으면 어쩌나 하는 걱정과 슬픔을 잠시라도 잊으려면 몸을 바쁘게 움직여야 했다. 청소기를 돌려 청소하고 침대의 커버도 전부 빼 와 밖에서 털어냈다.

그러다 그와 함께했던 추억에 무너져 내리기 일쑤였다. 아무리 빨아도 빨아지지 않고, 아무리 털어내도 털어지질 않았다. 결국 그와 추억의 흔적이 남아 있는 침대에 태아처럼 꾸부리고 누워 행복했던 지난날들을 떠올렸다.

이렇게 누워 있으면 언젠가 와서는 자신의 품에 꽉 끌어안으며 가볍게 입을 맞춰 주고 사랑을 속삭였던 승언.

그것도 아니면 주방에서 라면을 끓였으니 어서 나와서 먹으라고 부르던 승언.

눈을 감았다가 뜨면 옆에 승언이 함께 있을 것만 같았다. 작은 소리로 부르기만 하면 그가 침실 문을 벌컥 열고 왜? 하고 대답해 줄 것만 같았다.

하지만 그 어디에도 없었다. 자신의 부름에 대답하고, 안아 주고 함께 웃어줄 승언은 그 어디에도 없었다.

쾅쾅!

옆집 현관문이 누군가의 억센 주먹으로 두들겨졌다.

"윤희야! 정윤희!"

순간, 승언이 아닌가 싶어 침대에서 벌떡 일어났던 윤희가 귓전으로 들려오는 엄마의 목소리에 어깨를 축 늘어뜨렸다. 며칠 사이 몇 번이고 휴대폰이 울리는 것을 방임했더니, 오늘 엄마가 찾아온 모양이다. 힘겹게 발걸음을 옮겨 현관문을 열었다.

"엄마."

"너 왜 거기서 나와?"

"……."

다그치며 물어보다가도 일주일 사이 초췌해진 딸의 얼굴을 본 엄마는 더는 나무라지 않았다.

"어제 술 마셨어? 속은? 속은 괜찮아?"

술을 마시지 않으면 잠이 오지 않는다. 술을 마시지 않으면 숨을 쉬는 것조차도 버거웠다. 그래서 윤희는 밤낮으로 술을 마셨다.

이렇게 딸이 힘겨워하는 것을 모두 이해하면서도 속상해서 엄마의 목소리에도 한껏 눈물이 차올라 있었다.

"집에 콩나물 좀 있니? 엄마가 해장될 거라도 끓여줄게."

팔을 벗고 나서서 냉장고 문을 열어 찾아낸 얼어붙은 콩나물을 씻고 있는 엄마를 침대에 앉아 멍하니 바라보고 있던 윤희가 버석하게 메마른 입술을 떼어 냈다.

"엄마."

그녀의 목소리엔 아무런 힘이 실려 있지 않았다. 그러는 와중에도 머릿속엔 오롯이 승언과 함께했던 추억만이 뒤엉켜져 있었다.

"응?"

"혹시나 해서 물어보는 건데."

혼이 빠진 듯한 눈동자가 허공을 응시했다.

"응."

"가해자 부모들이 학교에 찾아가서 그 사람 쫓아냈다던데. 그 가해자 부모님들 중에 엄마하고 아빠도 포함된 건 아니지?"

윤희의 질문에 콩나물을 부지런히 씻던 엄마의 손길이 멈칫했다. 허공에 떠돌고 있던 윤희의 시선이 엄마의 등으로 꽂혔다.

"어? 엄마. 말해 봐."

"안 했어. 우린 그 자리에서 아무 말도 안 했어."

"뭐? 그 자리?"

윤희의 질문에 등을 돌리고 있던 엄마가 윤희를 마주 보았다.

"어쩔 수가 없었어. 윤희야. 그때는 정말 어쩔 수가 없었어."

엄마는 금방이라도 울어버릴 것 같은 얼굴로 말했다. 모든 상황이 손을 댈 수도 없을 만큼 엉망으로 돌아가고 있다는 것에 윤희는 또 한 번의 좌절을 느꼈다.

"그래도 어떻게 그래……. 어떻게 그래?! 윤환이가 잘못한 거 잖아. 그래. 무서워서 그랬다고 쳐. 하지만 무섭다고 모두가 그렇게 대처하지는 않아. 다른 방법이 있었을 거 아니야. 엄마하고 아빠는 어른인데, 더 좋은 방법이 있었을 거 아니야!"

발악하는 윤희로 다가온 엄마가 그녀의 손을 잡고 울먹이는 목소리로 말을 이어 나갔다.

"미안해. 그런데 윤희야. 우리도 그때 너무 놀라서 경황이 없었어. 다른 애들 엄마들이 와서 전부 다……. 류 선생님이 잘못 알게 되어 일어난 사태라면서, 애들이 상처받고 이미지 안 좋아졌다고……. 미안해. 엄마가 다 미안해."

"내가 미안해서 내가 그 사람을 어떻게 봐!"

엄마의 사과와 달램에도 승언에 대한 윤희의 그리움과 눈물은 멈추지 않았다.

울다 지쳐 잠이 든 딸을 확인하고 나온 박 여사는 곧장, 집으로 향했다. 집에는 오늘까지만 쉬기로 약속되어 있던 남편이 있었다. 박 여사가 깊은 한숨과 함께 들어오자, 그의 한숨도 덩달아 깊어졌다.

"윤희는 좀 어때?"

"똑같아요. 너무 힘든가 봐. 아직 점심 안 드셨죠?"

박 여사와 남편이 부엌으로 들어가 나란히 앉았다. 눈앞에 따뜻한 음식들이 있는데도 입맛들이 없어 선뜻 숟가락을 들을 수가 없었다.

"우리 윤희 어떡하면 좋을까요. 여보."

끝내 박 여사가 눈물을 참지 못하고 물었다.

"윤희와 류 선생님을 생각하면 그것대로 마음이 아프고, 또 윤환이를 생각하면 그것대로 마음이 아파요."

윤환은 친구가 왕따를 당하는 매일을 괴로워하며 지켜볼 수밖에 없었다. 일진 애들의 타깃이 자신으로 바뀔지도 모른다는 공포가 친구를 도와줄 용기마저 박살 내 버렸던 것이다. 그 괴롭힘을 견디지 못하고 학교 건물에서 투신을 해 다친 친구를 보며 윤환은 견딜 수가 없었다. 그럼에도 자신에게 와 협박을 하는 친구들에 겁이 나서 묵언했다.

그 바람에 학교 폭력에 대해 낱낱이 고발하려던 승언이 학부모와 학교 측에 의해 쫓겨나게 되고, 피해자였던 친구 또한 학교로 돌아오지 못했다.

하지만 그것을 후회하는 데는 그리 많은 시간이 허비되지 않았다. 모든 것을 후회했다. 그래서 친구가 왕따를 당할 때 몰래 찍었던 동영상을 경찰에 넘겼다. 하지만 그들은 '미성년자'라는 이유로 봉사만 하는 처벌을 받았다. 윤환은 거기서 멈추지 않고 동영상을 인터넷에 올렸고 그것을 접한 네티즌들 사이에서 한동안 뜨거운 이슈가 되었다.

그래 봤자 겨우 내려진 처벌은 벌금이 전부였다. 하지만 그 일로 윤환은 학교를 자퇴해야 했다. 더는 학교에 나오지 않는 친구를 찾아가기도 했다. 무릎을 꿇고 울며 용서해 달라는 윤환을 친구는 따뜻하게 안아 주며 네 탓이 아니라고 말해 주었다. 그래도 버틸 수 없는 나날에 쫓기다시피 서울까지 올라오게 된 것이었다.

박 여사가 지난날의 윤환이 떠올라 눈물을 흘리며 말했다.

"그래도 우리 윤희는 아무것도 몰랐는데, 이 못난 부모를 둬서……. 그래서 우리 두 아이가 이렇게 아프고 힘든가 봐요."

또 아무것도 몰랐다가 생이별을 당해야 했던 윤희가 떠올랐다. 윤희의 모습에 왈칵 눈물이 터지려던 박 여사의 시선으로 윤환이가 보였다.

"윤환아, 너 벌써 왔어?"

박 여사의 말에 남편도 화들짝 놀라 입구 쪽을 바라보았다. 윤환이는 한참을 머뭇거리다가 근심 가득한 얼굴을 한 채 부모의 곁으로 다가왔다.

"누나는 지금 날 원망하고 있을 거야."

죄책감 어린 윤환이의 목소리에 눈물이 섞여 있었다.

"나 때문이야, 다 나 때문에……."

결국 울음을 터트리는 윤환이를 박 여사가 꽉 끌어안았다.

"네 탓 아니야. 윤환아."

"내가 선생님한테 가서 용서라도 빌면, 그러면 선생님이 누나를 받아 주지 않을까? 내가 가서 용서를 빌면, 우리가 가서 용서를 빌면 우리 누나가 저렇게까지 아프지 않을 수 있을까? 응? 엄마, 좀 알려 줘. 제발 내 죄책감을 덜 수 있는 방법을 좀 알려 줘."

오늘따라 그 모든 일을 선동한 그들이 죽도록 원망스럽고 미웠다.

⁕ ⁕ ⁕

하루하루, 어떻게 버텨냈는지 모를 정도로 흐른 시간들. 승언과 벌써 10일째 연락이 안 되고 있었다.

침대에 누워 있던 윤희의 귓전에 짤막한 소리로 휴대폰이 울렸다. 손을 뻗어 더듬거리며 잡힌 것을 확인하니, 승언과의 '100일' 을 알리는 알림이었다.

평소엔 잘 움직이지도 않았던 몸이 무언가에 이끌리듯 침대를 벗어났다. 욕실로 가서 씻고 밖으로 나와 오랜만에 옷장을 열어 옷을 골라 입었다.

화장을 하려고 화장대에 앉았다가 거울에 비친 자신을 마주 본 윤희가 실소를 터트렸다.

"얼굴 너무 부었다. 진짜, 너무 못생겨졌어. 정윤희."

화장도 하고 머리도 꽤 신경 쓴 후, 밖으로 나섰다. 오랜만에 나오는 밖의 햇살이 여름을 맞이하여 뜨거웠다. 하얀 뭉게구름이 에메랄드빛 하늘에서 마음껏 유영하고 있었고 이름 모를 꽃들이 피어올라 곳곳에서 좋은 냄새가 풍겨 왔다.

마음껏 날씨를 만끽하는 윤희의 얼굴에선 그 흔한 미소 한 번이 떠오르지 않았다. 버스 정류장으로 가서 한강으로 향하는 버스에 몸을 실었다. 차창 밖으로 스쳐 지나가며 그 형태를 잃어버리고 있는 전경을 무의미하게 바라보았다.

한참을 그렇게 달리던 버스 밖으로 한강이 보이고 63빌딩이 보였다. 버스에서 내려 그와 함께 거닐던 거리를 혼자 거닐었다.

"63빌딩 가 봤어요?"

"대학 시절 때 한 번."

"난 한 번도 안 가 봤는데, 좋아요?"

"지금 가 볼래?"

"아니요. 우리 100일 날 가요."

"100일? 그러자, 그럼."

돗자리를 깔고 누워 대화하고 잠들었다가 일어나 눈을 마주치고 웃던 그날을 떠올리며 윤희는 63빌딩으로 향했다.

아래층에서 표를 구매하고 전망대로 올라갔다. 전망대로 올라가는 승강기 안에 승언과 함께 있었다면 얼마나 좋았을까, 하는 생각들이 문득 몰려왔다.

하도 울어서 더는 흘릴 눈물도 없을 거라 단언했는데, 그것은 바보 같은 생각이었나 보다.

"이놈의 눈물⋯⋯."

또 눈물이 흘러내린다. 또. 다급하게 손등으로 훔쳐 내며 다시 밖을 바라보았다. 뿌연 연기가 가득 차 있는 것처럼 시야가 흐릿했다. 그렇게 한참을 올라와 도착한 승강기에서 내린 윤희가 서울의 전경이 전부 내려다보이는 창문에 붙어 있는 사람들 곁으로 다가갔다.

유리창 너머로는 윤희가 충분히 상상하고 사진으로도 여러 번 접했던 그래서 시시할 정도의 전경이 펼쳐져 있었다.

"별것도 없네……."

같이 있었으면 달라 보였을까? 이곳에 같이 있었으면 정말, 달라 보였을까?

"흐윽……."

다시 몰아닥치는 그의 생각에 윤희는 얼굴까지 감싸고 흐느꼈다.

다 큰 어른이 63빌딩 전망대까지 올라와 우는 것을 보며 사람들은 호기심 어린 시선으로 바라보았고, 간혹 속닥거리는 사람들도 보였다.

하지만 그 창피함이 슬픔에 밀려 윤희에게는 전혀 와 닿지 않았다. 한 번 터진 눈물은 쉽게 멈추지 않고 끊임없이 흘러내렸다.

그렇게 울다가 뒤를 돈 순간, 머리가 핑 하고 어지러웠다. 눈 앞이 캄캄해지고 무거워진 다리는 차마 앞으로 내딛지 못하고 그대로 꼬꾸라져 버렸다.

"아."

뚜렷했던 시야가 흐릿해지고 정신이 점점 혼미해졌다. 주변에 다급하게 몰려드는 사람들의 목소리가 들리지 않았고 귓가에 채워지는 건 오롯이 거칠어진 자신의 숨소리뿐이었다.

눈을 감았다가 뜨는 것이 버거웠다. 그래서 윤희는 그대로 눈을 감아 버리는 것을 선택했다.

16

눈을 뜨면 술을 마시고 그대로 잠이 든다. 또 눈을 뜨면 쓰라린 속에도 연거푸 술을 마시고 잠이 든다. 그렇게 하지 않으면 살 수가 없을 것 같았다.

그리고 또 눈을 떴다. 자신의 심정과는 다르게 다사로운 햇살이 원망스럽기만 했다.

또다시 술을 마시기 위해 침대에서 일어나 냉장고로 향했다.

형, 그러다가 정말 죽어!
내가 술 다 가져다 버렸으니까 마실 생각은 하지도 마!

냉장고에 붙여져 있는 메모지를 본 승언이 가볍게 한숨을 내쉬었다. 술이야 밖에 나가서 사 오면 된다. 얼굴을 매만졌다. 손에서 까슬까슬함이 느껴졌다. 무슨 이유 때문인지 몰라도 샤워를 하고 싶어 곧장 욕실로 들어갔다.

거울에 비친 자신의 꼴을 보니, 헛웃음이 다 터져 나왔다.

"거지가 따로 없네."

깎지 않은 거뭇거뭇한 수염과 생기를 잃은 퀭한 눈동자, 푸석푸석한 얼굴로 잔뜩 부은 눈, 버석하게 메말라 버린 입술.

자신의 모습을 한참 바라보다가 면도기를 들어 수염을 깎고 따뜻한 물에 샤워도 하고 나왔다. 그리고 무언가에 이끌리듯 주섬주섬. 옷을 갈아입고 방으로 나와 익숙한 골목을 지나 버스에 올라탔다.

몇 정거장 가지 않아 멈춘 버스에서 내린 승언은 제 시야에서 보이는 학교에 나지막하니 한숨을 내쉬었다.

1년 만이다. 이 학교에 다시 온 것이.

차마 들어가지는 못하고 멀찍이서 학교를 바라보았다. 이곳에서의 일만 아니었다면, 지금쯤 윤희와 문자를 하며 즐거워하고 함께 먹을 저녁 메뉴를 고르고 있겠지?

그때는 평범하다고만 여겼던 생활이 큰 행복이었다는 것을 깨닫자, 마음이 쓸쓸해져 왔다.

귀퉁이에 앉아 한참을 학교를 보던 승언이 자리를 털고 일어났을 때였다.

"류 선생?"

뒤에서 자신을 알은체하는 목소리에도 승언은 놀라지 않고 무덤덤하게 돌아섰다. 그곳엔 동기 유 선생이 있었다.

"류 선생 맞네! 이게 얼마 만이야!"

반가움과 걱정의 감정이 뒤섞인 유 선생의 모습에 승언도 작게 웃어 보였다.

"오랜만에 뵙네요."

유 선생이 주변을 둘러보더니, 아무도 없는 것을 확인하고 가까운 카페로 가자고 했다. 승언은 선뜻 그를 따라나섰다.

"어떻게 지냈어?"

서로의 앞에 커피를 두고 시작된 대화.

"그냥, 지냈어요."

"얼굴이 많이 야위었네. 그때 일이 아직도 상처고 충격이긴 하지?"

승언은 대답 대신 쓴 미소를 입가에 머금었다.

"소식은 들었어?"

"누구요?"

"민우 소식 말이야."

"아니요."

"민우. 두 달 전에 학교 찾아와서 류 선생 찾더라고. 바뀐 번호도 모르고 주소도 몰라서 못 알려 줬더니 엄청 아쉬워하면서 자기 번호 남기고 갔어. 잠깐 기다려 봐."

유 선생이 휴대폰을 살피더니, 잠시 후에 번호 하나를 넘겼다.

"민우가 엄청 보고 싶어하니까. 꼭 연락해 봐."

승언은 그저 그 번호를 멍하니 바라볼 뿐이었다.

"그리고 윤환이 말인데, 그 기억나지? 원래 민우 친구였던 그 아이."

"네."

"그 아이도 전학 갔어. 민우 사건 있고 나서 죄책감에 힘들어하다가, 민우가 입원한 병원까지 가서 무릎 꿇고 미안하다고 사과도 하고. 민우 사건 때 찍은 동영상 경찰에 신고해서 처벌도 받게 해 줬어. 사실, 그 아이도 가해자는 아니잖아. 민우 괴롭히는 걸 말리면, 자신한테 불똥이 튈 거라는 협박에 어쩔 수 없이 그랬나 봐. 그것이 정당화가 될 수는 없지만, 그래도 나도 조금 이해가 가. 무서웠을 거니까. 하지만 그 아이. 마지막엔 용기를 냈어. 분명, 용기를 냈어. 그 덕에 민우도 그나마 상처를 치료할 수 있었고, 그 사람들은 작지만 그래도 처벌을 받았고."

윤환을 떠올리자, 또다시 윤희가 불쑥 튀어나온다. 존재 하나로도 저를 기쁘게 하고 웃게 해 주던 윤희는 어느새, 존재 하나만으로도 가장 큰 슬픔이 되어 있었다.

"들어가 보셔야 하는 거 아니에요?"

"어? 어. 슬슬 들어가 봐야지. 우체국으로 교감 선생님 심부름을 좀 다녀오느라."

"네."

두 사람이 서둘러 일어났다. 카페에서 막 나가려던 유 선생이 불현듯 뒤를 돌아 승언을 보았다.

"저기. 류 선생."

"네."

"류 선생 얼굴을 보니까 말이야. 아직도 그때의 일을 잊지 못하고 있는 것 같아서. 이제 그만 잊어."

"……."

"상처가 너무 깊으면 그것이 곪아서 결국 감당도 되지 않을 정도의 세포로 커다래지잖아. 류 선생한테 못되게 군 것들, 정말 찢어놔도 속 편하지 않겠지만. 그래도 억울하잖아. 류 선생만 이렇게 아프게 지내는 거. 이제 와서 하는 말이지만, 류 선생이 이제 그만 행복해졌으면 좋겠어. 그 사람들 자신이 저지른 죗값 분명 똑똑히 받을 거라고 믿어. 큰 도움은 못 되어 줘서 미안해."

억울한 것들이 너무 많다. 잘못한 거 하나 없는데, 혼자 숨어버리고 움츠려야 하는 자신이.

그러다가 또 윤희가 떠올랐다. 아무 죄도 없는 윤희를 괴롭히고 있는 자신의 존재가 원망스러워졌다.

"네."

유 선생을 배웅하고 혼자 돌아오는 길. 버스를 타는 것도 잊고 걸었다. 그냥 무작정 걷던 승언이 문득 걸음을 멈추었다. 윤희는 잘 지내고 있을까.

잘 지내지 않을 걸 알고 있으면서도, 잘 지내길 바랐다. 아니, 잘 지내길 바라면서도 조금은 자신 때문에 아파하길 바랐다. 뒤숭숭한 감정들이 미세한 바람에도 흔들리는 것처럼 하나에 정착하지 못했다.

휴대폰을 들었다. 유 선생님이 알려 준 번호를 바라보다가 자신도 모르게 꾹 눌렀다. 몇 번의 신호가 가다가 달칵, 하고 익숙한 목소리로 바뀌었다.

—여보세요?

한동안 말을 잇지 못하던 승언이 어렵사리 입술을 떼어 냈다.

"민우야. 선생님이야."

─류승언 선생님?

단박에 자신을 알아듣는 민우에 승언은 쓴 미소를 지었다.

"맞아. 선생님이야."

─선생님! 지금 어디세요? 네?

"넌 학교 아니야?"

─맞아요! 선생님. 보고 싶어요. 뵙고 싶어요!

민우는 약간의 울먹이는 목소리로 말했다.

"녀석. 그래. 다음에 시간 나면 한번 보자."

지금은 자기 자신이 너무 힘들기 때문에 누군가를 만날 여유가 되질 못 했다.

"잘 지내고 있는 거 맞지?"

그러면서도 한편으로 드는 민우의 걱정에 조심스럽게 안부를 전했다.

─선생님. 전 너무 잘 지내고 있어요.

한 치의 망설임도 없이 돌아온 민우의 대답에 괜스레 마음이 울컥했다.

─저 여기 전주예술고로 전학 왔어요. 연극영화과요. 여기서 연기 배우면서 자신감도 많이 회복되고 무엇보다도 친구들을 잘 만나서 잘 지내고 있어요. 거기에 있을 때는 내가 못 나서, 내가 부족해서 이런 일을 당하는 거라고 생각했는데, 여기서 좋은 사람들 만나니까, 그 애들이 나빴다는 것을 느꼈어요. 그래서 이제 저 괜찮아요.

"다행이네. 정말 다행이네."

민우로 인해서 받았던 상처의 한 조각에 새살이 슬그머니 솟아올라 상처가 아물어지는 기분이었다.

　―선생님. 그땐 정말 감사하고 죄송했습니다.

　"죄송하긴, 뭐가 죄송해. 너 죄송할 거 없어."

　―아니요. 사실 지금도 너무 죄송해요. 저만 행복해진 것 같아서요. 그거 아세요? 그래도 세상에 내 편 들어주는 사람이 있구나. 생각하면서 버텼어요. 선생님이랑 부모님 보면서요. 절 이렇게 사랑해 주시는 분들. 더는 상처 주고 싶지 않아서 버텼어요. 선생님이 저 때문에 계속 불행하시다면 저 정말, 너무 마음 아플 것 같아요.

　"……."

　―아직까지도 절 생각하시면 아파하시고, 깊게 상처를 받고 계실 것 같아서요. 그런데요. 선생님. 전 이제 정말 괜찮아요. 제가 괜찮지 않으면 진짜 억울해지겠더라고요. 그래서 더 괜찮아. 괜찮아. 하면서 살았어요. 뭐 변화된 주변 환경 때문에 괜찮아진 것도 있지만, 전 이제 저한테 온 행복 절대 다른 이유로 놓치지 않으려고요. 간신히 찾아온 행복이잖아요. 그러니까요, 선생님. 선생님도 이제 그만 모두 잊으시고 행복해지셨으면 좋겠어요.

　이미 놓쳐 버렸을지도 모른다는 두려움에 눈물이 차올랐다. 그러면서도 자신이 정말 원하고자 했던 행복은 이것이 아니라는 것도 깨달았다.

　민우와 전화를 끊고 휴대폰을 열어 그간 쌓여 있던 문자들을 확인했다. 그중에선 윤희에게 온 음성 메시지도 있었다.

　―나예요. 지금 어디 있어요? 집에도 안 들어오고…….

한참을 머뭇거리던 침묵 속에선 윤희의 작은 울음소리가 섞여 있었다.

—있잖아요. 지금 너무 힘들어요. 정말, 지금 너무 힘들어. 내가 보고 싶지도 않아요? 정말, 내가 보고 싶지도 않아? 우리 이렇게 끝낼 사이는 아니잖아요. 그런데 사실, 이런 생각 하다가도 당신 곁에 다가갈 자격이 없는 것만 같아. 그게 더 마음 아파요. 당신의 상처를 더는 위로해 줄 수 없다는 것이 너무 마음이 아파. 그런데 이 와중에도 당신이 너무 보고 싶어. 너무 보고 싶어요.

더는 들을 수가 없었다. 마음이 미어지고 코끝이 시큰해져 더는 들을 수가 없어 그대로 전화를 끊었다. 동시에 휴대폰이 짤막하게 울렸다. 확인을 해 보니, 오늘이 그녀와 '100일'을 기념하는 날이었다.

"윤희야."

"류 선생이 이제 그만 행복해졌으면 좋겠어."

—선생님도 이제 그만 모두 잊으시고 행복해지셨으면 좋겠어요.

승언은 자신이 가장 행복했던 순간들을 떠올렸다. 단 한 사람. 윤희밖에 떠오르지 않았다.

"미안해요. 내가 다 미안해. 그러니까……"

자신의 손을 부여잡고 울먹이던 윤희의 모습이 떠올랐다. 내가 가장 행복한 순간은 널 사랑한 순간뿐인데.

"대체, 너한테 무슨 짓을……. 네가 나한테 얼마나 소중한 사람인데……."

행복해지고 싶다. 누구보다도 간절하게 행복해지고 싶다. 하지만 승언은 알고 있었다. 윤희를 떠난 이상, 자신은 행복해질 수 없다는 사실을. 윤희가 행복하지 않은 이상, 자신 또한 영원히 그 행복을 누릴 수 없다는 사실을.

그리고 자신이 없다면 윤희 또한 행복할 수 없다는 것을.

승언이 가던 길에서 몸을 돌렸다. 아무 곳도 갈 수 없다고 생각했던 발걸음이 점차 가벼워졌다. 자신의 '행복'을 쥐고 있는 유일한 한 사람은 자신이 가장 사랑하는 그녀뿐이다. 그래서 향했다.

오롯이 세상에 자신이 사랑하고, 자신을 사랑해 주는 단 한 사람. 윤희가 있는 곳으로.

초저녁이 되어서야 서울에 도착했다.

승언은 서둘러 기차에서 내려 택시에 올라탔다. 그리고 윤희가 있을 집으로 향했다. 익숙한 길이 시야로 들어올 때쯤, 그녀와의 기억도 왈칵 쏟아졌다. 버거운 한숨이 메말라 버린 입술 사이로 조심성도 없이 터져 나왔다.

목적지에 도착하고 돈을 지불한 후, 막 택시에서 내렸을 때 들고 있던 휴대폰이 짤막하게 울렸다. 모르는 번호에도 어쩐지 익숙해서는 전화를 받았다.

"여보세요?"

상대방 쪽에선 무거운 침묵만 흐를 뿐, 돌아와야 할 대답이 없었다. 승언이 잘못 걸려 온 전화겠거니, 생각하고 끊으려는 찰나 남자의 옅은 한숨 소리가 들려왔다.

—선생님……. 저, 윤환이에요.

뜻밖의 인물에 승언의 눈이 휘둥그레졌다.

"어. 윤환아. 그래."

—죄송해요.

그 한마디가 지금 윤환의 상황뿐만이 아니라, 윤희의 상황까지 모두 말해 주고 있는 것처럼 느껴졌다. 아이를 탓하고 싶지는 않았다. 그저 지금 상황을 탓하고 싶을 뿐. 승언은 윤희의 생각에 자꾸만 차오르는 슬픔을 끌어안고 대답했다.

"윤환아."

—죄송해요. 선생님. 제가 잘못했어요. 그때, 두려워도 사실대로 말했어야 했는데, 말하지 못하고 선생님한테 상처 준 거. 제 친구한테 상처 준 거 다 잘못했어요. 정말, 잘못했어요. 벌은 제가 다 받을게요. 제가 다 받을게요. 선생님. 그러니까, 제발 우리 누나 좀 살려 주세요.

"그 아이도 전학 갔어. 민우 사건 있고 나서 죄책감에 힘들어하다가, 민우가 입원한 병원까지 가서 무릎 꿇고 미안하다고 사과도 하고. 민우 사건 때 찍은 동영상 경찰에 신고해서 처벌도 받게 해 줬어."

수화기 너머로 들리는 아이의 목소리에 낮에 유 선생이 했던 말들이 떠올랐다. 엄밀히 따지면 이 아이도 두려웠을 것이다. 그 모든 것이 두려웠기 때문에 그럴 수밖에 없었을 거였다.

―우리 누나 저러다가 죽을지도 몰라요.

윤희의 소식에 심장이 쿵, 하고 내려앉는 기분이었다.

"왜? 윤희 어디 아파?"

―매일 술만 마시고 울고, 밥도 안 먹고 힘들어하다가…….

얼마나 아픈지 알고 있다. 그렇기 때문에 혼자 있을 윤희가 걱정되고 떠오르면 더욱 마음이 조여 왔다. 대체, 무엇 때문에 자신이 그토록 사랑하는 여자를 아프게 만들고 있는 걸까.

―쓰러졌어요. 그래서 지금 저희 누나 응급실에 실려 갔어요. 제발 부탁드릴게요. 선생님. 제가 다 잘못했으니까, 제발 저희 누나 살려주세요.

자신이 상처받지 않겠다고 무작정 그녀에게서부터 도망쳤던 그 밤의 자신이 원망스러웠다. 후회라는 감정이 태풍처럼 몰아붙여 승언의 온몸을 파괴하는 기분이었다. 후회가 되었다. 자신만큼이나 상처를 받았을 그녀를 보듬어 주지 않고 회피하려던 자신의 못난 행동들이 전부 후회가 되었다.

"어디 있어? 지금 윤희 어디 있어!"

❋   ❋   ❋

슬슬 깨어나는 정신에 윤희는 이곳이 병원이라는 것을 깨달았다. 몸에 덮어져 있는 *까슬까슬한 이불의 감촉*, 이명처럼 들리는 사이렌과 소란스러운 소리, 코끝에 독하게 퍼지는 소독약과 팔등에서 느껴지는 얼얼한 느낌까지.

여기서 눈을 뜬다고 달라지는 것이 있을까? 여전히 승언은 곁에 없었고 자신은 힘들어할 거였다. 그래서 눈 뜨기가 싫었다. 아무것도 하고 싶지가 않았다.

아, 웃겨. 쓰러지기까지 했어. 드라마나 영화에서 사랑 때문에 힘들어하고 쓰러지는 주인공들을 보며 세상에 참 힘들 것도 없다고 비웃었던 것 같은데…….

아, 너무 웃겨. 그런데 왜 자꾸만 눈물이 나오지? 웃으면서 울다니, 이런 정신 나간 애가 어디 있어?

속으로 그리 생각하며 관자놀이를 흠뻑 적신 눈물을 닦아내기 위해 손을 들어 올렸을 때였다. 누군가의 손이 먼저 그녀의 눈물을 닦아 주었다. 깜짝 놀라서 눈을 떴다. 앞에 있는 사람을 발견한 순간, 윤희의 두 눈이 휘둥그레지고 살포시 입술이 벌어졌다. 여전히 눈물이 차올라 뿌연 시야에 눈에 콱 힘을 주어 눈물을 짜냈다.

비로소 그의 모습이 확실히 보였다.

"일어났어?"

승언. 거짓말처럼 눈앞에 그가 앉아 있었다.

"이거 꿈이야?"

윤희가 눈앞에 있는 승언을 보며 울먹였다.

"꿈이면 안 깨게?"

그런 윤희를 향해, 승언이 상체를 깊숙이 숙여 거리를 좁혔다. 그리고선 그녀의 얇은 손을 잡고 자신의 뺨 위에 살포시 가져다 댔다. 윤희가 그토록 보고 싶고 느끼고 싶었던 승언의 볼을 쓰다듬었다. 손바닥에서 적나라하게 느껴지는 따뜻한 기온에 윤희가 자신도 모르게 안도의 한숨을 내쉬었다.

"아직도 꿈같아?"

"꿈 아니었으면 좋겠어요."

"……."

"꿈 아니잖아요. 그렇죠?"

윤희의 눈물 섞인 물음에 승언이 낮게 고개를 끄덕였다. 어느새 그의 눈동자도 붉게 물들어 투명한 눈물을 가득 담아 놓고 있었다.

"응. 꿈 아니야."

잠시 말을 멈춘 그의 입가가 슬픔으로 바르르 떨려왔다. 그러다 그녀의 손을 꽉 잡았다. 다시는 놓치지 않겠다는 듯이 손가락에 깍지를 끼웠다.

"미안해. 널 이렇게 힘들게 만들어서 정말 미안해. 하지만 원망하게 될까 봐 두려웠어. 곁에 있으면 계속 떠오르는 그 악몽에 너까지 연관을 시킬 것 같아서 무서웠어. 마음의 정리가 필요했어."

"이해해요. 나 같아도 그랬을 거야. 나도 두려웠어요. 날 보면서 당신이 그날의 악몽을 떠올리며 미워하게 될까 봐, 나를 사랑해 주는 게 아니라, 미워하게 될까 봐. 그래서 두려웠어. 그래서 매일 마음속에서 갈등이 일어났어요. 당신이 너무 보고 싶어 죽겠다가도, 이렇게 잠시 떨어져 지내는 게 나은 것 같기도 하고……."

도망가고 싶었을 것이다. 자신에게 상처를 준 사람으로부터 멀리 도망가고 싶었을 것이다. 하지만 윤희는 안도의 한숨을 내쉬었다. 그렇게 멀리, 아주 멀리, 도망을 가려던 승언이 자신을 떠올려 주었고 그 걸음을 멈추고 다시 돌아와 준 것에.

말을 멈추고 자신을 바라보는 윤희의 머리를 승언이 부드럽게 쓰다듬었다.

"그런데, 마음이 정리가 하나도 안 되더라. 내가 더 두려웠던 건, 그날의 악몽을 상기시켜주며 느끼는 상처가 아니라, 널 영영 보지 못한다는 생각이었어. 그 생각만 하면 정말 가슴이 찢어질 것처럼 아프고, 아무 의미가 없었어. 그대로 정말……. 죽어 버릴 것만 같았어."

1년 전 그 일의 상처는 점점 무뎌진 듯했다. 그 상처가 무뎌질 수 있었던 건, 윤희라는 행복이 성큼 제 곁으로 다가왔기 때문이었다. 그리고 다시 상처받고 싶지 않았다. 자신이 윤희의 상처가, 또 윤희가 자신의 상처가 되는 것을 원하지 않았다. 그것이 승언이 윤희에게 돌아온 가장 큰 이유였다.

"다시는 네 곁을 떠나지 않을게. 다시는. 이렇게 널 아프게 한 건 이번이 처음이자 마지막이야. 상처 줘서 미안해."

떠난 것이 때로는 야속하게 느껴졌지만 그것을 완전히 원망한 적은 없다. 그가 꼭꼭 숨어 버린 공간은 도망이 아니라, 살기 위한 몸부림이었다는 것을 알고 있다. 숨은 것을 이기적으로 생각하고 원망한다면 그건 사랑이 아닌 자신의 이기심을 채우는 행위밖에 지나지 않는다. 이해를 하고 보듬어 주는 것만이 사랑이고, 사랑이기 때문에 이해하고 보듬어 주고 싶었다.

그는 미안하다고 말하고 있었다. 그 말을 곧이곧대로 믿어 주면 되는 것이다. 사사건건 따져대고 물을 이유는 없다. 그리고 다시는 이렇게 아프지 않게 하겠다고 약속해 주었다. 그걸로 됐다. 이제 더는 울지 않아도 될 것 같았다.

윤희는 생각했다. 그가 자신에게 다시 돌아온 거창한 이유는 없다. 자신이 그를 이렇게 애타게 기다린 거창한 이유 또한 없다.

사랑. 그냥, 사랑하기 때문에 다른 상처를 받는다고 해도 기꺼이 다시 돌아온 것이고, 사랑하기 때문에 그 자리에서 많은 감정에 휘말렸지만 기꺼이 뿌리치며 기다린 것이다.

사랑.

그것은 평범한 것 같으면서도 참으로 거창한 감정이었다.

모든 절차를 밟고 응급실을 나오자, 밖에선 노심초사한 모습으로 윤희를 기다리던 가족들이 있었다.

"엄마……."

"윤희야."

아픈 윤희를 향해 다가오다가도 그 옆에 서 있는 승언 때문에 오기를 망설였다. 승언이 부축하던 윤희에게서 손을 떼어 내고 허리를 깊숙이 숙여 인사를 건넸다. 어색하고 쉽사리 깨지지 않을 무거운 침묵이 흘렀다. 누구도 쉽사리 깨지 못할 그 무지근한 침묵을 먼저 깬 것은 승언이었다.

"식사……하셨어요?"

"아직 안 했어요. 선생님은 식사하셨어요?"

윤희의 아버지가 잔뜩 한숨 섞인 목소리로 대답을 했다.

"아니요. 저도 아직 안 했습니다. 그럼, 어디 가까운 데 가서 식사할까요?"

더는 피한다고 피해질 수 있는 것도, 피해서도 안 될 사람들이었다. 어쨌든 그 사건으로 인해 막힌 상처라는 벽을 뚫든지, 넘어가든지, 해야 하는 관계가 된 이상 승언은 더는 피하고 싶지 않았다.

가족들과 승언의 사이가 계속 이렇게 남는다면, 가장 큰 상처를 받을 사람은 자신이 가장 아끼는 윤희이기 때문이었다.

모두가 병원에서 가장 가깝게 위치한 일식집으로 향했다. 방이 달린 곳으로 안내를 받고 앉아 메뉴를 주문한 후에도 이렇다 할 대화가 없이 서먹했다. 승언은 가만히 제 시야에 있는 윤희의 부모님들을 보면서 1년 전, 그날을 떠올렸다.

떨어진 민우를 바라보고 있던 악마 같은 아이들 틈에서 유일하게 놀라고 하얗게 얼굴을 질려 했던 윤환이처럼, 그의 부모님 또한 당장 승언을 쫓아내야 한다며 악을 질러대던 학부모들 사이에서 유일하게 입술을 굳게 다물고 있었다. 어떤 수긍도, 부정도 하지 않은 채로.

그때는 모두가 원망스럽고 미웠다. 하지만 결국 윤환이와 그의 가족들은 그날을 후회하고 있었고 상처는 어느 정도 무뎌졌다.

"윤희 씨를 많이 사랑하고 있습니다."

고요한 분위기에서 흘러나오는 조용한 목소리였지만 흔들림이 없었고 강건했다.

"죄송합니다. 선생님. 그땐, 정말 저희가 너무 죄송했어요."

윤희의 엄마가 울먹이는 목소리로 말했다.

"방금 선생님이 하신 말씀이랑 다른 말이지만, 예전부터 이 말을 꼭 하고 싶었어요. 그때, 저희 생각과 행동들이 너무 우둔했어요. 단지 우리 애 학교생활에 큰 영향을 미칠까 봐, 그렇게 모른 척했던 것 같아요. 너무 큰 죄 지었습니다. 상처를 많이 받고 힘드셨을 텐데, 정말 죄송해요. 선생님."

윤희의 가족들이 전부 고개를 푹 수그리고 눈물을 적셨다. 윤희는 그런 가족들을 보며 코끝이 시큰해져 왔다. 가족들을 생각하면 가족들대로, 또 승언을 생각하면 승언대로, 마음이 아프고 안타깝다. 하지만 언젠가는 서로가 서로의 상처를 보듬어 주는 날이 올 거라 믿고 있다. 그리고 그 가운데서 자신의 역할에 최선을 다할 거라 다짐했다.

"시간이 걸리겠지만, 잊었으면 좋겠습니다. 우리 모두 그때의 상처로부터 꼭 이겨 냈으면 좋겠습니다. 제가 사랑하는 윤희가 이 일로 하여금, 우는 날이 아닌 웃는 날이 조만간 왔으면 좋겠습니다."

모두가 숨을 죽이며 슬픔을 조금씩 덜어냈다. 승언이 허벅지 위에서 꽉 그러쥐고 있는 윤희의 손을 감쌌다.

"이번에 윤희에게 큰 상처를 준 것. 정말 죄송합니다. 다시는 윤희 울리는 일 없도록 하겠습니다. 곁에서 언제나 지켜 주겠습니다."

승언의 말에 어머니가 눈물을 크게 터트렸고 그런 어머니를 아버지가 달랬다.

"선생님……."

한층 죄책감을 덜어냈는지 윤환이가 안도의 눈물을 펑펑 쏟아냈다.

서로의 상처가 아무는 동안, 계속 아프겠지만 두렵지 않았다. 아물 수 있다는 희망이 곁에 머물러 있었기 때문에 윤희는 승언을 바라보며 살짝 미소를 지었다.

지금 당장 관계가 회복될 수 없다는 것을 알고 있다. 하지만 언젠가는, 서로가 서로를 이해하고 소중하게 여기다보면 이 관계가 회복 될 것이라는 것 또한 알고 있다.

그리고 그 시간이 하루라도 빨리 곁으로 다가오길 바라고 있었다.

* * *

승언의 말을 마지막으로 더는 오가는 대화 없이 식사를 끝내고 가족들과 헤어진 윤희는 승언과 함께 집으로 돌아왔다. 헤어진 식당에서부터 줄곧 잡아 왔던 손을 승강기 문이 열리고 밖으로 나오면서 놓으려 하자, 승언이 더욱 꽉 잡아 자신 쪽으로 끌어당겼다.

"어디가?"

"네?"

"같이 있어야지. 어디가."

힘없이 미소 지으며 얌전히 서 있자, 승언이 자신의 비밀번호를 누르고 문을 열어 안으로 들어갔다. 한동안 사람이 비운 집

치고는 온기가 제법 따뜻했다. 단박에 그 온기가 무엇 때문에 있었는지 알아차릴 수 있었다.

"여기 왔었어?"

"언젠가는 돌아올 건데, 돌아왔을 때 너무 냉랭하면 다시 가 버릴까 봐서요."

잡고 있던 손을 놓고 윤희의 얼굴을 부드럽게 감쌌다. 가볍게 입술을 맞춘 승언이 좁혀진 간격을 두고 윤희를 애틋하게 바라보았다.

"여행 갈까?"

"네?"

"여행."

"우리, 지금 권태기예요?"

"아니. 그건 아니지만, 가고 싶어서."

윤희가 그의 품에서 나와 고개를 들어 올려 마주 보았다. 그 렁그렁 눈물이 맺혀 있는 그의 눈동자에 옅은 미소가 머금어진 채로 윤희를 바라보고 있었다. 나지막하게 고개를 끄덕였다.

"네, 좋아요."

그런 윤희의 볼을 어루만지는 그의 손이 애틋하게 느껴졌다.

"사랑해."

갑작스러운 그의 고백에 윤희가 눈을 꼬옥 감고 고개를 여실 히 흔들었다.

"나도요. 나도 사랑해요."

다시 닿은 그의 입술은 좀 전보다 훨씬 깊고 거세게 그녀의 안으로 들어왔다. 오랜만에 느껴보는 그리운 그의 키스에 윤희

역시 깊숙이 파고들었다. 제 허리를 휘감는 그의 팔에 윤희는 그의 목을 있는 힘껏 끌어안았다.

마치 서로와 서로의 심장도 키스를 하는 듯 맞닿아 뛰었다.

우리는 서로가 주었던 상처를 끝까지 치유할 것이다. 끝이 어디고 언제까지 해야 하는지 알 수 없어도, 그 끝에 무엇이 기다릴지는 알 것만 같다.

서로를 보고, 의지하며 평범하다고 생각하는 삶.

사람들은 흔히 그것을 행복이라고 말한다.

상처를 치유한 그 끝엔 분명 환한 행복이 기다리고 있을 거라고 믿는다.

그리고 그 행복으로 가기 위해 우리는 오늘도 한 움큼의 상처를 밖으로 덜어냈다. 상대방이 한 움큼의 상처를 덜어낼 수 있게끔 사랑해 준다.

상처.

겨우 그따위 놈에게 우리가 실컷 누릴 수 있는 행복을 빼앗길 수는 없다.

절대로.

에필로그

새하얀 함박눈이 펑펑 쏟아지는 밤하늘을 가만히 올려다본 윤희가 조심스럽게 입을 벌려 보았다. 차가운 눈이 입안으로 들어와 순식간에 녹아내리자, 이유 모르게 웃음이 새어 나왔다. 아무 맛도 안 나는데, 이상하게 달콤한 설탕을 한 숟가락 먹은 것처럼 기분이 좋았다.

곧 모습을 드러낼 그의 모습에 잔뜩 설렘을 느끼며 하늘을 보고 있던 시선을 내려 승언이 올 만한 길을 기웃거렸다.

검은색 우산을 쓴 그가 조금은 지친 얼굴을 하고선 걸어오고 있었다.

"승언 씨!"

윤희가 얼른 달려가 그에게 와락 안겼다.

"우산도 안 쓰고 나와서 기다린 거야? 그러다가 감기라도 걸리면 어쩌려고?"

"오랜만에 눈 맞으니까, 기분 너무 좋아요. 그래서 그깟 감기 한 번쯤 걸려 주겠다 싶어요."

"아무튼 엉뚱해."

"그래서 싫어요?"

윤희의 질문에 승언이 상체를 내려 가볍게 입을 맞췄다. 따뜻하고 촉촉한 그 감촉에 윤희가 환하게 웃어 보였다.

"난 늘 그게 매력적이라고 생각해."

윤희가 다시 한번 입술을 내밀었다. 승언이 연속으로 그녀의 입술에 가볍게 입을 맞추어 주었다.

"배 많이 고프죠? 완전 맛있는 어묵탕 끓여 놨어요."

집으로 들어서자 코끝을 자극하는 맛있는 어묵탕 냄새가 났다. 두 사람은 어묵과 시원한 맥주 한 잔을 앞에 두고 마주 보았다.

"오늘도 수고했어요."

윤희가 맥주를 치켜들어 건배를 취했다. 목으로 넘어가는 부드럽고 차가운 맥주에 오늘 하루의 고달픔이 전부 녹아내리는 것 같았다.

"보영 씨 카페는 어떻게 되어 가고 있어?"

"아, 한참 공사 중이에요. 생각보다 오픈하기 전 준비할 게 많다며 힘들어하고 있어요."

"언제 오픈하는데?"

"이번 달 말이요."

"얼마 안 남았네."

"네. 장사 잘 되었으면 좋겠어요."

승언이 잠시 침묵을 하며 맥주를 들이켰다. 윤희는 단박에 그가 무언가를 망설이고 있다는 사실을 깨달았다. 하지만 굳이 보채지 않고 그가 스스로 말을 꺼낼 때까지 차분히 기다려 주었다.

"다시 학교로 돌아갈까 봐."

윤희는 대답 대신 그를 가만히 바라보았다.

"오늘 교육기관에 교사 이력서 넣고 왔어."

윤희는 순간, 언젠가 데이트를 하며 겪었던 일이 떠올랐다. 한참 마주 보고 앉아 대화를 나누던 승언의 시선이 윤희의 어깨 너머로 건너갔고 그의 얼굴에 씁쓸함과 아쉬움, 그리고 옅은 그리움이 번져 나갔었다. 그 시선 끝에는 교복을 입은 학생들이 뭐가 그리도 재미있는지, 깔깔거리며 웃고 있었다.

어쩌면 윤희는 그때부터 알고 있었는지도 모른다. 그가 여전히 학교를 그리워하고 수없이 돌아가고 싶다는 바람을 억누르고 있음을.

한동안 아이들에게서 눈을 떼지 못하던 승언의 모습이 선명하게 눈앞에서 아른거렸다. 오래도록 망설이고 갈등하고, 어쩌면 수십 번도 넘게 썼다 버리기를 반복했을지도 모를 이력서. 망설임 끝에 결국은 용기를 낸 그에게 윤희는 박수라도 쳐주고 싶었다.

"잘했어요."

윤희의 말에 굳어 있던 승언의 얼굴에 얼핏 아주 작은 미소가 떠올랐다.

"그립지 않다고, 지금 이 생활이 편하다고, 어쩌면 자꾸만 돌아가고 싶은 내게 그렇게 경고를 했을지도 몰라. 다시는 상처 받고 싶지 않아서. 그런데 그럴수록 더욱 그립고 돌아가고 싶어 지더라."

"어쩔 수 없는 선생님이네요."

"잘 선택한 걸까?"

그가 걱정스러운 눈빛으로 물었다. 윤희가 낮게 고개를 끄덕 였다.

"때로는 눈앞에 두고 그리워하고 후회하는 것보다, 부딪쳐보 는 게 나쁘지 않을 때가 있어요. 그리고 그곳에서 상처를 받는 다면, 혼자 끙끙거리지 말고 나한테 꼭 말해요. 같이 해결할 수 있는 문제일지도 모르잖아요."

"한동안은 많이 바빠서 데이트 같은 건 못 할지도 몰라."

"괜찮아요. 그래도 집에는 들어올 거 아니에요."

대수롭지 않은 윤희의 대답에 승언이 웃음을 터트렸다. 그러 다 그녀의 곁으로 다가와 꼭 끌어안아 주었다.

"곁에 있어 줘서 고마워."

윤희도 있는 힘껏 승언을 끌어안았다.

"류승언 씨도요. 내 곁에 있어 줘서 고마워요."

❋   ❋   ❋

승언의 말대로 그는 학교에 돌아간 후, 정말 바빠졌다. 지각 을 일삼는 아이들을 깨우려 아침부터 나가기도 했고 평일 저녁 에는 아이들과 축구를 하고 주말엔 진로에 대한 상담을 한다고 나가기도 했다.

시시때때로 전화를 걸어오는 아이들 때문에 평온한 데이트
조차 즐길 수 없었지만, 그래도 윤희는 행복해하는 승언을 보며
같이 행복할 수밖에 없었다.

조금 아쉬운 건, 승언의 빈자리 때문에 종종 혼자 있는 일이
많아졌다는 것이다. 그 외로움을 채우려 요리를 했다. 보영이
미리 정해 준 브런치 메뉴는 조금 식상하고 특별함이 없는 것
같아 자신만의 레시피로 요리를 만들어 보기도 했다.

"와, 이거 진짜 맛있다. 뭐로 한 거야?"

"아보카도에 레몬, 버터, 설탕 조금 넣어서 버무린 거야. 괜찮
아?"

"야, 너무 맛있는 거 아니야?"

"다행이네."

자신의 레시피로 내민 메뉴가 생각보다 인기가 많았다. 윤희
는 거기서 큰 뿌듯함을 느꼈고 요리에 대한 열정이 조금씩 피어
나기 시작했다.

핫케이크를 조금 더 부드럽게 만들기 위해, 여러 가지의 맛
을 느낄 수 있는 생크림들을 스스로 개발하느라 밤을 새는 일이
파다했다. 그래도 다음날 생생하게 기운을 차리고 카페를 갈 수
있는 건, 단 한 가지 이유에서였다.

재미없을 줄 알았던 요리가 생각 이상으로 재미있다는 것.

"윤희야."

아침 일찍 자신의 방으로 건너온 승언에 윤희는 쉬는 날을 맞

이하여 자신이 직접 만든 브런치를 내밀었다. 그가 한 조각 베어 먹더니, 크게 감탄했다.

"와, 진짜 부드럽다."

"핫케이크가 입에 좀 맞아요?"

"응. 생크림처럼 녹아. 생크림에서 살짝 복숭아 맛이 나는 거 같은데."

"맞아요. 복숭아 시럽을 조금 섞었거든요. 근데, 오늘은 애들이랑 축구 하러 안 가요? 상담은요? 주말마다 나갔잖아요."

"응, 안 나가. 오늘은 너랑 있으려고."

승언이 앉아 있던 몸을 옆으로 돌려 자신의 허벅지 위를 손짓했다. 이리와 무릎 위에 앉으라는 뜻이었다. 윤희는 그의 말대로 다가가 무릎 위에 앉아 어깨를 가볍게 감쌌다.

뺨을 어루만지는 그의 다정한 손길에 배시시, 하고 웃음이 새어 나온다. 그의 보드라운 입술이 와 닿았다. 안으로 밀고 들어온 그의 혀가 천천히 움직여 그녀에게로 더욱 깊숙이 파고들었다.

촉촉한 그의 입술은 어느 때보다 달콤하기만 했다.

달콤한 입술에 정신이 팔린 사이 그의 손이 그녀의 묵직한 어깨를 쓸어 만졌다. 근육이 뭉친 어깨를 가볍게 주무르며 천천히 내려온 그의 손은 어느새 은밀하게 그녀의 티셔츠 안을 파고들었다.

너무 쉽게 속옷을 들춰 내고 안에 숨겨져 있던 젖가슴을 한 손으로 가득 움켜쥐자, 윤희는 더는 참을 수 없다는 듯 낮은 신음을 내뱉었다. 손길 몇 번으로 아플 정도로 빳빳하게 선 유두를 그의 손이 지분거렸다. 손가락 사이에 끼워 만져지던 유두를 손바닥으로 쓸어내릴 때마다 느껴지는 자극적인 감각에 윤희는 미칠 것만 같았다.

짜릿한 전율이 발끝에서부터 조짐을 보이며 가속도를 높여 올라오는 것만 같았다. 승언이 그녀의 입안을 탐하는 것을 멈추지 않으며 그대로 그녀를 들어 올려 침실로 향했다. 침대에 조심스럽게 눕히고 거추장스러운 옷들을 죄다 벗겨 냈다.

투명할 정도로 하얀 그녀의 나신은 언제 보아도 그의 심장을 뜨겁게 만들었다. 몇 번의 관계를 맺었음에도 부끄러워 몸부림을 치는 그녀의 행동 하나하나도 웃음이 새어 나올 정도로 여전히 귀엽다.

X자 모양을 하고 있는 그녀의 팔을 가만히 잡아 옆으로 치운 후, 가느다란 허리를 한 손으로 감싸 안았다. 그리고 살짝 들어 올려 제 눈앞에 있는 분홍빛이 감도는 유륜을 한입에 베어 물었다.

"으음!"

쭉쭉 빨아 당기며 때로는 혀끝을 세워 살살 문지를 때마다, 흥분에 어쩔 줄 몰라 하는 윤희의 모습에 승언의 감정 또한 더욱 격해지고 있었다. 그의 호흡이 한껏 거칠어졌다.

한쪽은 입에, 다른 한쪽은 손으로 긁히며 받는 이질적인 감각에 윤희의 허리는 제멋대로 휘어졌다. 한참을 그렇게 가슴에 머물러 있던 그의 손이 이번엔 은밀하게 그녀의 배를 스쳐 지나가 아래로 향했다. 승언은 자신의 손끝에서 느껴지는 그녀의 보드라운 모든 살결에 이미 반쯤 이성이 날아가 있었을지도 몰랐다.

까슬까슬한 음모를 지난 손은 자연스럽게 그녀의 벌어진 틈 사이로 향했다. 망설이지 않고 찾아낸 입구는 이미 충분히 젖어 있어 그의 손가락을 그대로 받아들였다. 부드럽게 들어간 손가락이 그녀의 내벽을 긁으며 더욱 깊숙이 파고들었다.

"흐읏!"

느리게 움직이던 손의 속도가 더욱 빨라지면서 방 안에는 찐 득찐득하고 윤희의 절정에 다다른 야한 신음으로 가득했다. 안에서 뺐을 때의 그의 손가락은 어느새 그녀의 물로 흠뻑 젖어 있었다.

"윤희야."

승언이 다정하게 윤희를 부르며 자신의 무릎으로 그녀의 다리를 벌려 고정시켰다. 순식간에 옷을 벗고는 그녀의 다리 사이에 단단해진 페니스를 빠르게 꺼내 축축하게 젖은 그녀의 안으로 집어넣었다.

"흐!"

몇 번을 받아들였음에도 불구하고 할 때마다 적응이 되지 않는 그의 것에 윤희는 고통에 몸부림쳐야 했다. 좁디좁았던 공간이 그로 가득 채워졌다. 천천히 허리를 움직이는 그의 속도에 맞춰 온몸이 부서지는 것 같기도 했고 타들어 가는 것 같기도 했다. 고통을 삼키기 위해 이불을 꽉 쥐었다. 손가락뼈가 살결을 뚫고 나올 것처럼 곤두섰다.

한편 자신을 꽉 물고 놔주지 않을 것처럼 조여 오는 그녀의 안으로 들어가는 승언은 이로 말할 수 없는 황홀함에 머리가 다 짜릿해져 왔다. 거세게 파동 치는 심장은 곧 모든 신경 감각들을 최고의 흥분으로 추어올릴 것만 같았다.

천천히 움직이던 허리가 속도를 점점 높일수록 그녀의 고통스러웠던 표정도 서서히 풀어졌다. 그리고 그 얼굴엔 오롯이 쾌락을 맛보는 황홀함만이 남아 있을 뿐이었다.

허리를 움직이며 상체를 수그린 승언이 그녀의 귓불을 깨물었다.

"흐읏."

야릇한 느낌에 윤희가 민감하게 반응했다. 승언은 그녀의 귓불을 깨물었던 입술로 가볍게 입을 맞추고 말해 주었다.

사랑한다고. 이렇게 깊은 밤이 몇천, 몇만 번이 지나가더라도 자신은 너를 사랑해 줄 것이라고.

승언에게 속절없이 흔들리며 윤희가 팔을 뻗었다. 그가 안겼고 윤희는 있는 힘껏 그에게 매달렸다. 서로를 깊숙이 탐하고 있는 그들의 몸이 점점 더 뜨거워지고 있었다.

❋　　　❋　　　❋

"쌔앰! 어제는 너무 감사했습니다. 이거 드세요."

담임을 맡고 있는 반의 학생 한 명이 밝은 웃음과 함께 초콜릿 우유를 내밀었다.

"잘 마실게."

"쌤 덕분에 제가 어떤 일을 해야 하는지 알 수 있었어요. 선생님 말씀대로 세상에 기회는 많으니까, 그래도 일단 제가 하고 싶은 거 먼저 해 보려고요."

"그래. 언제든지 힘들면 와서 말해. 선생님이 도와줄 수 있는 건 다 도와줄게."

"네!"

"이제 그만 올라가서 수업 준비하고."

학생이 올라간 후, 승언은 자신의 손에 잡혀 있는 우유를 물끄러미 내려다보았다. 사실 따지고 보면 고작 천 원 정도 하는 우유이지만 승언에겐 그 어떤 값비싼 물건보다 더욱 소중하게 여겨졌다.

학교로 다시 돌아온 지도 어느새 1년이 막 지나고 있었다. 다행스럽게도 아직은 아무 일도 일어나지 않았고 지독히도 평범한 하루 속에 격한 행복을 느끼고 있었다.

때때로 말을 듣지 않고 고집을 피우는 학생들이 있어 속상하기도 하지만, 그것은 일시적인 것뿐이었다. 아이들은 승언을 잘 따랐고 그가 걱정하던 학교폭력 같은 일들은 아직까진 일어나지 않고 있어 다행이었다.

집으로 돌아가면 윤희 때문에 행복한 삶은 몇 배로 부풀어지곤 했다. 하지만 요즘 마음에 걸리는 것이 하나 있다면, 윤희의 가족이었다.

윤희는 여전히 그 사건으로 승언의 앞에서 자신의 가족을 조심스러워했다. 행여나, 데이트 중에 전화라도 걸려 오면 눈치를 보며 물러서기가 일쑤였다.

"휴……."

승언은 자리에서 일어나 복도를 거닐었다. 수업 시간이라 그런지, 조용한 복도를 걸으며 창밖 너머를 바라보았다. 새하얀 눈들이 쌓여 있는 밖의 세상이 어쩐지 이질적으로 느껴졌다. 그리고 문득 윤환을 떠올렸다.

가족들과의 풀리지 않은 감정만 해결하면 아주 완벽한 인생이 될 것 같았다. 마음속 깊이 계속 남아 있던 감정을 풀고 싶었다. 윤희가 통화하던 것을 얼핏 들었을 때, 윤환은 여전히 대인 결핍증으로 사람들을 만나지도 않고 집에서 은둔 생활을 하고 있다고 했다.

꽤 상처를 받았을 윤환을 누구도 위로해 주지 않은 건 아닌가 하는 생각이 들었다. 분명히 그도 피해자였다. 누구보다도 깊은 상처를 안고 여전히 혼자서만 끙끙거리고 있을 생각을 하니, 가슴 한편이 쓰려려 왔다.

눈이 녹으면 봄이 올 것이었다. 그리고 그 봄엔 윤환이 꼭 세상 밖으로 나올 수 있도록 승언은 그에게 먼저 손을 내밀어야겠다고 다짐했다.

＊　　　＊　　　＊

윤희의 시선이 다시 한번 승언을 올려다보았다. 그 시선을 느꼈는지, 승언 또한 굳게 닫혀 있는 현관문에 두었던 시선을 잠시 그녀에게 돌렸다.

"진짜 괜찮아."

그래도 여전히 불편한 마음이 가시지 않았다. 그는 일주일 전, 부모님과 윤환을 만나고 싶다고 자신의 의견을 말했고 그 일주일이 지난 지금, 두 사람은 부모님의 집 앞에 서 있었다. 윤희는 아직도 전부 가시지 않은 감정의 골이 걱정이 되어 쉽게 초인종을 누르지 못했다.

그러자 승언이 손을 뻗어 초인종을 눌렀다. 안에서 초인종이 울리고 얼마 지나지 않아, 문이 열렸다. 윤희의 부모님 뒤로 윤환이 방에서 나오고 있었다.

"오랜만에 뵙겠습니다."

승언이 예의 바르게 허리를 구부리며 인사를 했고 두 부모님들이 그런 승언을 맞이했다.

"어서 와요. 식사 안 하셨죠?"

여전히 어색하기만 한 분위기가 흘렀다. 식사를 하는 동안, 부모님과 승언은 지독히도 일상적인 이야기들만 주고받을 뿐이었다. 승언이 아예 식사자리조차 앉아 있지 않았던 윤환을 부른 건, 식사가 전부 끝나고 디저트로 과일을 먹으며 거실에 앉아 있을 때였다.

윤희가 자리에서 일어나 방으로 들어가 윤환을 데리고 나왔다. 승언은 자신의 맞은편에 앉은 윤환을 가만히 바라보다 입술을 떼어 냈다.

"잠깐 선생님이랑 얘기 좀 할까?"

두 사람은 자리에서 일어나 집 밖으로 나왔다. 싸늘한 바람에도 아랑곳하지 않고 집 근처에 있는 작은 공원으로 향한 두 사람은 한동안 아무 말 없이 달빛 아래에서 걸었다.

"윤환아, 혹시 여권 있어?"

한참 후에야 꺼낸 승언의 말에 윤환이 어리둥절한 표정을 지었다.

"선생님이랑 이번에 여행 가자. 방학이라 여유도 좀 있는데, 어디가 좋을까. 아, 좀 더운 나라 괜찮지?"

윤환이 아무 대답도 하지 않고 고개를 푹 수그렸다.

"이제 그만 고개 들어. 너 충분히 반성했고, 따지고 보면 어쩔 수 없는 상황이었잖아. 더 이상 너한테 책임과 잘못 묻는 사람 없어. 그러니까, 이제 그만 그 죄책감에서 나와. 네가 갇혀 지내기엔, 이 세상에 아름다운 것들이 너무 많다."

격해진 윤환의 숨소리에 울고 있다는 것을 알아차렸다. 하지만 승언은 굳이, 그런 윤환을 달래주지 않고 걸음을 늦춰 걸었다. 윤환은 울었다. 그것이 마치 안도의 눈물인 것처럼 느껴졌다.

말이 나오고 며칠 후, 승언은 비행기 표를 예약했고 호텔도 알아보았다. 남자라 그런지, 챙겨 갈 것이 딱히 많지도 않았다.

"잘 다녀와요. 부럽다."

굳이 공항까지 배웅을 나온 윤희가 승언과 윤환을 번갈아 보며 입술을 삐죽거렸다.

"응. 잘 다녀올게."

평소처럼 본능적으로 입을 맞추려던 승언이 멈칫했다. 뒤에 서 있는 윤환의 시선이 느껴진 이유였다.

윤환이 큼, 하고 어색하게 헛기침을 하며 출국 심사장으로 먼저 들어갔다. 머쓱해진 승언과 윤희가 서로 눈을 마주치며 픕, 하고 웃었다.

"잘 지내고 있어. 밥 잘 챙겨 먹고, 문단속 잘하고."

"네. 승언 씨도 조심히 잘 다녀와요. 그리고…… 우리 윤환이
잘 부탁해요."

"응. 걱정 마."

승언 역시 출국 심사를 받고 기다리고 있던 윤환과 재회했다.

"저 해외여행은 처음이에요."

기대감과 설렘이 섞여 있는 윤환의 얼굴을 보니, 괜히 승언
의 마음 한구석이 아파 왔다. 자신뿐만 아니라 윤환도 마음 깊
은 곳에 상처를 받았으리라. 그 또한 제가 보듬어야 할 학생이
었다.

"재미있게 여행하다 오자."

"네, 선생님."

"여행을 하며 느낄 수 있을 거야. 네가 생각보다 아주 강하
고, 침착한 녀석이라는 것을. 네가 스스로 해야 할 일이 정말 많
다는 것도."

시간에 맞춰 비행기에 올라탔다. 창가에 앉은 윤환은 계속 신
기한 듯 주변을 두리번거리며 즐거워했다. 그런 윤환을 보며 승
언이 뿌듯한 미소를 지었다. 어쩐지 즐거운 여행이 될 것만 같
았다.

여행을 다녀온 승언의 사진을 보며 윤희는 낮게 흥얼거렸다.
사진 속에 윤환과 승언은 행복해 보였다.

여행을 다녀온 후, 윤환은 집 밖으로 나왔다. 동네에 있는 작
은 레스토랑에서 아르바이트를 하면서 차근차근 자신이 앞으로
할 일을 생각해 보겠다는 포부를 밝혔다.

윤환을 보며 부모님은 눈물을 지었다. 이제부터 진짜 자신의 행복을 찾아가겠다는 윤환을 모두 응원했고 먼저 용기를 내 그를 이끌어 준 승언에게 고마워하기도 했다.

"이제 그만 자자."

옆에 누워 있던 승언이 몸을 돌리며 윤희의 허리를 꼭 끌어안 았다.

"한 번만 더 볼게요. 이거 승언 씨 진짜 잘생긴 것 같아요. 이 건 윤환이도 귀엽고, 이거 맛있었어요?"

사진을 내미는 윤희의 손에서 가볍게 휴대폰을 가져가 내려 놓은 승언이 그녀를 와락 끌어안았다. 그녀가 뭐라고 할 틈도 없이 윤희의 입술을 짓눌렀다.

"으음."

순식간에 들어온 그의 혀에 금방 포박당한 윤희가 그대로 입 술을 벌렸다. 그러자 그가 깊숙이 안으로 들어왔다. 윤희는 있 는 힘껏 그를 끌어안았다. 따뜻한 그의 온기가 전부 제게로 전 달되는 것 같았다.

한참을 서로에게 엉겨 붙어 있던 두 사람이 아쉬운 듯 천천히 입술을 떼어 내고 서로를 마주 보았다.

"윤희야."

"네."

"우리 내일은 오늘보다 더 행복하자."

포물선처럼 부드러운 미소를 짓는 그에게 윤희는 당당하게 고개를 내저었다. 그리고는 상체를 살짝 들어 올려 그의 귀에 속삭였다.

"세상에서 가장 사랑스럽다는 듯이 키스해 줘요."

오늘도 그의 밤은 행복할 것이다. 더는 악몽 따위를 꾸지 않기에, 그런 자신의 온화한 밤에 그녀가 함께하고 있기 때문에.

—fin

작가 후기

안녕하세요. 이은교입니다.

연재를 하는 내내, 많은 사랑을 받아 행복하게 썼던 〈나의 밤에 너를 초대한다〉가 드디어 출간되었습니다.(짝짝짝)

2017년의 끝자락에 찾아뵙게 되어 뭔가 감회가 더욱 벅차오르는 것 같습니다.

가벼우면서도 무거운 소재가 섞인 이 글을 쓰면서 웃다가 울다가 수시로 감정이 바뀌었습니다. 그러면서 세상은 여전히 때때로 너무 불공평하게 돌아가고 있다는 사실에 분통을 터트리기도 했습니다.

앞으로는 반드시 나쁜 사람들은 제대로 처벌을 받을 수 있는 대한민국이 되었으면 하는 바람이 있습니다. (로맨스 소설과는 어

울리지 않는 말일 수도 있지만······)

그럼, 다시 밝은 버전으로.

연재 당시 항상 댓글 달아 주시고 응원을 보내 주신 독자님들 너무나 감사드리고요. 이 책을 직접 구입하여 읽어 주시는 독자님들도 너무너무 감사드리고요.

이 글을 책으로 내기까지 도움을 주신 김지우 편님과 봄 미디어 관계자 분들에게도 너무 감사드립니다.

그리고 영원한 내 편인 사랑하는 나의 가족.

'내 손녀 직업은 작가야', '내 딸 직업은 작가야', '우리 언니 직업은 작가야'라고 평생 우쭐하며 말할 수 있게 앞으로 더욱 멋진 작가가 될게.

앞으로 더 재미있고 신선하고 판타스틱한(?) 글을 쓸 수 있도록 노력하겠습니다.

영원히 행복하세요.^^♥

—2017년 끝자락에 선,

이은고 올림.